LA BÊTE NOIRE

L'AUTEUR

Jean-Charles Chapuzet vit en Haute-Saintonge. Il est journaliste et scénariste de BD. Ses deux récits de non-fiction, *Mauvais plan sur la comète* et *Du bleu dans la nuit* (prix Polar en série 2021), sont parus aux éditions Marchialy. Il a notamment publié des romans graphiques chez Glénat, parmi lesquels *Vergès, une nuit avec le diable* (illustrations de Guillaume Martinez), *L'Affaire Zola* et *Le Matin de Sarajevo* (illustrations de Christophe Girard), qui a remporté le prix du Livre d'histoire contemporaine en 2023. Il est aussi l'auteur de *Le Cri de la cigogne,* un roman inspiré d'un fait divers paru en 2021 aux éditions Robert Laffont.

Avertissement

Ce roman est très (très) librement inspiré d'un fait divers survenu dans le Périgord, dont le dossier de police judiciaire a miraculeusement atterri, un soir d'été, sur mon bureau. Mes yeux se sont écarquillés devant tant d'innocence et d'espérance, d'injustice, de vulgarité et de lâcheté, de vénalité, de tendresse en somme. J'ai ajouté mes propres ingrédients dans le shaker et j'ai secoué très (très) fort.

Aux chiennes de vies,
et à leurs animaux de compagnie

1

La déchetterie

DU VENT, BEAUCOUP DE VENT, un vent d'ouest. Le fourgon rouge arriva toutes sirènes hurlantes dans l'ambiance fascinante d'un drame qui se jouait quelque part.

Secouant la tête des occupants, le véhicule stoppa net au terme d'un dérapage gratuit sur le tarmac de la déchetterie. Les sirènes s'étaient tues mais les gyrophares continuaient leur ballet. Le responsable de la décharge désigna l'homme dans une benne qui lançait des sacs-poubelle jaunes en l'air tandis que trois sapeurs-pompiers s'extrayaient du camtar dans un claquement de portières. Après quoi les hommes en uniforme s'approchèrent tranquillement de leur cible en lui intimant de sortir de ce bourrier illico.

— Je t'avais prévenu, Bandit, je t'avais prévenu que j'appellerais les secours ! brailla, dans le vent, l'agent de la déchetterie.

Le menton mussolinien, les veines du cou, des bras, du torse toutes dehors, Bandit disait à qui voulait l'entendre combien ils pouvaient aller se faire foutre, tous autant qu'ils étaient, combien il préférait mourir que sortir d'ici. Combien ils prenaient des risques insensés, les pompiers, Pierre, Paul ou Jacques s'ils venaient le chercher… Pour être plus clair, Bandit promettait la misère à qui le délogerait de *sa* benne.

Posté au niveau du tout-venant, un badaud, les mains sur les hanches, observait l'ensemble de la scène. Cette fois, succédant aux pompiers, ce fut un break de la gendarmerie, bleu de fait, qui se gara à la hauteur du responsable de la déchetterie. Dans le même temps, un des trois pompiers amorçait sa descente dans la benne *de* Bandit. Le volontaire peinait à marcher sur la montagne de sacs-poubelle. Les chevilles du pompier dansaient, il s'aidait de ses bras pour se tenir en équilibre. À l'approche du funambule, Bandit, également vacillant, lui montra sa droite en guise d'avertissement et, de sa main gauche, fit glisser le doigt sur son nez en zigzag. Machinalement, le pompier, qui ne voulait pas se retrouver avec le même tarin, se tint à distance.

— Arrête tes conneries, Bandit, on se connaît…

— Ta-ta…, répondit Bandit dans le vent.

— On a tous des soucis, Bandit…

— … ta gueule !

— Fais pas le con !

Les deux autres pompiers sautèrent à leur tour dans la benne, tandis que le premier plongeait dans les jambes de Bandit. Il serra ses bras comme des tenailles pour glisser jusqu'aux chevilles de sa proie. Bandit sembla d'abord tomber en avant pour finalement chuter en arrière.

Au travers des poubelles, en relevant simplement son buste, Bandit avait la terrine du pompier à portée de frappe. Il pensa à l'aligner mais se rappela qu'on ne cognait jamais un pompier. Les deux autres en profitèrent pour lui sauter dessus et l'immobiliser. Bandit gueula à cause de la clé de bras et les pompiers passèrent une camisole crème sur son torse nu : ça le rendit fou. Après plusieurs gamelles sur le ventre mou que formait l'amas de sacs-poubelle, les pompiers extirpèrent de la benne le forcené, faisant traîner ses espadrilles sur le tarmac, et l'enfournèrent dans le camion rouge aux portes arrière striées de jaune.

— Je suis désolé, Bandit, je t'avais prévenu, je t'avais prévenu que j'appellerais les secours.

Puis les portes se refermèrent dans un bruit sourd et les sirènes se remirent à hurler. Le camion s'éloigna, la musique lancinante mit un peu plus de temps à disparaître dans le ciel incertain. À la déchetterie, sous une manche à air accrochée en haut d'un mât que le vent faisait bander sévère, les gendarmes prièrent le badaud – qui s'était approché d'eux – de s'éloigner et demandèrent à s'abriter du zef afin de dresser le compte-rendu de service. Une fois dans l'Algeco, l'agent de la déchetterie répétait en boucle : qu'il était désolé de n'avoir pu faire autrement que d'appeler les pompiers ; que Bandit n'était pas un mauvais bougre mais qu'on ne savait jamais avec « ces gens-là » ; que le « marginal » ne voulait rien entendre ni savoir, « incontrôlable », « dangereux », « comme hors de lui ». Un jeune flic notait tout dans l'idée de camper au plus précis l'auteur du trouble à l'ordre public.

Plus loin, de plus en plus loin, il était assis sur le brancard, entre les deux pompiers qui l'avaient saucissonné. Le camion roulait, Bandit s'était calmé, la lumière dans l'habitacle clignotait d'un bleu tamisé. Par la lucarne au verre dépoli, il devinait que le véhicule montait sur le causse, que ses deux caravanes étaient de l'autre côté, à trois kilomètres à vol d'oiseau. Il songea à sa jeune chienne, à son étang et à ses pieds de tomates bleuis de bouillie bordelaise. Les pompiers ne le ramèneraient pas chez lui. Le camtar poursuivait sa montée, il était désormais au niveau du calvaire. De là-haut, Bandit imaginait dans les yeux du chauffeur le village perdu dans le coton. Bandit pouvait raconter ce paysage comme personne. Ça faisait cinquante ans que ses yeux imprimaient cette toile. À la fin de l'été, la brume recouvrait souvent la vallée jusque tard dans la matinée. On ne voyait pas comment la rivière étranglait le patelin, mais flottaient tous ces toits de tuiles plates avec cette église trapue qui perçait. À sa base, Bandit savait le cimetière, ses murets et ses cyprès, sa sœur étendue dans l'angle. Ainsi roulait le camion rouge dans la géographie de Bandit avant de laisser ses caravanes, la bourgade, ses noyers et ses truffiers, son territoire en somme, derrière lui. Puis des bois, des virages et des bois. La route devint sombre, les arbres semblaient s'enrouler au-dessus d'elle pour cercler un tunnel. Le temps passait, les corps tanguaient. Bandit perdait le sens de l'orientation, les tempes gonflées d'angoisse et le cafard se commuant en un bruit épouvantable dans le bas de son ventre.

D'interminables minutes plus tard, le véhicule de fonction s'immobilisa. Deux battants d'un grand portail électrique s'écartèrent lentement et le camion repartit au pas jusqu'à un arrêt définitif. Les portes arrière zébrées s'ouvrirent, Bandit aperçut des gens qui, d'une démarche désarticulée, n'allaient nulle part. Des bouches ouvertes, regards vitreux et langues pendantes complétaient leur allure. Certaines silhouettes s'accrochaient à l'immense grillage derrière lequel on distinguait un lac avec des cygnes, et des canards aussi. Des hommes en blouse blanche attendaient Bandit, l'encadrèrent, le guidèrent. Encore des virages mais les couloirs remplaçaient les bois.

— On m'a dit que vos difficultés ont commencé il y a treize mois, monsieur Bandit, dit d'un ton rassurant une médecin d'âge mûr.

Des dessins naïfs ornaient les murs de la pièce.

— Que tout aurait basculé à ce moment-là ?

Bandit venait de s'asseoir, sa camisole de force lui ramenant les deux bras sur le ventre.

— Ça ne vous dérange pas que je vous appelle comme ça ? ajouta la femme.

Bandit releva la tête, remarqua les sourcils fournis et le teint mat de la toubib ainsi que des dents si blanches qu'il songea que ce n'étaient pas les siennes. À vue de nez, Bandit se dit qu'elle était malgache.

— Tout le monde vous appelle Bandit, n'est-ce pas ?

2

Le microcosme

On l'appelait ainsi depuis toujours, mais c'était une façon de parler. Il tenait ce surnom d'une connerie survenue en classe à l'âge de neuf ou dix ans. Chaque élève avait dû dire à tour de rôle ce qu'il souhaitait faire plus tard. Il y avait eu beaucoup de pilotes d'avion, de maîtresses ou de vétérinaires et, lorsque était venu son tour, il avait tout bonnement déclaré qu'il voulait braquer des banques. Peut-être avait-il vu, dans les jours précédents, un film dans l'esprit, un truc de gangsters ou d'apaches ? Il avait dit ça sans réelle conviction, il fallait bien dire quelque chose – il ne savait plus exactement – mais les rires de ses camarades, ajoutés à la réflexion du maître, avaient scellé son destin.

— Alors tu seras bandit !

Il l'entendait encore régulièrement, il fallait imaginer la gueule ouverte comme un four avec les couronnes et les plombages au fond.

Depuis ce jour, ses camarades puis rapidement tout le village l'avaient surnommé comme ça, le nom commun s'entichant d'une majuscule pour devenir un nom propre. Quarante ans plus tard, la plupart des gens ne connaissaient pas son prénom, encore moins son nom. Tu mettais Bandit sur la carte postale, ça arrivait quand même.

Et la vie de ce fameux Bandit, sa chienne de vie, avait basculé un radieux dimanche de juillet, la toubib était bien informée, inaugurant treize mois d'une implacable trajectoire qui s'achevait ici, dans l'immense enceinte de la clinique psychiatrique du Domaine des Cygnes.

Pour le temps et l'espace, la vie de Bandit avait basculé plus précisément en plein cœur de l'après-midi et dans un fossé, du côté de La Brande. Ce coin, d'après Bandit, tu ne pouvais pas le louper, tu prenais la direction de La Noue, fallait passer Terre Jaune, un peu plus loin apparaissait le lieu-dit des Sorgues sur la droite, il fallait prendre en face, jusqu'à Chez Noël, passer dessous les lignes à haute tension qui faisaient plus de bruit qu'un nid de frelons, pour traverser dans la foulée La Pommeraie, si on ne tournait pas on fonçait dans le Château d'Escoire, alors on tournait, la route conduisait au Chêne Vert et juste après, on y était, dans le virage qui remontait sur La Brande. C'était un des coins à champignons de Bandit, pas vraiment de cèpes, davantage de girolles et de trompettes, de trompettes-de-la-mort. Mais ce dimanche, un tout autre miracle de la nature s'était produit – dans le fossé –, quelque chose d'insensé, de profondément hallucinatoire, un truc que Bandit n'aurait même jamais eu l'idée de souhaiter après le passage d'une étoile filante.

Ce jour-là et en Volvo break, Bernie arriva à l'aurore chez Bandit – qui était levé depuis l'aube. Bernie aurait pu être le père de Bandit, il déambulait sur sa neuvième décennie. Les obus se rapprochaient de plus en plus mais Bernie le prenait avec philosophie.

Il passait chercher Bandit pour aller à la brocante dominicale. Le soleil d'un rouge orange sanguine, du genre incandescent, colorait la campagne. C'était une douce matinée, encore fraîche. Seulement vêtu d'un T-shirt, Bandit se tapait sur les bras en s'avançant vers le break. Bernie était garé à côté de la Ligier bleu métallisé de Bandit – quand elle avait encore des roues. Devant la voiturette était couché son chien Nelson – quand il était encore vivant. Debout devant la Volvo, Bernie – quand lui aussi était encore vivant – embrassa Bandit et lui proposa une clope. Bernie fumait des blondes en paquet souple, et ils partirent toutes vitres baissées.

Bernie avait fait carrière à l'ORTF en tant que décorateur-ensemblier sur les tournages de films pour la télévision – et non pour le cinéma. Créchant à Saint-Cloud, Bernie venait souvent en vacances dans la région, qu'il aimait car elle était belle et reculée, qui plus est riche en préhistoire. Que la présence humaine remonte à des millions d'années faisait battre quelque chose en lui, résultat d'une fascination qu'il avait du mal à définir.

À force de venir, Bernie était resté. À la retraite, il avait acheté la belle bâtisse à trois collines de chez Bandit, à l'opposé de la direction du village. Une belle maison de maître avec un toit d'ardoises et deux petits escaliers en pierre qui se tordaient pour se rejoindre sur le seuil de la porte d'entrée. On la voyait de loin avec ses trois niveaux et son cèdre du Liban qui déployait ses grandes ailes vert-de-gris devant l'imposante façade de pierres ocre. Bernie avait investi l'intérieur de toutes sortes d'objets compilant sa vie, dont de nombreux tableaux, autant d'anecdotes, tapissant les murs.

Un matin, au bar Le Central, Bandit avait vu arriver un type avec des cheveux poivre et sel en bordel, d'épaisses pattes lui mangeant le visage, de grands carreaux d'ancien d'Algérie et un bagou de Lorrain. Cette nouvelle tête parlait comme un livre jalonné de récits où se croisaient Granier-Deferre, le Noiret et même Belmondo avec son copain dont Bandit bouffait toujours le nom, celui avec le gros pif. Comme aimanté, tout le monde avait commencé à se rapprocher de celui qui avait l'air d'avoir des tas de choses à dire. C'était Bernard, debout devant le comptoir, bientôt Bernie.

Christian, un autre habitué du Central, avait trouvé le surnom. Christian, il avait vécu, lui aussi. Sur Paname, à une autre époque, il avait eu jusqu'à cinq cents machines à sous qu'il mettait dans les bars, les discothèques, partout. Il aimait dire qu'il s'était fait des couilles en or – c'était très visuel. Il roulait jadis en Porsche, comme un pacha, avec un flingue dans la boîte à gants – c'était très polar. Il faisait venir les machines de Linz en Autriche – Bandit avait regardé l'endroit dans son atlas. La nuit, Christian ramassait le fric dans les troquets, des piles de flouze paraît-il, des pleins wagons. Étant du « milieu », il vivait avec une jeunette : la grande époque. Jusqu'au jour où un ministre avait interdit les machines à sous en dehors des casinos – c'était très con. Christian s'était méchamment retrouvé dans la mouise. Il avait vendu la 911 SC et sa minette était partie. Bon perdant avec ses pompes cirées et sa casquette sur le comptoir, Christian racontait au Central que la petite s'était mise avec un type bien, du même âge qu'elle. Après la banqueroute, Christian avait tenté de se refaire dans le proxénétisme, ça lui avait valu dix mois à Fresnes. À sa sortie, il avait atterri dans le village, personne ne savait vraiment pourquoi mais c'était, aux yeux de Bandit, un type clean qui comptait désormais dans son histoire. Le plus louche chez Christian restait la pratique de la country et la collection de véhicules miniatures de pompiers, mais peut-être était-ce là le reflux d'une enfance inachevée ? C'était l'avis de Bernie.

À propos de Christian – le Proxo –, la fumée de clope s'échappant des fenêtres, la Volvo Break passa le prendre. Il vivait dans le bourg, derrière la salle polyvalente, à l'étage d'une maison de ville découpée en différents logements. Bernie klaxonna longuement, Christian sortit aussitôt, comme agacé. Il portait un bermuda et un pull de laine aux manches coupées laissant apparaître une chemise colorée. Il ferma la porte à clef et descendit assez rapidement l'escalier de secours métallique posé lors de la découpe de la maison en appartements.

— Vous êtes vraiment des cons ! dit-il en grimpant à l'arrière de la voiture.

Le break partit alors que Bernie et Bandit riaient toujours. L'équipe contourna le marché couvert, rattrapa la rue du Pot-au-Lait et sortit du village.

Christian venait pour la compagnie ; les brocantes, c'était surtout le truc de Bernie, fallait le voir chiner : un vrai clebs. Un gros quart d'heure de bagnole plus tard, les brocs commençaient à peine de déballer. Bernie avançait son museau partout mais sans trop montrer son intérêt. Il grimaçait, s'étalait devant ses yeux un paquet de conneries : des poupées manchotes, des services à anisette aux verres entartrés, des plaques émaillées, des christs, de plus en plus de christs. Christian, lui, s'arrêta devant de vieux outils de jardinage pendant que Bernie montrait à Bandit un violon qui venait de Transylvanie. Puis Bernie négocia une malle militaire allemande à instruments de musique. Christian pensait que c'était une merde supplémentaire dans le capharnaüm de Bernie. Bernie, lui, était satisfait.

— Je ne sais pas si c'est ta présence, Bandit, ou si j'ai caressé d'la peau de singe, mais j'ai fait un bon coup…

Du monde commençait à nourrir les travées. Il faisait chaud désormais. Bandit se tenait derrière Bernie qui échangeait avec un type qui récupérait des cheminées, des portes, des corniches, en gros il désossait d'anciens châteaux pour les revendre en pièces détachées. Bernie s'extasiait devant les coups de ciseau sur les balustres qui, selon son œil expert, dataient du XVIe, fin XVIe même, Renaissance. Bandit écoutait Bernie d'une seule oreille car il avait aperçu, à une cinquantaine de mètres, l'assassin de son père.

Il l'aurait reconnu entre mille avec ses cent quarante kilos sous sa djellaba. Ce n'était pas la première fois qu'il le voyait. Les gens allaient en prison – lui avait pris six ans dont quatre ferme –, purgeaient leur peine et revenaient, si le juge l'autorisait, vivre à proximité de leurs forfaits. Chaque fois que Bandit le croisait, une sensation étrange s'emparait de lui, un concentré de malaise et d'attirance. À la suite d'une brouille dans une boîte de nuit qui s'était terminée sur le parking, le type avait filé chez lui mettre un fusil de chasse dans le coffre. Tout le canton connaissait la suite : il était revenu et avait tiré à bout portant, dans le dos. Avec les années, Bandit avait tout entendu sur les détails de ce fait divers. Mais le mobile restait flou. Son père devait-il de l'argent ? Son père sautait-il la femme du type ? Celui-ci sautait-il la mère de Bandit ? Il n'avait jamais creusé. Il n'éprouvait aucun besoin d'en avoir le cœur net. N'empêche, il conservait une singulière relation avec l'homme qui était à une quarantaine de mètres désormais et qui faisait semblant de ne pas le voir. Un lien de taille les tenait dans lequel la haine se mêlait à la jalousie. Bandit lui en voulait. C'est lui qui aurait dû le tuer, son père.

Sur ce, Christian attrapa Bandit par la manche. Il avait repéré une pioche et il avait vu juste. Piquées de rouille, la pointe et la langue méritaient d'être aiguisées mais le manche était en parfait état. Bandit avait récemment cassé la sienne, l'outil valait le coup. Bandit prit la pioche dans les mains et arma. Le diamètre semblait avoir été fait pour ses grosses pognes. Il passa derrière le stand, s'éloigna de quelques mètres en direction d'un arbre. Il pensait à son père et fit valser la pioche jusqu'à la faire tournoyer au-dessus de lui. La pioche tournait de plus en plus vite. Quelques badauds regardaient l'hélicoptère, interdits. Et, au lieu de décoller du sol, Bandit la lâcha soudainement. L'outil en vrille alla se planter à fond de balle au centre du tilleul, dans le tronc. Le manche trembla une seconde avant de s'immobiliser. Des gamins furent ébahis, leurs parents davantage inquiets, le vendeur d'outils parut dubitatif. Christian sortit un billet, Bandit refusa : Bandit s'achetait lui-même ses outils.

La buvette attendait. Ils prirent trois bières à la pression dans de grands gobelets et Bernie, en regardant le ciel, annonça un « putain » d'orage pour la nuit prochaine. Après quoi l'increvable Bernie et l'as du volant Christian raccompagnèrent Bandit chez lui sans même s'en jeter un autre au Central. Bandit avait des courses à faire. Et le dimanche, Zanette baissait le rideau de sa supérette à midi pile.

On la reconnaissait facilement au travers de la vitre pourtant déformante et giflée par le soleil, avec son nez épaté, ses cheveux carcéraux et sa poitrine débordante qui flottait au-dessus du tapis roulant. Bandit la connaissait très bien, il avait grandi avec elle. Quand les parents de Bandit avaient perdu sa garde, il avait atterri chez le pharmacien, le père de Zanette. Du jour au lendemain, ses bulletins scolaires avaient changé, en mieux. La famille d'accueil avait considéré Bandit comme un membre de la famille. Le père de Zanette l'aimait bien. Il voulait qu'il s'en sorte.

Nelson attendait dans la voiturette. Bandit passa devant Zanette en vitesse. Monté sur son escabeau, un *petit nain*, que Zanette avait salarié, terminait de garnir le rayon épicerie avec des sachets aux noms évoquant le bien-être : *Nuit Tranquille*, *Rêve Doré*, *Digestion Paisible*... Bandit ne buvait pas de tisane. À deux pas de la gondole du bien-être se trouvait le nouveau rayonnage de lingerie fine et moderne – made in France – que l'entrepreneuse Zanette avait eu à cœur de créer.

Ce dimanche, Bandit était le dernier client à déposer des rouleaux de Sopalin, un paquet de coquillettes, quatre brugnons et un aller-retour de chorizo devant les yeux de Zanette. Elle esquissa un léger sourire laissant briller son appareil dentaire. D'une pression sur la télécommande, le rideau de fer se baissa de moitié ; l'employé, après avoir salué sa patronne, passa dessous sans difficulté. La lumière se faisait plus rare et les regards de Bandit et de Zanette s'aimantèrent. Le rideau s'affaissa en totalité dans un emboîtement mécanique qui interdisait totalement la lumière du jour. Bandit paierait plus tard. Zanette pivota sur sa chaise, se leva, contourna la caisse, passa entre la gondole de bonbons et Bandit – les bonbons restaient sous la vigilance de Zanette pour limiter la choure, surtout le mercredi. Bandit la suivit avec ses courses jusque dans la réserve, séparée du magasin par une porte à double battant au niveau de la large vitrine débordant de produits frais.

Ils préféraient toujours éteindre. Ils se postèrent l'un en face de l'autre, les seins volumineux de l'une épousant le torse compact de l'autre. L'éternel legging de la propriétaire de la supérette permettait aisément de plonger la main dans sa culotte, les doigts de Bandit peignant au passage sa petite foufoune, la foufoune de Zanette. L'humidité et le souffle dans son oreille donnèrent à Bandit quelques indications de satisfaction. De l'autre main, il déboutonna son vieux pantalon de velours. Son sexe bégayait un peu mais la main douce et froide de Zanette était très perspicace : Bandit bandait. Ils se masturbaient en moyenne un petit quart d'heure et il était très fréquent qu'ils aient leur orgasme au même instant, comme un alignement de planètes – c'était drôle, les coïncidences.

Il n'avait connu qu'une seule autre femme, une seule fois, une jeune femme aux larges hanches qui lui avait pété le frein à l'arrière d'une voiture fonçant vers une boîte de nuit. Il avait gardé de ce claquage douloureux une tendresse indélébile pour le sexe qui n'était pas le sien.

Pour le moment, ce dimanche de juillet, la main de Zanette coulissait à merveille, titillant magnifiquement le dessous de son gland : les paupières de Bandit tremblèrent. C'était fluide et ferme à la fois, facile. Si bien qu'il en mit un peu partout.

— Belle journée, Bandit, tu passeras payer mardi (le lundi c'était fermé), dit-elle d'un ton neutre en le délivrant par la porte dérobée de la réserve qui donnait sur la traboule.

Il alla déposer ses emplettes dans son coffre pour enfin s'avancer avec Nelson vers le dernier commerce ouvert du village.

Bandit avait passé son adolescence au Central. À cette époque, un jukebox avait fait de lui la gloire locale pour son étrange manière de danser devant la machine. Époque révolue, le jukebox avait foutu le camp mais il y avait désormais une belle enseigne dessinée au pinceau : bar-tabac-jeux. Depuis que les Anglais avaient réouvert le Central, la glycine étranglait la pergola, avec de gros bourdons poilus qui cabotaient. Mamie Lulu – Lucy –, la taulière, était devenue la maman de tous. Son mari, John, la Suze l'avait emporté quelques années après leur arrivée. La vésicule biliaire n'avait pas tenu le décalage horaire.

Bandit remarqua sans inquiétude que ni Christian ni Bernie n'étaient là et s'installa en terrasse. La fille de Lulu déposa une mousse fraîche sur le mange-debout. Elle était vêtue d'un shorty des grands jours, vert pistache et ras la salle de jeux – quelques grammes de coton à peine. C'était l'été, elle plaisantait avec la clientèle pour un oui ou pour un non, ponctuant ses paraboles d'un petit rire irrésistible.

Un tandem de cyclistes hollandais se gara, les cheveux collés sous leurs casques ajourés. De la buée perlait sur l'extérieur de la pinte dorée de Bandit. Ce D-Day, il vivait un moment de grâce. En regardant au fond du verre, il se dit que sa vie, malgré tout, pour des instants de la sorte, méritait d'être vécue. Il sentit soudain une dernière goutte de sperme circuler dans son sexe délassé pour s'extraire et venir auréoler son Slip Français. Cette plénitude était en tout point opposée à la démesure de ce qui l'attendait. Comment pouvait-il imaginer que se jouerait tout à l'heure sa destinée ? Jusqu'à présent, il s'était assis sur ce qui touchait à la providence, aux fortunes comme à la fatalité. À ce moment précis, Bandit n'était convaincu que d'une chose : personne ne savait de quoi la minute suivante serait faite. Personne.

3

Le carnassier

UN BROCHET RÔDAIT DU CÔTÉ DE La Brande. Bandit l'avait nettement aperçu dans l'eau émeraude et manqué deux fois. Au premier coup, le poisson avait contraint Bandit à niquer son nylon sans même avoir le temps d'entrevoir l'animal. Mais à sa force et au mouvement de l'eau, il avait deviné une bête, une bête intelligente qui l'avait emmené s'emmêler dans un amas de branches immergées jusqu'au bruit sec du fil qui cède. Fait chier !

À la seconde rencontre, le brochet l'avait regardé du coin de l'œil : ce serait Bandit ou lui. Le coriace dépassait le mètre, avec une gueule grande comme la main et des centaines de dents pareilles à de fines lames de cutter. Son passage à la surface avait laissé apparaître un grand ventre blanc, peut-être était-ce une femelle. Au pif, Bandit avait misé sur huit, allez neuf kilos. Et l'engin avait disparu d'un coup de queue dans les profondeurs, en sectionnant à nouveau la ligne. Bandit l'avait pourtant travaillé une bonne vingtaine de minutes avec quelques puissants rushs mais d'un excès de confiance, il avait trop serré le moulinet sur les derniers ferrages. Merde à la fin !

Le brochet a ses habitudes. En période de sieste, il stagne avec la tête légèrement inclinée vers le bas. Dans ces cas-là, on peut lui mettre tout ce qu'on veut sous le nez, il ne bougera pas d'un iota. Mais quand sa tête se redresse, il entre en chasse et saute sur tout ce qui bouge. Et lorsque le carnassier a saisi sa proie, il ne la lâche plus. C'est un poisson d'eau douce et redoutable.

Ce dimanche après-midi, Bandit en était sûr, le brochet l'attendrait à l'endroit où la rivière se dédouble en deux bras qui forment une petite île. Il avait décidé de lui faire la peau – péché d'orgueil, il le voyait déjà dans l'immense plat en inox, gaugeant dans un beurre blanc avec quelques tomates cerises du jardin, fumant un bouquet de ciboulette. Bandit comptait le servir avec du riz, surtout pas collant car la sauce ferait le job. Pour l'heure, un vent de sud-sud-ouest montait, quelques gouttes de pluie ne tarderaient pas à jaillir de ce ciel qui devenait nerveux : les conditions étaient idéales. Il l'avait loupé au leurre, le brochet était méfiant désormais, fallait le choper au vif, à l'ancienne.

Il fourra tout l'attirail dans la Ligier, ce qu'il fallait pour le brochet et une canne au coup pour les vairons. Il comptait faire aussi de la friture. Avec, pour pousser, un sauvignon de Loire très sec qui réveillait l'œsophage. Bernie – le Chineur – et Christian – le Proxo – adoraient ça, Didier et Mongie aussi, qui, à eux quatre, formaient le cercle d'amitié de Bandit. Didier vivait dans des ruines au nord du village. Sa plus grosse fortune tenait sur deux dents en or, fixées au râtelier du haut. Au Central, il était considéré comme le dernier cowboy d'Europe. Son chapeau, son couteau à la ceinture et sa descente – qu'aucun n'aurait montée à vélo – y étaient pour beaucoup. Mongie était plus discret dans le fond comme dans la forme. Kabyle aux yeux lumineux, il exerçait le métier de potier chez lui, dans le lotissement des Maisons Neuves.

Nelson grimpa dans la Ligier à côté de Bandit qui alluma le moteur et se retourna pour faire une manœuvre. L'épuisette lui masquait la vue au travers de la vitre arrière. Une fois dans le sens du départ, il remarqua qu'il avait laissé ses deux fusils cassés accoudés à la caravane. Il ne s'en inquiéta pas outre mesure, personne n'osait aller chez lui si ce n'étaient ses amis.

Au bout d'un bon quart d'heure, Bandit et Nelson arrivèrent à destination, du côté de La Brande. Une cinquantaine de mètres à travers bois les séparait de la berge où attendait la barque en plastique vert de Didier – le Cowboy. Elle passait tout l'été ici, les niveaux d'eau à cet endroit étant importants malgré les décrues. Le chien devançait Bandit, promenant sa truffe un peu partout avant de choisir un pied d'arbre.

Bandit défit les deux cadenas de la barque en faisant rouler les molettes sous ses gros doigts – 14-18, 39-45. Nelson avait déjà les pattes dans l'eau à l'affût d'une bestiole. Il posa le matériel dans la barque, les lignes le long de la rame, appela son chien et fit glisser l'embarcation jusqu'à l'eau. Nelson se posta à l'avant, le museau au vent. La rame s'enfonçait délicatement dans l'eau opaque pour ne pas effrayer les poissons. À leur passage, des oiseaux affolés s'échappèrent des arbres qui enserraient le lit de la rivière, une partie de leur système racinaire disparaissant dans l'eau. Derrière eux un léger sillon se dessinait pour aller se perdre un peu plus loin sur les berges. La masse d'eau en sommeil feutrait les sons et le simple fait de poser la rame dans la barque faisait écho. Ils n'avaient plus qu'une vingtaine de mètres pour se poster au bon endroit, là où quelque part, en dessous d'eux, rôdait dans les algues dansantes le brochet. Des araignées d'eau, toutes graciles, se servaient du plan comme d'un trampoline et formaient des arcs de cercle décroissants. Le vent dessinait par endroits de ridicules friselis. Bandit n'avait pas pris son anorak.

Ça commençait à moucher. Bandit tendit la ligne de son lancer au bout duquel était accroché un vif. Nelson se coucha dans la barque. Bandit sortit de sa poche un brugnon de Zanette. Il posa enfin ses fesses au centre du canot et planta ses dents dans le fruit. Un jus à la fois sucré et acidulé glissait sur sa langue quand, soudain, un bruit aigu puis sourd lui fit lever le nez. Il entendit sur sa gauche un crissement de pneus sur du bitume puis un fracas d'engin. Quelqu'un s'était foutu en l'air dans le virage qui remontait sur La Brande, juste là, sur la hauteur. Peut-être des jeunes qui ne s'étaient pas couchés ou des touristes inconscients des dévers fréquents dans la région ? Bandit se leva en arquant ses jambes pour équilibrer la barque. Il ne s'agissait pas de chavirer. Sa main et ses dents se disputaient encore la chair qui se déchirait du noyau. Il crut apercevoir de la tôle scintiller à travers des chênes sessiles. Il n'avait pas d'autre choix que de remballer. Décidément, ce brochet avait de la chatte.

4

La sirène

SON CUL QUI DÉPASSAIT était immatriculé en Allemagne. Bandit avait affaire à des mangeurs de saucisses. Il était le premier à arriver sur les lieux si ce n'était un âne, de l'autre côté de la route, qui mâchouillait une touffe d'herbe, la tête au-dessus de la clôture. La voiture était allée tout droit au lieu de suivre la route qui remontait légèrement sur la gauche. Ce virage n'était aucunement dangereux, le chauffeur avait dû s'endormir et l'auto s'était perdue dans un semblant de fossé creusé dans une pente boisée qui descendait sur la rivière. Le moteur était toujours allumé et manifestement le ou les passagers se trouvaient toujours à l'intérieur de l'habitacle. Une agréable odeur de gasoil se propageait, qui rappelait la course annuelle de motocross du village dans la prairie de la mairesse.

La voiture, une vieille Mercedes Classe S de couleur beige, était légèrement couchée sur le côté gauche. Bandit imagina que des manouches l'avaient volée en Allemagne pour commettre leurs larcins incognito dans le département. Il descendit dans la pente en s'agrippant à la voiture. L'engin était en bascule, retenu par une souche qui avait déchiré le flanc du pneumatique. Une voix féminine l'interpella. La vitre arrière droite tapissée de brisures lui interdisait de voir quoi que ce soit. En se penchant, il devina une silhouette aux cheveux clairs qui s'agitait sur le siège avant passager, communément appelé la place du mort. La passagère était bien vivante et elle parlait en français, avec un accent, Bandit penchait pour l'alsacien – il excluait désormais le cliché d'une manouche – mais sans doute était-il influencé par la plaque d'immatriculation. Il dut mettre un pied sur le rétroviseur et fléchir pour que son visage arrive à la hauteur de la vitre avant. Manque de pot, celle-ci était également nervurée.

En équilibre, Bandit découvrit davantage le visage féminin qui lui demandait de l'aider à sortir de ce merdier. Dans sa position, il ne pouvait pas ouvrir la portière à laquelle il s'agrippait bon an mal an. Il s'en était fallu de peu – d'une souche – que la Merco n'aille se scratcher dans les arbres et, compte tenu de la pente, l'accident aurait été tout autre. Resté sur la route, Nelson aboyait, ce qui n'aidait en rien. L'âne, derrière le chien, restait imperturbable, le regard dans la direction de l'accident mais vide.

Bandit suggéra à la femme de passer à l'arrière du véhicule, en délicatesse, pour s'extraire par la portière arrière droite. Le tout en bégayant sévère mais là Bandit avait une excuse, il s'agissait d'un accident, avec de l'émotion et du drame. Il escalada jusqu'à la route en prenant soin d'ouvrir au passage la portière arrière. Elle forçait un peu mais céda. Bandit vit un bras se tendre vers lui. Il l'attrapa, la peau était aussi douce qu'un manche de pioche, et là.... lui qui pensait découvrir des cheveux collés par le sang, un nez déchiré, une arcade béante, c'est une sirène armée d'un sein à l'air libre qui s'extirpa. Tout l'érotisme sortait. Elle apparut comme ça, à ne plus savoir si Bandit l'avait aidée, dans sa tête, c'était flou, ce serait flou pour l'éternité, en attendant, c'était frais, c'était ferme. Un sein sortait de la Mercedes Classe S, un sein d'une trentaine d'années. S'écrivait aux yeux de Bandit la grande évasion. Du débardeur blanc l'autre sein hésitait lui aussi à s'échapper. Mais un seul suffisait déjà à l'éblouir, celui dans lequel un cœur battait. Bandit ne savait pas, Bandit ne pensait pas qu'un volume pouvait être aussi parfait. Cette chose était impossible à dessiner. Forçant l'élasticité de l'imagination, sa couleur pâle rappelait la pureté du lait ou d'un blanc-manger coco majestueux, avec cette légère tache de rousseur qu'était le téton, framboise sur une soucoupe volante aux courbes célestes.

Dans l'agitation, le sein tremblait toujours. Au jeu de la pesée, Bandit aurait misé trois cents et quelques grammes. Ce sein était un vertige, une angoisse, un phantasme, non, un projet plutôt, un coup d'État, un chef-d'œuvre absolu, une poitrine de salut public à réveiller le monde entier sur la béquille. Il irradiait sur cette route de campagne qui menait au lieu-dit de La Brande. Bandit en était sûr et certain, si l'accident était survenu de nuit, ou s'il avait eu le pouvoir d'éteindre la lumière du jour, ce dôme aurait été phosphorescent, du genre LED d'un blanc chaud et lumineux, et peut-être même clignotant. Bandit le sentit tout de suite au plus profond de son être, ce sein changerait sa vie, rien ne serait plus jamais comme avant.

Extatique autant qu'abasourdi, Bandit proposa à Mimsy – elle avait délivré son prénom sous le choc – de la conduire chez le médecin le temps d'appeler les secours pour sortir la voiture du fossé. La jeune femme répondit qu'il fallait aussi secourir son ami, toujours sur le siège conducteur. Bandit gonfla sa poitrine avant d'entrer par la portière arrière grande ouverte. La voiture bougea alors nettement, quelle frayeur. Il passa doucement à l'avant du véhicule. Il se trouvait bien un pilote, le type était groggy, sa tête paraissait avoir cogné le pare-brise à en croire les filets de sang qui coulaient sur son front. Bandit le rassura, les blessures à la tête paraissaient plus impressionnantes que graves. L'homme semblait se foutre de ses propos. Sa braguette était ouverte et son pantalon légèrement baissé. Des lunettes cassées étaient sur ses cuisses, les verres étaient jaunes teintés, des lunettes de célébrité. Au son de la voix de Bandit, la victime reprit doucement ses esprits et finit par sortir cahin-caha de sa Mercedes. Il se tenait la tête et baragouinait en espagnol. Mimsy expliquait d'ailleurs qu'il était espagnol, Bandit comprit qu'ils arrivaient d'Allemagne pour se rendre de l'autre côté des Pyrénées. Il ne demanda pas davantage d'informations, regardant le sang qui avait taché le polo de l'Espagnol. De l'hémoglobine lissait aussi ses cheveux ras sur le côté de la tête, faisant ressortir une nuque longue.

Le couple refusa de voir un médecin, encore plus d'aller à l'hosto. Dans la Ligier, Mimsy n'avait toujours pas pris le soin de couvrir son sein. Il rebondissait dans le rétroviseur central. C'était fou, du délire. Nelson n'y prêtait aucune attention. Bandit se concentrait sur la route pour ne pas, à son tour, se foutre en l'air. Mimsy disait souffrir du dos. Manifestement, elle n'avait pas sa ceinture de sécurité au moment de l'accident, et Bandit ne savait comment son dos était allé percuter le tableau de bord.

Bandit expliqua comme il pouvait que les accidentés allaient devoir se faire à l'idée de rester quelques jours dans la région, qu'elle était belle – la région –, qu'ils pourraient loger au Central qui disposait de quelques chambres confortables au-dessus du bar, qu'il s'occuperait de sortir leur voiture ce soir, ou le lendemain matin, avec l'aide d'un tracteur et d'une bonne sangle. Et puis d'insupportables banalités – à y réfléchir – comme plus de peur que de mal, sauvés par une souche…

Après tout ça, Bandit rentra chez lui tout étourdi par ce qu'il venait de vivre et de voir. Un grand coup de batte sur sa nuque ne l'aurait pas assommé davantage. Le brochet devenait secondaire. Mieux, de le savoir en vie et libre dans cette eau cristalline le réjouissait presque. Il chantonnait dans sa caravane quand Didier passa prendre une bière – comme à peu près tous les dimanches soir. Bandit lui raconta la scène et le reste. Didier écoutait et soudain il montra ses dents en or dans un sourire inquiet. Il ne croyait pas Bandit, évoquant le delirium tremens ou le surmenage. Il avala sa canette d'un trait – mais en deux gorgées – et sortit de la caravane. Bandit ne le retint pas, il était sur les jantes. Il entendit son ami jurer, puis le scooter s'éloigner. Il soupa d'un plat de pâtes au beurre devant une émission de variétés, une émission un peu dérangeante – du cirque ou du cabaret avec de jeunes acrobates chinois androgynes en fuseaux scintillants. Le pire était encore les publicités parmi lesquelles celles pour le parfum étaient de loin les plus connes. Il appuya sur le bouton rouge de sa télécommande et ouvrit son atlas pour jouer aux capitales, avec son doigt, en fermant les yeux. Mais il avait la tête ailleurs.

Passé dans l'autre caravane où se trouvait son lit – il les avait disposées en L pour s'abriter du vent du nord –, il ne parvenait pas à trouver le sommeil d'autant que dehors, des éclairs commençaient à zébrer la nuit, illuminant par instants la pièce, avant que ne s'abattent des seaux de flotte, à croire que les dieux, là-haut, ouvraient les vannes pleins gaz. Après l'eau vint une pluie de grêlons, semblables à des balles de golf – d'après le son –, qui mitrailla la tôle de son habitation. Bernie l'avait annoncé.

L'orage cessa au bout de quelques minutes et puis, un moment, Bandit eut les paupières lourdes. Il éprouva pourtant le besoin de sortir. Une odeur tiède de goudron, semblable à celle des whiskies tourbés de Christian, s'échappait du sol lessivé. Il n'y avait plus un seul nuage. La nuit était mouchetée d'étoiles, mégalopole insomniaque et grouillante au-dessus de sa tête : il s'avança pour pisser dans l'étang. Des vaguelettes se formèrent en de multiples cercles pour venir déformer le reflet de la mégalopole.

S'achevait la journée la plus érotique de la vie de Bandit. Avec, successivement, l'entrecuisse humide de Zanette puis, cerise sur le gâteau, l'ineffable sein de Mimsy. Et, pissant, Bandit ajouterait même le shorty pistache de la fille de Mamie Lulu : pour le fun.

5

Le destin et Madiba

MIMSY ET L'ESPAGNOL se remettaient de leurs émotions à l'étage du Central, dans une chambre dont les fenêtres donnaient sur la place du village – et donc sur les platanes et le terrain de pétanque. Ils se remettaient aussi de leurs quelques contusions, superficielles. Comme promis, Bandit s'était occupé de leur voiture et leur nouvelle entrevue au lendemain de l'accident fut d'abord tendue.

Bandit toqua à la porte et la voix d'une femme lui répondit d'entrer. Dans la chambre, devant une fenêtre grande ouverte, Mimsy, une fesse sur le radiateur en fonte, et l'Espagnol, avec sa coupe mulet, échangeaient. L'homme avait un sacré cheveu sur la langue, ce que Bandit n'avait pas remarqué la veille. La discussion terminée, Mimsy et l'Espagnol lui prêtèrent enfin attention.

— Zon fait quoi de la Merzedez ? dit l'Espagnol d'un ton peu sympathique.

Quand Bandit expliqua l'emprunt du tra-tra tracteur à un agriculteur, le san-san sanglage au niveau de la boule d'attelage, la sor-sor sortie sans accroc de la voiture, le dé-dé dépôt de celle-ci chez un copain garagiste et les tra-tra travaux de réparation à effectuer, l'Espagnol l'attrapa violemment par le cou pour l'emmener vers la fenêtre. Bandit se vit atterrir sur la pergola du Central. Heureusement, Mimsy intervint, levant fissa ce quiproquo. L'Espagnol avait pensé qu'en bégayant, Bandit s'était moqué du zozotement.

Puis les jours passèrent – comme on dit –, les habitants du village s'habituant à voir le couple se balader durant les chaudes soirées du mois d'août. Ils faisaient désormais partie du paysage, bras dessus bras dessous, parfois poussaient-ils jusqu'à chez Bandit qui leur offrait volontiers un café extrait du Bodum ou, suivant l'heure, un doigt de porto bon marché. L'Espagnol commençait à zozoter de mieux en mieux quelques mots de français. Natif de Valladolid, il était devenu informaticien et avait décroché il y a quelques années un job en Allemagne, à Coblence. L'index de Bandit longeait alors le Rhin, pour descendre le fleuve en partant de la Forêt-Noire, délaissant Francfort à l'est et plongeant en direction des Pays-Bas. C'était bien avant Amsterdam, là où se tortillait également la Moselle, que l'Espagnol avait jadis rencontré Mimsy. Encore enfant, elle avait quitté ce que l'on appelait la Yougoslavie – Bandit comprenait mieux la complexité chromatique de ses yeux –, suivant ses parents à Nancy. Ses études de philosophie l'avaient ensuite conduite à Stuttgart où elle avait gagné trois francs six sous en posant nue pour des shootings à caractère artistique. De là il était facile de se repérer en suivant les méandres du Neckar, l'affluent rattrapant le Rhin, rafraîchissant Mannheim, Mayence et Coblence où Mimsy avait eu l'habitude d'effectuer des travaux saisonniers dans les vignobles.

Ça faisait un bout de temps que Mimsy et l'Espagnol voulaient partir vers le soleil, et la décision avait été prise de tenter l'aventure en Espagne. Bandit imaginait que l'Espagnol avait gardé des contacts à Valladolid. Bandit imaginait mal car le projet était de se poser dans les environs de Saint-Sébastien – de son vrai nom Donostia – pour y bricoler des gîtes, du moins quelque chose dans l'accueil et le bien-être. Au pire, l'Espagnol ferait parallèlement des sites internet pour des entreprises. Du moins, c'était l'histoire qu'ils voulurent bien raconter à Bandit, un soir de pleine lune sous les lampions multicolores qui reliaient les deux caravanes, tous les trois penchés sur l'*Atlas 2000*, l'Espagnol ravagé d'aoûtas – l'innocent ne savait pas qu'on ne doit jamais s'attarder dans l'ombre des noyers.

Et puis ils avaient loupé ce virage à quelques mètres du brochet de Bandit, Mimsy avait fini par se persuader que le destin – et non l'inattention de l'Espagnol ou les gravillons sur la route – avait décidé du lieu où ils devaient s'installer, tenter l'expérience, plus largement vivre.

Pour se convaincre davantage que des forces spirituelles leur faisaient un clin d'œil, Mimsy avait sollicité Madiba. Bandit le connaissait bien *le* Madiba, c'était un client du Central, un turfiste qui sirotait toute la journée de la menthe à l'eau avant de passer sur les coups de dix-neuf heures au Get 27. Il vivait dans la région depuis des années, il avait commencé camelot en vendant des lunettes et des montres à deux balles sur les marchés avant de s'installer – c'était plus concret – comme médium. Madiba avait parfaitement compris que la chute du christianisme ouvrait de plus en plus la voie au chamanisme à tous crins, à l'énergétisme en veux-tu en voilà ou moult autres concepts touchant aux séduisants mystères de l'âme. La demande était grandissante, inépuisable, confiait-il dans un grand sourire d'une blancheur éclatante. Et il se découvrait au fil des consultations un vrai don pour dire à ses patients ce qu'ils avaient envie d'entendre.

Mimsy le croisait sans le savoir au bar du Central jusqu'à ce qu'un jour elle ouvre le journal local.

Maître Madiba
Grand Voyant Médium
Spécialiste des retours immédiats
& définitifs de l'être aimé
Résultats 100 % en 24 h garantis
Chance au jeu, réussite dans les affaires,
commerces en faillite, protection contre les dangers,
difficultés en justice… paiement après résultat !
Discrétion assurée – Je reçois et me déplace

Sur l'annonce figurait en très gras un numéro de téléphone portable. Et le Madiba, Bandit ne savait comment (cartes, pendule, grigri, boule ou queue de lapin ? !), avait bien achevé de persuader la jeune Serbe passée par l'Allemagne de ne pas se rendre en Espagne.

Bandit n'était pas près d'oublier le jour où Mimsy était sortie de sa consultation. Elle était devant un expresso serré en terrasse du Central, chamboulée, décoiffée et décidée, prête au grand soir. Elle parlait d'incantation, de fantasmagorie et de prémonition. Bandit en restait interdit. La voix de Mimsy tremblait, ses yeux étaient encore plus lumineux, tendance Herzégovine. Faudra expliquer pourquoi l'envoûtant Madiba n'était jamais foutu de trouver le quinté dans l'ordre mais en attendant, la nouvelle était que Mimsy restait, le paranormal avait fait son œuvre. Bandit devait l'admettre, se rendre à l'évidence : l'empaffé de Madiba avait un don.

« Il faut prendre au sérieux ce que la vie te suggère, ce n'est pas l'Homme qui décide, ce sont les circonstances qui font l'Homme », avait confié Mimsy à Bandit, ajoutant, le regard plein sud : « Et puis c'est beau ici, c'est un coin sauvage, les villages sont restés dans leur jus, les gens roulent, marchent et parlent plus lentement qu'ailleurs. » Bandit découvrait plus encore la richesse de son territoire. Mimsy n'avait cessé de dire des trucs forts sur la qualité de la vie pour conclure, en lui prenant les mains – oui, les deux : « Bandit, la vie est une chance mais nous n'avons qu'un seul ticket et c'est un aller simple. » Bandit était soufflé. Avec la métaphore du ticket de train, du voyage sans retour, tout s'était éclairé dans sa tête.

6

Le logis

CE VIEUX LOGIS, perché sur le causse non loin des caravanes de Bandit, était à vendre depuis des lustres. La magie du lieu avait attiré des poignées de visiteurs, surtout des curieux, mais l'ampleur des travaux de rénovation avait très vite découragé les candidats sérieux. Pour Mimsy, ce fut le coup de cœur et l'Espagnol, se disait-il au Central, avait cassé la tirelire.

De la signature du compromis de vente sous seing privé à celle du titre de propriété, le délai légal avait cueilli l'été. Depuis, la béto tournait, tournait, aspirant les sacs de chaux les uns après les autres pour dégueuler la colle dans les brouettes. Le premier défi était de pouvoir y loger au plus vite, ne serait-ce que dans une pièce ou deux, pour ne plus avoir à s'acquitter du loyer de la chambre du Central. Alors, le temps que les joints de la toiture tirent, Bandit s'affairait à gratter ceux de la future pièce de vie qui s'ouvrait d'une baie vitrée sur la vallée. Bandit avait choisi un sable légèrement saumon, si bien qu'après le passage de la brosse métallique, les joints beiges tiraient sur le rose, donnant un joli rendu avec les tomettes rougeoyantes au sol. Mimsy était folle de ces nuances et, dans un trait d'esprit, l'Espagnol baptisa le logis la Pink House. Bandit apprit du même coup que c'était le nom du palais qui abrite les bureaux présidentiels en Argentine. Il savait très bien où se trouvait cette contrée, sa capitale comme ses pays frontaliers.

Mimsy avait donc vu en cet accident un signe du destin et, de cause à effet, Bandit avait l'épaule droite en vrac, à force de grimper par l'échelle sur le toit du logis avec une vingtaine de kilos de tuiles par montée. Au lendemain de l'acte de vente, Bandit avait expliqué qu'il ne fallait pas avoir fait Polytechnique pour savoir qu'une rénovation se commençait par le toit afin de mettre l'habitation hors d'eau.

Ainsi s'achevait, par cette belle journée d'octobre, la refonte complète de deux cents mètres carrés de toiture. En calculant à la louche une moyenne de cinquante kilos de tuiles par mètre carré, Bandit avait monté dix tonnes sous les encouragements de Mimsy qui, de temps en temps, s'amusait à les arroser avec le jet d'eau. Également mouillée de la tête aux pieds, la nouvelle habitante faisait valser ses cheveux blond vénitien avant de les essorer de ses mains. Ils avaient pris quelques centimètres depuis l'accident, rattrapant ses épaules. Sa salopette en jean était légèrement trop grande mais son T-shirt blanc entièrement trempé épousait parfaitement ses formes divines. Ses seins pointaient fièrement, pourtant Bandit se concentrait sur les barreaux de la grande échelle en aluminium coulissée à son maximum. Le corps de la bâtisse culminait à six mètres.

De cette hauteur, toute chute serait fatale. D'ailleurs, ce jour-là, Bandit se fâcha quand Mimsy tenta de s'accrocher à l'échelle.

— Oh, Bandit, s'te plaît, j'ai envie de voir la vue de là-haut.

— C'est-c'est c'est dangereux.

— Allez…

Bandit prit ça pour une prière doublée d'une invitation, alors elle grimpa entre ses bras qui servaient de garde-fou. Elle riait comme une gamine. Arrivée à mi-hauteur, elle s'arrêta. Bandit sentit que le vertige commençait à la saisir. Les jambes de Mimsy tremblaient légèrement et son souffle s'intensifiait. Bandit imagina qu'elle transpirait un peu, juste un peu, sous son T-shirt.

— Ne-ne ne regarde pas… en-en en bas.

Elle regarda quand même en lâchant un cri qui disparut dans la nature. En bas, Nelson paraissait tout petit et l'Espagnol les scrutait, perplexe, les mains formant une visière au-dessus de ses yeux. Depuis le début des travaux, Bandit observait que l'Espagnol n'était pas un grand vaillant. « Il ne fait rien mais il le fait bien », avait-il confié au Central, entre deux tournées. Par ailleurs, en quelques mois, *l'espingouin* avait bien pris une dizaine de kilos. C'était sans doute le canard gras. Le canard gras, ça ne pardonne pas. Avec ses larges lunettes aux carreaux jaunes teintés – qu'il avait remplacées sitôt l'accident – et son teint mat, il faisait penser à ces flics à la big bedaine qui traînaient dans l'atlas de Bandit le long de la frontière entre les États-Unis et le Mexique : avec des fusils à pompe, des grands gobelets à café diurétique et des pick-up surélevés dont les demi-tours soulevaient de la poussière de cinq bons mètres, jusqu'à hauteur de la clôture barbelée.

Arrivée en haut, Mimsy s'installa sur un pan de la toiture, loin du bord. Elle était encore plus belle perchée, assise en tailleur, comme les bouddhas posaient leur cul. Elle redressa ses épaules, joignit les paumes de ses mains et gonfla sa poitrine comme si l'air, là-haut, y était plus sain.

— C'est la définition du rêve ici, Bandit. Crois-tu que quelqu'un dans ce ciel ait décidé de notre rencontre ? dit-elle les yeux fermés.

Bandit n'avait pas de réponse, là-là-tout-tout-de-suite-maintenant. D'un pas leste, il alla se pencher dans le vide pour finir de sceller quelques tuiles romanes. Avec sa langue de chat, il enduisit la tuile pour la poser délicatement en s'assurant, via son œil de lynx, de bien l'aligner avec les autres : au poil.

— Tu es fou, dit-elle.

Elle avait rouvert son regard. Soudain, une légère brise frisquette s'invita sur cette hauteur. Mimsy changea de position pour attraper ses deux genoux et les ramener sous son menton. Ses bottillons de jardinage étaient sur les talons et formaient un V. Avec une éponge que Bandit avait auparavant plongée dans le saut d'eau, il nettoya les tuiles pour laisser un joint de laitance régulier et lisse. Il finit avec le doigt.

— Tu sais tout faire… Sans toi, Bandit, bref, ajouta Mimsy d'une voix douce avant de pincer ses lèvres.

L'horizon était dégagé, la perspective délivrait une bonne trentaine de kilomètres, d'un dégradé de causses toujours plus grisonnants, jusqu'au plateau de Bressac, à la limite du département. Plus proche d'eux, dans le contrebas plein ouest, on pouvait distinguer un bout de l'étang scintillant de Bandit et, derrière le verger qui commençait à se dénuder de ses feuilles rouges, ses deux caravanes en L.

Bandit paraissait moins sensible que Mimsy à l'imprenabilité de la vue. Il y avait encore du travail, toujours du travail, alors il cria à l'Espagnol de rallumer la béto. Il fallait faire de la colle, toujours de la colle et à l'ancienne, que de la chaux et du sable, sans une goutte de ciment. Mimsy rêvait d'une maison comme autrefois où le bois et la pierre étaient les matières reines, une question de karma, juraitelle, une maison qui respire, pour résumer.

Le bruit entêtant de la machine se remit en route. Bandit avait pris garde à la descente de Mimsy – leurs corps s'étaient frôlés –, après quoi d'une violence contenue Bandit enfonça sa pelle dans le tas de sable pour l'envoyer dans la gueule de la bétonnière qui engloutissait tout. Ses veines dessinaient des rivières sur ses bras. L'Espagnol avait bien compris – c'était déjà ça – que pour un demi-sac de chaux, il fallait vingt pelletées de sable, et en deux fois. De temps à autre, Bandit envoyait de l'eau pour que la colle soit al dente. Il faisait chaud en cette journée d'octobre, la colle tirait vite.

Bandit, l'ancien maçon qui s'était promis de ne plus jamais toucher à son matériel, était de nouveau à l'œuvre, en « mission Mimsy ». Il se sentait utile et force était de constater qu'il allait beaucoup moins picoler au Central, occupé corps et âme à la renaissance de ce logis. Son épaule en compote était un mal pour un bien. Jamais un été ne lui parut si indien.

7

Kevyne

IL ÉTAIT APPARU AU PRINTEMPS, deux bons mois avant l'accident de Mimsy. Bandit l'avait découvert au bord d'une route comme on trouve des chiens abandonnés. Il était allongé au niveau du grand champ de Chez Noël qui faisait comme un ourlet avec des ruches de toutes les couleurs à l'orée du bois – Jacky l'apiculteur, qui n'avait rien à voir avec toute cette histoire, produisait du miel bio.

Voyant l'épave, Bandit, en voiturette, s'était arrêté. Il avait même cru le jeune homme mort et, quand il avait retourné le corps mou, celui-ci était vivant. La première chose qu'il avait remarquée chez Kevyne était l'écume blanche aux commissures de ses lèvres. Après deux petites gifles, le gamin avait ouvert les yeux, l'œil droit regardait Bandit tandis que l'autre partait vers le haut. Et puis il avait souri avec des gencives roses plus grandes que ses dents. Bandit ne savait pas encore s'il souffrait de bruxisme ou si ça venait de la consommation d'acides.

Il l'avait amené au Central et ils avaient mangé le plat du jour. Kevyne en avait pris deux, avec beaucoup de pain pour nettoyer l'assiette. Au bar, personne ne s'était étonné de voir ce nouveau visage. Bandit avait l'habitude de recueillir le premier galérien venu. Quand il arrivait quelque part, les paumés affluaient.

Depuis, le jeune homme squattait souvent les caravanes. C'était une énième raison sociale de Bandit, un peu l'enfant qu'il n'avait jamais eu. Bandit savait qu'il se faisait parfois enfumer, Kevyne s'inventant chaque jour de nouveaux problèmes, pour quémander la pitié de Bandit. Mais une chose était sûre : à son accent comme à la plaque d'immatriculation de ses parents, il venait du Nord. Et Kevyne s'écrivait avec un *e* car ses parents avaient toujours voulu une fille.

Le gamin en voulait à ses parents, il en voulait à la terre entière, il pouvait dérouler ses colères sur toute la diagonale du vide. Il tapait du fric à Bandit qui s'en fermait les yeux.

Courant septembre, les parents de Kevyne avaient retrouvé sa trace, via ses copains teuffeurs, jusqu'au Central. Mamie Lulu les avaient envoyés chez Bandit – ils étaient bien du Nord et blancs comme des pets. À ce moment-là, Bandit avait compris que Kevyne n'avait plus donné signe de vie à sa famille depuis plus d'un an. Après l'épreuve du baccalauréat, le jeune homme avait enchaîné la tournée de rave-partys. Et chaque fois que les copains prenaient une pastille d'ecstasy, Kevyne en gobait trois. Le perché n'était jamais redescendu. Des bordels étaient restés scotchés derrière le front, et Kevyne errait sur les bandes d'arrêt d'urgence.

Bandit avait écouté l'échange entre Kevyne et ses parents. Le gamin avait donc eu son bac et ses parents voulaient le ramener dans le Nord pour qu'il fasse des études supérieures. C'était sa mère qui le priait, le père était derrière, muet comme une carpe.

Kevyne était majeur et se vaccinait désormais à l'héroïne. Il n'avait pas voulu monter dans le Picasso dans lequel sa mère sanglotait – les gencives roses venaient d'elle. Ainsi, il était resté chez Bandit qui avait bien essayé de le faire bosser sur le chantier de Mimsy mais il avait une force de moucheron. On lui voyait les côtes. La brouette le soulevait. De jour en jour, ses bras se ruinaient de piqûres. Mimsy, à raison, se méfiait des types en survêtement blanc aux cheveux calamistrés qui bouffaient la vie de Bandit. Elle disait que les tox avaient une névrose de l'argent, qu'ils mentaient comme ils respiraient, qu'ils étaient schizos et que de toute façon elle avait eu un mauvais feeling avec Kevyne depuis le départ. Madiba lui avait peut-être soufflé la chose, avec ses talents de bonne aventure. Mais Kevyne restait la croix de Bandit, souvent chez lui quand il n'allait pas sécher sur les marches de l'église du village, à licher ses saloperies de 8.6.

Un midi, alors que Bandit revenait du logis de Mimsy, il retrouva sa caravane sens dessus dessous. Celle qui lui servait de chambre, les tiroirs grands ouverts, les fringues dégueulant, le matelas retourné. Ce connard de Kevyne avait cherché du fric : c'était le quart-monde à lui tout seul. Dans l'enfer de ses grandes intentions, Bandit était comme fou, Nelson aboyait en tournoyant autour de lui. Où était cette triple merde ? Bandit aurait voulu l'étriper, l'étrangler, lui mettre une danse comme jamais. Bandit rentra en furie dans l'autre caravane. La télé était allumée. Pas de Kevyne. Des bouteilles vides jonchaient la table.

La boîte à biscuits était toujours à l'endroit où Bandit l'avait planquée.

Bandit fonça vers sa Ligier. Le cœur que lui avait dessiné Mimsy dans la poussière de son pare-brise arrière était devenu une bite. Il allait le tuer, l'éteindre à jamais d'un coup de pioche. Kevyne n'avait pas le droit de toucher à son intimité – à son fric, à la limite, mais pas à son intimité. Il voulait lui faire manger son nez à coke.

Zanette le vit arriver en trombe sur le parking puis dans la supérette.

— T'as-t'as t'as pas vu le-le le gamin ?

Malgré la colère, Bandit se fit la réflexion que Zanette se laissait pousser les cheveux – comme Mimsy, ce qui faisait partie de sa réflexion.

— Tu me reparles maintenant ? dit Zanette sèchement et sans le regarder.

— On-on on n'a jamais beau-beau beaucoup parlé.

Zanette ne le regardait toujours pas.

— Ton Kevyne est passé tout à l'heure s'acheter ses bières.

Comme paralysé dans un rayon, le Petit Nain fixait Bandit qui s'éloignait de la caisse pour sortir du magasin. C'était clair, Zanette lui en voulait de ne plus beaucoup aller dans sa supérette, et jamais plus les dimanches matin. Depuis la venue de Mimsy et de l'Espagnol, Bandit n'avait plus la tête à ça. Le boulot lui coupait les pattes. Il travaillait même le dimanche. Et ne mangeait que rarement chez lui.

Dans la minute qui suivit, Bandit trouva Kevyne sur la place de l'église, entouré de punks à chien. Le gamin compris immédiatement, à la démarche de Bandit, que ça allait barder pour son matricule, mais il s'en balançait.

— Vas-y, Bandit, casse-moi la gueule ! dit-il avant tout le monde en ouvrant les bras comme le Christ.

Ces mots firent mal à Bandit qui le prit par le colback. Un des collègues de Kevyne comprit qu'il fallait rester assis (le punk à chien n'était pas si *no future* que ça). L'autre ne bougeait pas non plus d'une oreille. Bandit connaissait bien ce traîne-savate qui était du village, il n'avait pas intérêt à moufter. Kevyne avait les pieds dans le vide, les syllabes foutraques tout en postillons de Bandit lui intimaient de ne plus jamais ramener ses guêtres aux caravanes. Avec ses gencives Malabar, Kevyne rigola bêtement de ce *jamais*. Bandit le reposa et donna un coup de pied dans une 8.6 qui roula en déversant un liquide brunâtre.

En remontant dans sa Ligier, il pleura ; c'était nerveux. Il tirait un trait sur Kevyne. Dire que ce type avait eu son baccalauréat et pouvait faire des études alors que d'autres n'en avaient pas eu la chance… À sa place, Bandit serait devenu géographe.

8

Le logis, encore

— QUE TOUT SOIT BEAU, BANDIT, c'est le point de départ et le point final…

Cette phrase sortit de lèvres pulpeuses pour venir caresser ses tympans. Elle resterait un moteur.

Avec un peu de recul, le défi que le couple s'installe au plus vite se commuait en une véritable performance – de Bandit – tandis que le mois d'octobre vivait ses derniers jours dans des nuances de jaune, d'ocre et de bronze. Bandit brossait les joints dans l'idée de faire seulement apparaître la tête du moellon. À côté se trouvait la cheminée dont il avait fallu faire disparaître plusieurs couches de peinture au plomb. Il avait auparavant passé pas moins d'une nuit sur le manteau à faire courir le chemin de fer – Mimsy détestait le bruit, ça lui passait partout, partout – pour redonner à la pierre toute sa blancheur sans ôter le calcin. Et ce fut sur le manteau de cette cheminée que

Mimsy vint déposer son T-shirt pour aller s'en chercher un autre.

— Ça ne te dérange pas ? dit-elle en opérant un demi-tour quasi militaire.

Comme il frottait, Bandit fit mine de ne pas entendre, concentré sur ses coups de brosse métallique dans l'objectif de ne jamais laisser apparaître de griffures. Il se retourna seulement une seconde pour la voir repartir. Une seule bretelle de sa salopette en jean traversait son dos nu, un dos naturellement musclé parcouru de quelques grains de beauté. Ce dos est dangereux. Bandit se fit cette réflexion le plus sincèrement du monde, ajoutant à sa pensée qu'avant l'accident, jamais il n'aurait imaginé qu'une telle créature existait, si ce n'était dans la télé ou dans les magazines au papier glacé.

L'heure du déjeuner approchant, Bandit sortit du logis. Il lavait le matériel avec la buse haute pression et la brosse quand Mimsy réapparut. Elle avait envie de murettes en pierres sèches et d'un préau aussi, avec un barbecue, pour recevoir, faire la fête, constituer une maison du bonheur. Bandit imaginait surtout l'ampleur de la tâche. Avec Mimsy, une idée poussait l'autre. Elle voulait enfin donner de la vie partout, un liquidambar ici, des Ronsard là. Ouais, se disait Bandit, mais, sur les hauteurs, le sol était dur comme du béton armé, la roche affleurant à plein d'endroits.

Mimsy disparut à nouveau. Bandit trempa ses bras jusqu'aux épaules dans la bassine de maçon, s'essuya avec une guenille. Dans le même temps, l'Espagnol lui annonça qu'il le paierait le soir même. Il payait les heures de travail de Bandit en liquide sans jamais rechigner, mais Bandit avait remarqué que de semaine en semaine les ressources s'épuisaient. Le fric était l'objet d'engueulades de plus en plus fréquentes entre Mimsy et l'Espagnol dont les noms d'oiseaux enjambaient parfois la colline jusqu'à ses caravanes.

Bandit n'en parlerait jamais aux flics, des fois que ça lui retombe dessus, mais cet après-midi-là, au niveau du futur salon, ça barda grave pour la énième fois. Bandit était à l'extérieur. Avec les pièces encore vides de meubles, les voix portaient. Mimsy et l'Espagnol s'envoyaient quelque chose. Le ton montait, montait. Malgré son oreille droite déficiente – son père cognait dur –, Bandit ne pouvait pas ne pas entendre.

Il était question de thune, de blé, de flouze. Et de pépettes. Bandit crut discerner que l'Espagnol n'avait plus un rond : à sec. La béto ne tournait pas et Bandit posa la pioche pour boire un bon coup de flotte. Il tenait la bouteille en l'air, Mimsy donnait à l'Espagnol du crevard, du radin, de l'impuissant et de la mierda. Bandit reposa la bouteille. L'Espagnol rendait de la diabla, de la manipulativo, de la puta et de la zalope. Bandit s'imagina le faire taire d'un unique coup de faux, dans un bruit quasi sourd, pour que la tête se détache et roule, roule, roule – comme la canette de 8.6 – jusqu'à ses caravanes. Il avait honte que des idées pareilles lui traversent l'esprit. Mais l'altercation du couple dans le salon débordait clairement sur son matricule, Bandit devenait un chapitre de la discorde et Mimsy faisait rimer Bandit avec gentil. Des trucs valdinguèrent, comme durant son enfance, et puis ça se calma d'un coup. Ils finirent par sortir chacun d'un côté de la bâtisse. Mimsy partit tailler des rosiers autour de l'ancien pigeonnier qu'elle rêvait de voir remonter. Elle avait des gants roses, une cisaille et un escabeau : son popotin dansait.

Le temps fila et, sur les coups de dix-huit heures, Mimsy arriva tout sourire, passant sous sa collection de strings étendus sur le fil, avec dans ses deux mains trois bières fraîches. Elle embrassa son Espagnol assis sur le timbre en pierre comme si de rien n'était. C'était mieux comme ça, pensa Bandit tandis qu'ils trinquaient tous les trois.

— À-à à demain, lança-t-il avant d'expliquer ce à quoi on s'attaquerait précisément le lendemain.

— Pas à demain, à tout de suite, Bandit, le coupa Mimsy.

— Ben-ben…

— Ben c'était convenu comme ça, mon loulou, j'ai tout préparé, tu restes avec nous ce soir pour le frichti, tu fais partie de la famille, ajouta-t-elle, un bras enlaçant son amoureux d'Espagnol.

Bandit avait cru qu'après la sévère engueulade, les maîtres du logis, crevés, irrités, irritables, auraient repoussé ledit frichti. Mais non. Alors Bandit partit chez lui se passer un coup sous l'eau, pioche sur l'épaule – pour l'aiguiser un de ces quatre. Tout en causant avec Nelson, Bandit se lava de la tête aux pieds avec un gant de toilette avant de se peigner devant le petit miroir mural. En se plaquant les cheveux sur le côté, il osa penser que l'Espagnol était jaloux, juste un peu jaloux, du gentil loulou Bandit.

9

Le guéridon

BANDIT L'AURAIT JURÉ : le verre bougea tout seul. Dans la pénombre de la pièce, les index ne faisaient qu'effleurer le verre à pied retourné. Ça lui donna envie de pisser, mais il se retint car le verre se baladait à différents endroits du guéridon, glissant vers les lettres et les mots disposés sur le pourtour du meuble. Les doigts étaient à Mimsy, l'Espagnol, Bernie, Maître Madiba et Bandit.

— Esprit, es-tu là ?

Le premier coup, le verre se dirigea vers le « non », alors Madiba, manifestement déçu, réessaya.

Mimsy avait prié Madiba de se joindre à la soirée – davantage qu'un frichti, une véritable grillade – avec ses accessoires de spiritisme. Madiba était venu, avait mangé comme quatre, après quoi il avait tout installé dans une pièce à l'étage de la Pink House, une future chambre où, à ses dires, il y avait du fluide.

— Esprit, es-tu là ?

Quant à Bernie, Mimsy et lui s'étaient liés d'amitié de manière très spontanée. Bernie avait toujours su charmer le beau sexe avec ses histoires : les coulisses d'acteurs, les loges d'actrices, Mimsy adorait ça. Pas seulement pour le côté strass et paillettes. Elle avait une large culture cinématographique, notamment sur le champ de l'expressionnisme allemand des années 1920 ou, dans d'autres registres, à l'endroit des Monicelli et des Mackendrick : Bernie en était baba. « Discuter de ces choses dans notre cambrousse est une bouffée d'oxygène », s'était confié Bernie, au Central, à Christian qui lui avait rétorqué : « Arrête ton cinoche, pas à moi, toi t'as un faible pour la Mimsy ! »

— Esprit, es-tu là ?

Selon Bandit, quand un verre se déplace, même vers le « non », l'esprit est là. Ou alors il ne comprenait rien à la chose. Il restait concentré car Mimsy était tétanisée à l'idée de rencontrer des esprits. Et les flammes des bougies qui dansaient faisaient leur effet.

— Esprit ! Es-tu là ?!

De guerre lasse, le verre consentit enfin à aller vers le « oui ». Bandit prit un air grave. À plusieurs reprises, Madiba avait dû intervenir pour demander à Bernie et à l'Espagnol d'arrêter de se fendre la poire. À leur décharge, ils avaient arrosé la grillade avec beaucoup de rosé. Mais quand le verre trembla sur le « oui » et que Madiba fut pris de convulsions, tout le monde se mit au garde-à-vous. Ils n'étaient plus tout seuls dans la pièce. Tout de go, Madiba demanda à l'esprit à qui ils avaient affaire. Le verre se dirigea irrésistiblement vers le N, puis le I. Bandit pensa Nino, Nina, Nini. Tout le monde se regardait. Les yeux rouges de Bernie faisaient le tour de ses lunettes. Puis le C, puis le verre hésita d'une embardée vers le U pour aller vers le O, puis le L. Nicol ? Nicole ! Oh non, pas elle, se dit Bandit, pas l'institutrice communiste Nicole, pas la femme de celui qui avait lui donné le surnom de Bandit, pas Nicole Faisan ! Il n'en fit part à personne, mais c'est à elle qu'il devait son oreille plus décollée que l'autre. La cynique qui était décédée de sa belle mort n'allait tout de même pas réapparaître ce soir dans sa vie ? Soulagé, Bandit vit le verre se poser sur le A…

— Nicolas, Nicolas, dit Madiba de sa bouche énorme.

Mimsy sursauta.

— C'est le prénom de mon père…, dit-elle, apeurée, en se mettant une main sur la poitrine.

Chacun autour du guéridon la regardait, seul Madiba fermait les yeux.

— Ça va aller, ma petite ? demanda Bernie.

— Que souhaites-tu lui dire, c'est le moment ou jamais ! dit le Maître d'un ton grave en rouvrant grand les yeux.

— Mais il n'est pas mort ! cria-t-elle en se mettant à pleurer.

— Alors c'est un autre, ne t'inquiète pas, dit Madiba qui se sentait un peu con.

— J'espère qu'il ne lui est pas arrivé malheur ! dit Mimsy.

— Mais non, mais non, promit Madiba dont le visage passait du chocolat noir au chocolat au lait.

— J'vais pas l'appeler à cette heure de la nuit…, dit-elle.

— Mais non, mais non, répéta Madiba.

— Pour zavoir z'il est mort ? susurra l'Espagnol.

— *Cállate*, toi ! Et le prénom de mon père, ça s'écrit avec un K, dit-elle en reniflant.

— Tu vois, donc ce n'est pas lui, intervint Madiba qui cherchait à reprendre le contrôle de la situation.

— Arrêtons les conneries, proposa Bernie – qui avait envie de pisser à cause du rosé mais aussi de la prostate.

— Alors c'est un autre Nicolas… Qui connaît un Nicolas mort ? demanda Madiba solennellement.

Chacun cherchait dans sa tête des Nicolas morts. Tout le monde en connaissait un ou deux, mais de là à avoir envie de se connecter avec eux… Après un long silence, Madiba finit par proposer à Bandit d'entrer en contact avec son père. Il était gentil, Madiba, mais qu'il s'occupe de ses affaires. Et entrer dans sa mère aussi ? À choisir, Bandit préférerait parler avec Cook – en français ? – ou au pire avec La Pérouse, mais pour leur dire quoi, il aurait l'air couillon face à de telles sommités, à la limite que La Pérouse lui révèle où il était cané. Et puis non à la fin. Bernie et l'Espagnol déclinèrent aussi l'invitation de Madiba. Il faisait chier avec ses esprits. Bernie avait raison, il ferait mieux de se servir de ses superpouvoirs pour marabouter des notaires ou des banquiers, au moins on rigolerait.

Le Maître pouffa de mépris et prit les choses en main pour converser avec un ancêtre à lui qui l'aidait d'ailleurs dans ses voyances. Cela dura dix bonnes minutes sans grand intérêt, au terme desquelles Madiba suggéra de lire – gracieusement, c'était exceptionnel – dans le futur. Mais personne n'avait envie de savoir à quel âge il allait mourir. Mimsy demanda juste quand serait terminé son logis. Madiba prit sa respiration pour la retenir quelques secondes.

— Mimsy, expira Madiba, je vois les mots « force » et « obstination » qui dansent, je dois te transmettre que la fin des travaux est suspendue à ton abnégation.

Bandit ne dit rien, mais le pensa très fort. Qu'il aurait mieux valu que Mimsy le lui demande directement car ce n'étaient pas les esprits, et encore moins Madiba, ne sachant rien faire de ses dix doigts, qui allaient se mettre demain matin à la béto. D'ailleurs, il était tard et Bernie, l'Espagnol comme Bandit voulaient boire un dernier pousse-café avant d'aller se coucher. À la lueur des bougies et dans sa grande tunique, Madiba se leva avec le verre et souffla dedans, énergiquement, pour chasser les esprits.

10

Goethe

— C'EST-C'EST C'EST VRAI que le verre a-a a bougé.

— Tu vois, Bandit, répondit Mimsy, nous pouvons vivre autrement, aller puiser dans nos forces intérieures, convoquer des ressources extérieures insoupçonnées, insoupçonnables… L'humain est un puits, un puits sans fond…

Bandit l'écoutait religieusement et c'est bêtement l'image d'un puits qui se manifesta dans son imaginaire.

— Ce n'est plus le destin qui nous provoque mais c'est nous qui provoquons le destin… C'est dingue les moments que nous vivons…

— Dingue, dit Bandit sans bégayer.

Elle avait les yeux é-cla-tés, le bord de ses paupières se teintait de rouge, ou plutôt de rose, un rose qui tranchait avec le vert de son iris. Ils étaient assis l'un en face de l'autre dans la cuisine, éclairée d'une ampoule dans sa douille suspendue au plafond. Bernie s'était excusé le premier, filant cahin-caha vers sa Volvo, avec un baiser de

Mimsy sur le front, à la naissance du cuir chevelu. Madiba avait tout rangé dans son Berlingo – il possédait aussi un cabriolet –, avait mis un genou à terre pour saluer la maîtresse de maison et ce même Berlingo avait disparu dans le noir. L'Espagnol, enfin, qui avait bâillé à s'en décrocher la mâchoire, était monté se coucher dans l'unique chambre aménagée du logis. Au son, on avait pu suivre ses pas gravissant l'échelle de meunier, puis sur les épaisses lattes du parquet d'origine – qui avaient été conservées dans le couloir –, jusqu'au silence le plus total comme une masse inerte s'effondrant les bras en croix dans un lit.

La fatigue les tenait aussi, Mimsy et Bandit, mais paradoxalement, elle les tenait éveillés dans le bercement des confidences que seule la nuit avait le secret de délivrer. Mimsy lui parlait encore et toujours des vibrations de cette maison qui reprenait vie.

— Nous opérons comme l'artiste peintre, nous sommes devant une toile, avec le choix de nos pièces d'un léger crayonné, leurs meubles, là-bas le piano que Bernie m'a promis, des couleurs par endroits, jusqu'à l'ensemble… plus beau que le projet initial… Un tableau de maître…

— …

— Un mélange de définitif et de provisoire, de permanent et d'éphémère, la maison renaît de ses cendres et, pour tout te dire, je sens partir celui qui dort là-haut, il n'est même plus vraiment là, son corps seulement, sa tête est partie, il émet de mauvaises ondes… Pourquoi ? Je ne sais pas.

— …

— Bandit, ce qui se dit et se fait au logis reste au logis, promis, hein, je suis sûre que tu le sens, toi aussi, qu'il n'est déjà plus avec nous ?

Bandit acquiesça tout juste mais se défendit de dire quoi que ce soit d'autre, de risquer de sortir des conneries plus grosses que lui. Et hautement regrettables. Sans doute Mimsy changerait-elle d'avis au sujet de son amoureux. Demain serait un autre jour, les choses s'arrangeant naturellement entre les tourtereaux, pour preuve leurs engueulades aussi violentes que passagères. Malgré la fatigue, le rosé et le pousse-café, Bandit préféra faire diversion et se sentit intelligent sur le coup, en expliquant à Mimsy qu'il s'inquiétait pour Kevyne, qui lui paraissait condamné. Où pouvait-il dormir ces jours-ci, les nuits étaient si froides...

— Pense à toi, Bandit... Tu ne peux pas aider la Terre entière, et certainement pas quelqu'un qui ne veut pas s'en sortir... Je n'ai pas toujours été tendre avec lui, pourtant j'ai de l'empathie pour ce garçon... Cependant, il te fait du mal, et je ne veux pas qu'on te fasse du mal, tu comprends ça ?

Le regard de Mimsy était d'une immense tendresse. Bandit songea même au terme de « générosité » pour décrire l'expression de son interlocutrice. Il n'avait pas vu un regard comme ça depuis des plombes, depuis sa mère, un soir où une bouteille de whisky lancée par son père avait éclaté sur le vaisselier.

— Et puisqu'on se dit tout ce soir, Bandit, eh bien je sais que tu penses que je ne l'aime pas, ton autre copain, le Didier, mais c'est faux, je l'aime bien, même si parfois il a la tête trop près du bonnet, ce n'est pas un mauvais bougre...

Mimsy leva le doigt et, un gramme d'alcool dans chaque bras, poursuivit.

— Sauf que le Didier comme le Kevyne, il n'y en a pas un pour rattraper l'autre, ils se détruisent la santé, Didier dans l'alcool, Kevyne dans la dope, et toi, je dirais même nous si ça ne te dérange pas, on doit se protéger de ça, nous on picole festif car le lendemain on construit, tu comprends, Bandit, on avance, on écrit un livre…

Bandit, la langue épaisse, comprenait en dépit du fait que Didier fût l'ami sur lequel il avait toujours pu compter, comme un binôme, un jumeau, sa bite et son couteau, son alter ego avec qui il avait partagé cinquante et une galères, misères, enfers, s'étonnant de nombreux matins d'être encore vivants. Mais dans les yeux de Mimsy il comprenait, oui, il comprenait parfaitement. Elle disait ça pour lui.

— Toi, t'es trop bon parfois, et tu connais le dicton…, ajouta-t-elle en passant sa main sur la nuque de Bandit.

Ce fut une sensation chaude. Emporté, Bandit lui confia combien, combien il en avait chié gamin, combien il bégayait peut-être à cause de tout ça, combien son père était un gros con de compétition, combien sa mère était partie du jour au lendemain, et puis combien, combien et puis comment, comment il avait débarqué un soir après l'école chez le père de Zanette, avec sa sœur, inconsolable. Il était devenu adolescent avec ça dans son sac, ses dents, des bottes, ses chaussettes, plein les chaussettes. Lui les cicatrices, les tatouages, les piercings, il les avait à l'intérieur.

Mimsy l'écoutait, ses yeux s'humidifiant. Elle était touchée et rayonnante.

Un jour, le père de Zanette avait demandé au jeune Bandit de descendre au garage pour aller chercher ché-ché ché plus quoi. Il y avait trouvé une mobylette, c'était la plus belle mobylette de la Terre, et elle était pour lui. Il s'était envolé, avait tracé la route, pris confiance en lui, la vitesse et le vent dans la gueule y étaient pour beaucoup. À l'époque, le Central était tenu par des jeunes, il y avait des fêtes tous les week-ends avec des concerts, on dansait, on dansait, on le respectait. Bandit était en quelque sorte la mascotte du village, il faisait partie du décor. Quand la soirée devenait un peu folle, il dansait un peu plus, les clients mettaient des pièces dans le jukebox et puis, une nuit, sur Rock Lobster, il avait dansé, dansé comme jamais, à se démantibuler, tout le monde se marrait mais tout le monde le regardait. Il faisait le show, et tous les week-ends suivants, on mettait des pièces, il dansait, il était la star. Quelquefois, il avait même eu le Petit Nain sur les épaules, celui qui travaillait maintenant chez Zanette. La vie avait débordé dans l'ancien Central, sans limite, les gens venaient de loin pour voir ça, et la musique sortait par les fenêtres, du caniveau, de partout.

Bandit balançait tout et Mimsy passa son doigt sur son zigzag, sur ses sourcils imparfaits, sur les rides qui dessinaient son visage brûlé.

— Quand tu t'énerves, Bandit, tu as le cou en érection…

— J'existais, j'existais, dit-il en forçant mais sans bégayer.

— Donne-moi tes mains, j'aime bien les toucher…

— …

— … on dirait de l'écorce…

Durant cette nuit qu'ils blanchissaient, Mimsy cherchait à le comprendre et Bandit se livrait tout entier. Et puis un moment, elle dissimula sa bouche avec ses mains pour bâiller. Son visage d'ange était fatigué. Et Bandit se dit soudain qu'il parlait trop, se délivrait trop, que cette impudence la saoulait certainement. Il était comme saisi de honte, il pensa qu'il était en train de tout foutre en l'air, la magie de cette rencontre, de ce logis, de cet accident, en s'exhibant de la sorte : pitoyable. Il se leva et partit.

— Attends, attends ! dit-elle.

Bandit attendit Mimsy pour qu'elle le rattrape facilement à l'extérieur de la maison. Arrivée à sa hauteur, elle lui tendit des billets.

— Tiens, Bandit, on te doit même encore plus, mais ça se complique, je t'expliquerai, prends déjà ça…

— J'en-j'en j'en veux pas.

— Ça non, Bandit, tu travailles, on te paie…, expliqua-t-elle en penchant la tête.

— Je-je je le fais pour le-le le plaisir… et-et et j'ai pas besoin… d'argent…

— Arrête, Bandit…

— Kevyne me-me me pique tout, dit-il en rigolant.

Mimsy éclata aussi de rire, mit les billets dans la poche arrière de son jean et leva le doigt.

— Tu entends les grenouilles ? Hein, Bandit, tu entends les grenouilles ?

Bandit écoutait, elles baisaient à mort, les grenouilles, dans le bassin, près du puits. C'est d'ailleurs la direction qu'il prit pour rentrer chez lui.

— Bandit ? cria-t-elle en chuchotant.

— Oui ? répondit-il en se retournant.

La lumière extérieure de la vieille bâtisse n'illuminait qu'à moitié Mimsy dont l'ombre formait un toboggan trois fois plus grand que le modèle.

— Tu connais Goethe ?

— Y-y y vient au Central ?

Mimsy s'approcha de lui et ce n'était pas de la pitié qui déformait son visage, au contraire un sourire tendre et voluptueux le dessinait avec, dans les yeux, des trucs qui filaient, des machins qui scintillaient, des Altaïr, des Sirius et des Castor. Dans la nuit trahie d'un halo de lune, l'effet était troublant.

— Il a écrit qu'il faut toujours se méfier des rêves d'enfant car ils finissent tous et toujours par se réaliser, dit-elle au travers d'une haleine d'abricot et d'agrumes à te paralyser le corps.

— ...

— Retiens bien ça, Bandit, c'est notre secret...

Bandit marcha sans prêter attention à son chien. Mimsy, au niveau du cerveau, elle le nourrissait : comme autrefois le père de Zanette. Pour le dire autrement, Mimsy le rendait moins débile.

Il rentra entre la nuit et les arbres, ça sentait le chèvrefeuille. Il avait toujours aimé marcher entre la nuit et les arbres, mais là son cœur envoyait comme rarement dans son corps – boum ! boum ! – un liquide chaud et épais. Plus rapide, son chien l'attendait sur le seuil de la caravane. Bandit entra sereinement, alluma l'habitacle, lança ses espadrilles et regarda qui était Goethe, Johann Wolfgang von Goethe. Il n'imaginait pas un tel prénom à rallonge. Dans l'encyclopédie se trouvait un portrait de lui, le type avait un grand front. Avec son atlas, à la double page 48 et 49, il se fit une idée des villes où le philosophe avait vécu. Son doigt longea le Danube bleu, de la Bavière jusqu'à la mer Noire en faisant de petits virages par Vienne et Budapest. Un instant il rêva d'y être avec une guide aux seins nus. Il referma le livre avant de faire un brin de vaisselle. L'eau tiède, presque chaude, qui courait sur ses mains craquelées par la chaux, lui parut terriblement agréable. Et il se dit : Tu entends les grenouilles, hein, Bandit, tu entends les grenouilles ?

Le lendemain matin, galvanisé par la courte nuit, Bandit grimpa au chantier à la première heure. L'Espagnol était déjà au turbin. Mais, selon l'adage bien connu, il aurait mieux fait de se casser une jambe ce jour-là. Sur les coups de neuf heures et demie, juste avant le casse-croûte, en regardant dans la béto qui tournait, l'Espagnol reçut une giclée de colle dans l'œil. Malheureusement, il ne portait pas à ce moment-là ses lunettes de star. Bandit le prévint : il ne devait surtout pas se gratter l'œil à cause de la chaux, le rincer simplement avec le jet d'eau, et abondamment. Mais il gratta, gratta, ce nigaud. Bandit s'en désola car, au fond, il l'aimait bien, l'Espagnol.

11

La sangria

D'UN ŒIL, BANDIT VISSAIT une patère sur le pan intérieur de la porte de sa caravane quand il entendit un cri terrible. Il cessa net d'actionner son tournevis cruciforme. Il en aurait mis sa main au feu : c'était Mimsy. Nous étions jeudi ou vendredi, dans tous les cas le 22 novembre, il pleuvait comme vache qui pisse. Bandit sortit la tête par l'embrasure. Elle était là, détrempée, une main sur la bouche. Au travers de son K-Way, ses seins pointaient comme jamais : l'Espagnol était mort.

Les croque-morts l'avaient soigneusement allongé dans une pièce de la Pink House, sur une longue table Louis-Philippe à six pieds offerte à la hâte par Bernie. Il portait ses lunettes mais la vedette était froide. Une casquette à l'enseigne de la supérette dissimulait aussi la misère provoquée par l'accident. Il faut dire qu'il avait traversé le pare-brise de sa « Merzedes ». La ceinture n'était pourtant pas prévue pour les chiens mais il s'en tamponnait le coquillard : le Fangio en était décédé.

Bandit n'avait déjà pas compris comment l'Espagnol s'était planté dans le fossé le jour où il pêchait le brochet. Il savait juste que ce type prenait trop de risques, des risques inutiles, à appuyer comme un sourd sur le champignon : un chauffard. Il était là, couché devant Mimsy, Madiba, Bandit et Bernie, ils étaient comme des cons, mais, au fond, moins que lui.

« On n'a rien pu faire, il s'est battu comme un diable », avaient dit les médecins du CHU à Mimsy, ajoutant qu'ils ne pouvaient pas certifier qu'il n'avait pas souffert. Le choc avait été d'une grande violence et Mimsy avait usé de son charme pour obtenir les détails du carnage. L'éclatement de la boîte crânienne n'était pas le plus grave, d'après ce que Bandit croyait comprendre. Les complications étaient surtout venues de l'hypertension cérébrale et de l'œdème terminal ayant entraîné une détresse neurologique aiguë létale et une décompensation cardio-respiratoire neurogénique : conséquence de la projection du cerveau dans les amygdales. Vlan ! Avec le poids du corps, la vitesse de l'automobile, le tout combiné à une racine carrée, on obtenait une énergie cinétique équivalant à un impact d'une tonne ou quelque chose de cet ordre. Il résultait des opérations thanatologiques une hémorragie intracrânienne avec collection sous-durale gauche associant une infiltration profonde du cuir chevelu objectivant une action contondante, en l'occurrence le pare-brise. Brrrr, ça lui passait partout à Bandit mais il se disait que c'était un peu de la poésie une IRM, pas de la poésie façon Mimsy, en tous points moins romantique bien sûr mais beaucoup plus technique. Voilà avec quel topo était rentrée Mimsy de l'hôpital, ajouté à une poche plastique dans laquelle avaient été tassés les effets personnels de son feu amoureux.

Pour s'être battu comme un diable, l'Espagnol avait survécu quelques heures, plongé dans un état végétatif avant que les spécialistes s'accordent à plier les gaules. Sa voûte crânienne fendue était enrubannée telle une momie. D'où la casquette, avec la petite visière transparente. À ce sujet, Bandit avait un peu les boules, il y tenait, c'était un cadeau de Zanette et elle était bien pratique pour pêcher quand il faisait soleil.

Le jour de la mise en bière, Bandit se rendit seul dans la pièce. L'Espagnol semblait dormir. On devinait parfaitement sous le linceul ses chaussures pointues mais moins son bide qui devait se répartir sur les deux côtés du tronc. Bandit avait tenu à payer le cercueil en pin massif avec les derniers billets que l'Espagnol lui avait donnés – Mimsy en avait doublement pleuré, la générosité n'avait plus de limites. Pas de couronnes ou de plaques aux messages circonstanciés, c'était trop glauque et très cher. Sur ce coup, Didier avait raison : la mort était devenue un business. Pour la religion, ni Mimsy ni les parents de l'Espagnol – qui allaient bientôt récupérer le corps – ne savaient en quoi croyait le défunt mais, comme les pharmacies, il y avait bien un dieu de garde qui traînait quelque part. On fit avec les moyens du bord en mettant un Christ crucifié sur sa poitrine.

Bandit regardait la pièce, au milieu de laquelle le corps de l'Espagnol trônait, avec un brin de satisfaction. C'était une des rares salles à être achevée. Le sable roux ressortait bien sur les joints des moellons, il s'accordait avec le carrelage en damier de carreaux de ciment que Mimsy lui avait demandé, c'est-à-dire identique à celui qui était dans l'entrée de chez Bernie. Bandit avait eu l'heureuse idée de poser d'épaisses plinthes en merisier, et le plafond était quant à lui en châtaignier – Mimsy avait la phobie des araignées, que ce bois repoussait. La caryatide dans l'angle, que Bernie avait offerte à Mimsy lors d'une brocante, apportait une touche d'élégance. Un seul pan de mur était recouvert de placo – car ce mur était gangrené de salpêtre – et Mimsy avait rêvé de couleurs néo-pompéiennes. Ce rêve était devenu réalité. Aux côtés de Mimsy, Bandit avait l'impression de peindre avec un dictionnaire. Il avait aussi fixé deux miroirs face à face car Mimsy lui avait expliqué que c'était la définition de l'infini. Épatant pour Bandit quoiqu'un peu troublant : l'infini, c'était flippant, partant de son atlas vers le ciel, pouvait-il aller tout droit sans fin, il fallait bien que ça s'arrête mais par quoi, si c'était un mur, il y avait forcément quelque chose après cette matière, oulala. Une chose était sûre, la pièce était digne d'un lit mortuaire.

Dans la pénombre, Mimsy le rejoignit pour se planter devant l'Espagnol. Elle se posta juste en face de Bandit, de l'autre côté du cercueil.

— Nous ne sommes pas grand-chose, dit-elle.

Surtout quand on roule comme un dératé et sans ceinture, pensa Bandit. Mais il ne savait pas quoi dire tout haut, alors il ne dit rien.

— C'est à se demander si la vie a un sens, ajouta Mimsy.

C'était trop pour Bandit, déjà qu'il avait toujours été très nul aux courses d'orientation, alors le sens de la vie, pfff. La lumière des bougies dansait sur le visage bouffi et narquois d'un bouddha en toc de chez Gifi – ultime cadeau de l'aventurier espagnol à sa dulcinée. Tête baissée, Mimsy avait le menton collé au thorax. Les mains jointes, elle semblait prier. En regardant ses mains, Bandit aperçut une forme sensuelle. Le pantalon de survêtement de Mimsy lui dessinait l'abricot, c'était Vénus ou Mercure, voire la Terre. Bandit eut un mi-mou devant l'Espagnol.

Heureusement, personne ne pouvait imaginer ce qui se dressait en lui, pas même Madiba dans une pièce adjacente. Puisque l'Espagnol partait avec sa casquette, Bandit demanda à Mimsy l'autorisation de prendre les lunettes de star : ils étaient quittes. Quelques minutes plus tard, un officier de police municipale arriva au logis et vint fermer solennellement le cercueil. Mimsy renifla avant de proposer au chauffeur du corbillard de prendre un pot au Central car il avait beaucoup de route devant lui. Mamie Lulu les attendait.

Le corbillard fit une légère manœuvre devant le Central pour se mettre dans le sens du départ. Bêtement, Bandit, Didier, Madiba, Bernie, à qui s'ajoutaient désormais Christian, Mongie – le Kabyle –, Lulu, sa fille, firent un salut de la main à l'Espagnol. Mimsy aussi. Sans surprise, ce fut le croque-mort qui répondit en baissant sa vitre pour sortir son bras. Plantés devant le bar, ils regardaient l'Espagnol – ou ce qu'il en restait – rejoindre son Espagne les pieds devant. Bandit songea qu'il y avait une certaine cohérence dans tout ça, comme un juste retour des choses au sens géographique du terme, peut-être même un signe – encore – du ciel. Putain, les destins, parfois.

Mamie Lulu avait voulu faire un geste. L'Espagnol avait quand même vécu à l'étage de son bar pendant presque deux mois, le temps de trouver la ruine et d'y retaper de quoi y pioncer. Et puis un mort, c'était toujours un événement, la fin de quelque chose, le grand départ, une ascension, Lulu n'en savait rien, un truc du domaine de l'existentiel. Alors elle avait préparé une sangria. Dans un grand saladier avec des quartiers de fruits qui flottaient et une louche, immense. Ils s'accordèrent tous pour dire que ça aurait fait grand plaisir à l'Espagnol, ce que confirmait le « contacté » Madiba. Il y avait de la sangria pour un régiment. Mais pour noyer leur chagrin, ils burent tout. Didier lécha même le saladier pour amuser la galerie. Mongie, qui ne touchait plus une goutte d'alcool depuis un bail, trempa ses lèvres.

— Ben oui, si, d'accord ! Pour le deuil ! dit-il avec son nez rouge – un souvenir de sa période à boire du jaune, car si Picasso avait eu une période bleue et une rose, celle de Mongie avait été bien jaune.

Grâce à la sangria, ils se marrèrent. Christian se remémora un voyage de sa jeunesse en Espagne, sous Franco.

— En Simca Océane cabriolet !

Il était accompagné d'une mineure mais ses parents avaient signé une autorisation de sortie du territoire.

— C'était très excitant, on créchait à côté d'un camp militaire américain. Le premier soir, j'avais tout bouffé au casino, on n'avait plus un flèche, heureusement les sièges de la Simca faisaient couchettes… Et puis on était jeunes, on s'en foutait…

C'était émouvant et Mamie Lulu trouva une bouteille de Fernet-Branca, ce n'était pas espagnol mais tout comme. Mongie s'étendit quant à lui sur sa première relation tarifée à la *frontera*, dans une pension d'Irún, à l'occasion d'un voyage organisé par le comité des fêtes et qui partait en car du village. Il se souvenait de détails comme s'être essuyé l'élastique avec la taie d'oreiller. Il en était revenu avec une MST carabinée.

— Ohhh, fit Mamie Lulu qui en avait pourtant entendu d'autres.

— Pour de vrai, je m'accrochais pour pisser !

Bandit réfléchissait à une anecdote, il pensa à la seule et unique fois où il avait pris un car, c'était avec l'école, le véhicule était bondé et il s'était senti étrangement seul. Il n'allait pas raconter ça, alors il expliqua qu'il n'était jamais sorti du pays mais qu'à choisir, il préférerait aller au Portugal plutôt qu'en Espagne, qu'il aimerait bien marcher sur les traces de Vasco de Gama, notamment à…

— Vasco de Gama GT ! coupa Didier.

Les rires résonnèrent dans le bar fermé « pour cause d'obsèques ». Bandit ne savait plus où il en était de son histoire. Chacun avait trouvé une anecdote sympathique sur l'Espagnol. Quitte à se mentir, les vivants avaient cette capacité à enjoliver la vie des morts, en quelque sorte s'adonner à du storytelling. Bandit se demandait bien ce qu'on dirait un jour de lui. En attendant, on lui trouvait soudain de l'esprit et beaucoup d'humour, à l'Espagnol. Ensemble ils zozotèrent pour lui rendre hommage, c'était bon enfant. Madiba prévint cependant que l'Espagnol, là-haut, n'appréciait qu'à moitié.

Bien sûr, Mimsy avait davantage de souvenirs avec son défunt d'amoureux, elle en avait même plein la musette. Elle faisait rire tout le monde malgré ses larmes, Bandit en était estomaqué : elle tenait le choc, le cœur rincé. Mimsy était une femme incroyable, un tempérament. Seule la fille de Lulu ne semblait pas apprécier cette fiesta improvisée et elle monta se coucher – Didier songea qu'elle faisait chier avec ses principes, en plus elle virait gothique avec son tatouage sur la colonne vertébrale qui disparaissait dans la raie.

En bas, ils continuèrent de picoler, de picoler. Avant de monter, de son téléphone portable, la fille de Lulu envoya de la musique dans une petite enceinte, pas plus grosse qu'une canette de Leffe Ruby 50 cl. Didier, Christian, Mongie et Bandit comme Bernie en étaient sur le cul. C'était une playlist, oui une playlist en bluetooth (dent bleue ?). La première chanson d'un chanteur belge à la voix rouillée mit les poils à Bandit. Pour tout dire, ils n'avaient pas tellement envie de se quitter. La mort les serrait, l'angoisse planait. Ils avaient peur du vide, du dernier silence. Qui serait le prochain sur le Save the date, non pas de la fille de Lulu, mais de la Faucheuse ? Alors Mamie Lulu sortit un pâté avant de peler des oignons pour faire une soupe. Bernie alla chercher un jambon de pays chez lui, celui qu'il avait gagné au tournoi de Barnac, en doublette avec Christian. Sur la planche à découper, muni d'une grande lame blanche en céramique, Bandit fit d'épaisses tranches, des lamelles et enfin des dés. Chacun picorait dans le genre tapas, chacun se servait directement à la tireuse.

— Open bar, avait dit Mamie Lulu.

Il ne fallait pas le dire deux fois à Didier. Bandit ne s'étonnerait pas qu'il ait bu ce soir-là dix pintes. On se rassurait que, cuite ou pas, cela ne changerait rien. Qu'ils soient ivres ou à jeun, l'Espagnol ne reviendrait pas, ne reviendrait plus. Christian n'arrêtait pas de dire qu'il n'avait pas souffert, que c'était bien là le principal.

Si Madiba avait un don ce soir-là, c'était celui de jeter un sort à la bouteille de G27. Coiffé d'une perruque orange fluo qu'il avait trouvée derrière le bar, il disait au sujet de l'Espagnol que c'était son heure, que c'était écrit quelque part.

— Mais où bon Dieu ?! hurla Didier.

À tour de rôle et selon les chansons, chacun dansait, pleurait, même Mamie Lulu derrière ses lunettes à oignons. Le sel dans le jambon donnait terriblement soif. Et puis la nuit tomba sans prévenir : boum.

Bernie s'éclipsa à une heure incertaine sans que personne ne s'en rende compte, Christian partit la tête haute pour éviter que ça déborde, Madiba poussait des cris d'orfraie car il avait perdu le contact avec l'Espagnol, Mongie ne trouvait plus ses clefs de bagnole et Didier – où était Didier ? – il s'était endormi dans la salle du fond, en croix sur le billard. Mamie Lulu finit par foutre Bandit et Mimsy dehors. Bandit s'y reprit à plusieurs fois pour mettre la clef dans la serrure de la portière. Ils montèrent dans la Ligier et ce fut le même cinéma pour mettre la clef dans le Neiman. Les premiers frimas de novembre l'obligèrent à allumer le chauffage. Au bout de quelques kilomètres, à mi-chemin entre le village et leurs domiciles, Bandit s'arrêta en urgence. Une première gerbe se logea en partie dans le vide-poche et Mimsy dégueula le reste, tant qu'elle pouvait, dans un fossé. Le vomi fumait, Bandit en profita pour pisser en se disant que si elle rendait, c'est que ça ne lui appartenait pas.

La voiture reprit son chemin et Mimsy s'excusa jusqu'à ce que les feux éclairent la Pink House. Elle posa alors sa main sur celle de Bandit qui était sur le levier de vitesse et ils se regardèrent. Elle avait les yeux injectés de sang,

Bandit comprenait parfaitement – il avait déjà vomi de la sangria dans le passé, c'était atroce.

— Bandit, j'ai peur de dormir seule, juste ce soir, tu veux bien ?

La Pink House replongea dans la nuit tandis que l'habitacle de la voiture s'allumait.

— Tu comprends, hein ? J'ai besoin d'une présence…

Ils titubèrent jusqu'à l'entrée. Bandit entendit Nelson le réclamer au loin.

À l'intérieur du logis, il porta Mimsy sur l'échelle de meunier. Le bois craquait sous le poids de deux êtres. Bandit eut du mal à retirer son futal sans tomber. Il conserva son Slip Français, son T-shirt et se logea dans le lit, sous la couette, sans aucun doute à la place de l'Espagnol, sur son oreiller. Habillée, elle se colla en chien de fusil contre lui, en tout bien tout honneur. Il sentit son souffle dans son cou et elle se mit à ronfler. Bandit gardait les yeux ouverts, la tête lui tournait, il pensa : La sangria, c'est traître.

12

Le gland

IL SE PERDAIT TOUJOURS AINSI dans les comptes. C'était son anniversaire cinq jours après le départ du corps vers l'Espagne, et comme l'autopsie, la mise en bière ainsi que le rapatriement du corps avaient pris cinq jours, il calculait par conséquent qu'il était né cinquante ans et dix jours avant la mort de l'Espagnol, à moins que ce ne soit cinquante ans moins dix jours, ou cinq jours ? Il laissa vite tomber, d'autant que les anniversaires, Bandit, il ne courait pas après, ça lui rappelait des choses glauques.

Le jour de ses onze ans par exemple, quand son père avait fait le pari d'avaler une tranche de rôti de bœuf sans la mâcher, pour épater son monde. Avec ses yeux d'enfant, Bandit se souvenait que la table était grande et qu'autour se trouvaient sa mère, sa sœur, les voisins et des amis de ses parents, ceux de Louviac, des connards finis. Ces derniers avaient été les premiers à motiver le père de Bandit en tapant leurs couverts sur la table : Nono ! Nono ! Nono !

Dans le vacarme, sa mère s'était levée pour fuir dans la cuisine. Sa sœur avait eu les yeux qui lui sortaient de la tête – car malgré tout ce qu'on pouvait imaginer, elle aimait son géniteur. Le père avait donc soulevé la tranche à hauteur de sa bouche et la suite avait été d'une grande logique, il avait enfilé la tranche dans sa gueule pour tenter de déglutir. En vain. Il s'était étouffé. Ses yeux, son cou, tout s'était mis à gonfler. Il était tombé à terre. Un des connards finis de Louviac avait essayé, avec une fourchette, de piquer dans un bout de la tranche qui dépassait en espérant que le tout suive. La mère de Bandit avait appelé les pompiers qui étaient arrivés quelques minutes plus tard pour le ranimer. Le père de famille avait expulsé la tranche mais dans un état semi-comateux. Le capitaine des pompiers avait raconté à la mère qu'il craignait que le cerveau ait manqué d'oxygène pendant quelques secondes – Bandit découvrit ce jour-là que son père avait un cerveau. La fête avait été finie plus tôt que prévu, de toutes les façons il n'y avait même pas de bougies. Depuis, Bandit y repensait à chaque anniversaire – le rôti, les connards, la fourchette, la sœur, les bougies.

Il était né un 2 décembre, le père de Zanette lui avait dit que c'était le jour des Napoléon : les sacres, les victoires, les coups d'État, tout. Le pharmacien avait ajouté que pour les adversaires des Napoléon, ça avait dû être facile à anticiper.

Le matin de ses cinquante ans, Bandit avait sablé une dépendance du logis de Mimsy. Avec la sableuse, il fallait prendre le masque, sinon tu te fusillais les poumons. Bandit utilisa un sable très fin, du double zéro, et il fallait y aller à bonne distance, c'était comme pour le calcin de la pierre, il fallait juste nettoyer les bois, ne pas entamer la peau. L'après-midi, il monta des serres dans un endroit du jardin, c'était le nouveau caprice de Mimsy : des serres pour cultiver des plantes médicinales.

— J'ai un projet, un grand projet de vie auquel j'aimerais t'associer…, lui avait-elle confié un de ces romantiques soirs d'automne.

L'associer suffisait à Bandit. Peu importait, au fond, le projet. C'était par toutes ses idées farfelues et géniales que Mimsy reprenait du poil de la bête. Bandit la voyait de plus en plus prier ou méditer. Elle avait cette capacité de se relever de ses drames – elle évoquait Socrate à ce propos. La vie continuait – sans l'Espagnol. Même la bétonnière délivrait une sorte de mélodie, la mélodie de la Renaissance.

Ce jour anniversaire, comme souvent, Bandit n'avait pas vu l'heure passer. Les journées avaient raccourci, la nuit tombait quand il aperçut Bernie et sa Volvo débarquer. Il roulait coffre ouvert. Mimsy poussa un cri de contentement quand elle vit qu'une baignoire sabot dépassait du break.

— C'est pas grand-chose, grimaça Bernie en sortant de sa voiture.

— Elle est trop cocotte, c'est ca-non ! l'interrompit Mimsy.

Bandit écoutait.

— Canon, répéta-t-il.

Entre chien et loup, ils déchargèrent la baignoire pour la transbahuter dans un angle de la grange. Mimsy leur proposa un verre de fénelon. Son apéritif à la noix leur brûla l'intérieur. Ils embrassèrent Mimsy et partirent. Plutôt que de rentrer à pied, Bandit profitait de Bernie pour se faire déposer.

Une heure et des brouettes plus tard, à vingt heures passées, alors que Bandit faisait un brin de toilette, Nelson aboya et Bandit entendit une bagnole : il se doutait un peu. C'était la Volvo qui revenait. Didier en sortit le premier, chemise à moitié ouverte malgré la saison, casquette ornée d'un requin blanc d'où dépassaient ses mèches filasse. Suivirent Bernie, Mongie, Christian et… Kevyne. Bandit ne put s'empêcher de sourire. Ils ne s'étaient pas revus depuis l'altercation sur les marches de l'église, de l'histoire ancienne.

— On a trouvé un saltimbanque sur la route, on s'est dit que…

Kevyne avait les bras chargés de bouffe. Christian s'en alla vers le coffre. Il avait eu la bonne idée de rapporter de la « méthode », un vin blanc pétillant produit dans la Loire. Chaque fois qu'il passait quelques jours dans cette région, il revenait avec une crise de goutte et sa bagnole ras la culotte de « méthode ».

Bandit vint soulager les bras de Christian et tout ce beau monde entra dans la caravane-séjour. Christian se mit à ouvrir des huîtres. Tandis qu'il se débattait avec les coquilles, il racontait qu'à l'époque des machines à sous, il en mangeait tous les jours. Bernie tendit un cadeau à Bandit, une vieille bible reliée cuir emballée dans du papier journal.

— Tu croyais peut-être qu'on allait oublier ton demi-siècle. C'est un cadeau d'athée, tu en feras ce que tu voudras, ce n'est pas de croire qui compte, c'est l'histoire de cet objet qui m'est chère, j'ai pas d'enfants, je veux qu'il te revienne, je te raconterai à l'occasion, sers d'abord un coup !

Didier avait anticipé la requête de Bernie en sortant une bouteille d'un carton. Il fit péter le bouchon qui alla claquer sur le plafond. Avec lui, la méthode, c'était touché-coulé. Il versa le vin dans des verres sans oublier Mongie qui avait replongé depuis les obsèques, entre guillemets, de l'Espagnol. Il avait aussi repris les paris sportifs, package all inclusive, à jamais convaincu qu'il gagnait plus qu'il ne perdait.

— À propos de cadeau, dit Didier, j'ai pas une bonne nouvelle…

— Qu'est-ce tu-tu tu racontes ?

— J'ai une merde au poumon.

— Une merde au poumon, t'as fait une radio ? demanda Christian.

— Non, pas besoin, je le sais.

— Chaque année, tu nous dis que tu passeras pas les fêtes, dit Bernie.

— Cette fois c'est la bonne, reprit Didier. De toute façon, je suis déjà mort deux fois, une fois à…

— Elles sont dégueulasses ces tomates cerises, c'est plus la saison, remarqua Christian.

Les tomates cerises se mangèrent quand même et le début de la soirée se déroula tout seul. Puis Didier se vanta d'avoir un sixième sens, il jura pouvoir lire dans l'esprit des autres. Alors, ils jouèrent en notant leurs pensées sur des petits bouts de papier. Didier n'en trouva qu'une seule, celle de Mongie, qui voulait ouvrir une nouvelle bouteille. Puis des foyers de discussion se créèrent aux quatre coins de la caravane.

À un moment, Bernie demanda discrètement à Bandit pourquoi Mimsy n'était pas là. Bandit ne l'avait pas dit à

Mimsy, que c'était son anniversaire, ces choses-là ne se disaient pas.

— Si j'avais su, je lui aurais dit tout à l'heure quand je suis venu avec la baignoire, dit Bernie tout haut en fouillant dans les poches de son gilet de pêche – c'était son vêtement préféré, justement pour les poches.

Bandit expliqua que ce n'était pas gra-gra grave. Alors, dans l'idée de guérir son bégaiement, Kevyne rattrapa la discussion en lui proposant un exercice d'orthophonie. Bandit devait boire un verre cul sec, après quoi il fallait dire : Elle groove la grive, elle est grave la grève. C'était difficile mais ils se marraient, chacun s'essayant à l'exercice plusieurs fois de suite. Il fallut ouvrir deux autres bouteilles, seulement pour le jeu.

Avec la méthode, la choucroute passait toute seule, expliqua Bandit la bouche pleine.

— Ouais, profitons du moment présent, remarqua Didier la fourchette en l'air.

— Ça n'existe pas, le présent, dit Kevyne, regarde ce que je viens de dire, c'est déjà du passé !

— Non, dit Mongie, c'est le passé et le futur qu'existent pas, y a que le présent qu'existe, tout le temps !

— Je suis en partie d'accord, c'est le futur qu'existe pas, abonda Didier dans le sens de Mongie.

— Du moins pas encore, conclut Bernie qui était le moins con de la bande.

Les futur, présent ou passé ne préoccupaient pas Bandit le moins du monde. Il était davantage torturé par les travaux, là-haut. D'ailleurs, il demanda à ses amis si les volets du logis seraient mieux en vert ou en bleu – Mimsy hésitait.

— T'as qu'à les peindre en blert, dit Didier.

Manifestement, tout le monde s'en branlait, de la couleur des volets du logis, et ça n'aurait pas gâché la soirée de Bandit si Didier n'avait pas ouvert encore sa grande gueule en levant son verre.

— Allez, y a pas que le vin blanc qui rend aveugle !

Un silence s'imposa.

— Qu'est-ce que t'en-t'en t'entends par là ? !

— Rien, j'ai dit ça comme ça...

— T'es juste jaloux, glissa Bernie à l'adresse de Didier.

— Moi au moins je suis pas un esclave, pas un larbin ! Bandit est entré dans le logis mais il n'est pas sorti de l'auberge…

Didier ponctua d'un sourire. Bandit hésita à se lever mais Christian mit sa main sur son torse pour l'en empêcher.

— Didier, tu vas pas t'y mettre, comme Zanette qu'est persuadée que Mimsy abuse du grand cœur de Bandit… Même si c'est le cas, ça le regarde, dit Christian.

— Au-au au moins moi j'ai-j'ai j'ai un cœur ! Ja-ja jaloux !

Didier se sentit piqué au vif.

— Jaloux, moi ? Mimsy elle a un beau cul mais ses philosophes aux casques à pointe, j'en ai rien à battre… Tu l'as vue, là, à se recoiffer tout le temps, ça cache quelque chose… En plus elle arrête pas de m'appeler mon lapin, ça m'énerve. Et la mort de l'Espagnol, hein, c'est pas réglé cette histoire, d'après que…

— D'après que quoi ? insista Bernie.

— Rien, rien…, fit Didier.

— Ben chie-la ta Valda, t'en as trop dit, s'intercala Christian.

Didier bomba le torse et releva d'un doigt sa casquette avec le requin blanc.

— Ben au Central, il se dit qu'une enquête pourrait s'ouvrir sur la mort de l'Espagnol, c'est pas clair, quoi, mort suspecte !

— Pas-pas pas clair !

— Je vous raconte ce qui se dit, c'est tout…

— Pas-pas pas clair ?

— Qu'on l'aurait empoisonné… Avec les prises de sang, on sait tout maintenant. Après, moi je répète juste ce que j'ai entendu…

— Allez, allez, chacun fait ce qu'il veut de son présent ! dit Mongie pour faire lien avec une discussion passée.

— Et on est mieux au logis qu'au Central, plaça Bernie pour tacler Didier.

— Toi forcément, elle vient s'asseoir sur tes genoux, la Mimsy, dit Didier. D'ailleurs fais attention c'est pas bon pour ton vieux cœur… Et puis vous allez voir, tous autant que vous êtes, qu'elle ne va pas rester ici encore très longtemps, maintenant que l'Espagnol a cassé sa pipe...

Les conneries d'empoisonnement, Bandit s'en balançait. Les gens étaient des imbéciles. Il se félicitait doublement de ne plus beaucoup aller au Central si c'était pour entendre des trucs d'alcoolos qui avaient beau jeu de déblatérer des salades à longueur de journée, pour satisfaire leurs fantasmes, pour combler leurs vies béantes, les gens pouvaient bien dégueuler leur bile, ça lui en touchait l'une sans faire bouger l'autre, mais d'évoquer Mimsy sur les genoux de Bernie, ça l'agaçait un tantinet, Bandit, et encore plus de spéculer sur le destin de Mimsy, ça non, c'était la ligne rouge à ne pas dépasser, Bandit bouillait de l'intérieur. Il la savait attachée à cette bâtisse et s'il parvenait à la retaper de son mieux, jamais elle n'en partirait. Point barre.

— Gaulée comme elle est, vous croyez pas que c'est une ancienne star du porno ? s'interrogea Kevyne en mâchant son chewing-gum.

Kevyne ? On aurait presque oublié Kevyne. Il n'était pas à table, il était dans le canapé.

— Porno ?

— Porno.

— Porno !

— Ben, je pose la question parce que l'autre jour, j'ai mangé dans une pizzeria, eh ben la patronne, avant, elle était dans le X, j'ai commandé une calzone et…

Une quinte de toux le prit subitement, l'empêchant d'achever ses explications – si explications il y avait. C'était Didier qui avait une merde au poumon, mais c'était Kevyne qui toussait à se décoller la plèvre. Kevyne éjecta son chewing-gum et Didier se leva pour aller lui taper dans le dos, ce qui permit à Bandit de voir que Kevyne était en train de rouler un joint sur son atlas. Pire, il avait arraché un bout de Mongolie de la page 79 pour faire le filtre, c'était dégueulasse de faire ça.

— Tu vas crever si tu continues comme ça, tu es plus blanc que ton survêtement, merde ! dit Mongie.

— Et arrête de te coiffer avec du pâté de foie, en profita Didier.

Kevyne fit un doigt que Mongie attrapa pour le tordre. Christian les sépara, Kevyne alluma son pétard pour envoyer un épouvantable nuage de fumée dans la caravane. Si bien que Bandit ouvrit la porte en grand pour faire de l'air.

Alors, hormis Kevyne, tout le monde sortit. Bernie tapa au cul de son paquet souple et s'en grilla une. Bandit lui taxa un clope. Christian se mit sur le côté de la caravane pour pisser. Il péta et ce ne fut pas tant le bruit aigu qui fit marrer tout le monde que le fait que ce n'était pas dans ses habitudes d'en lâcher une en public. On voyait son dos se balancer puis son bras s'agiter pour les dernières gouttes. En revenant, il demanda à Bandit de faire l'hélicoptère avec la pioche comme l'autre jour à la brocante.

— Celui-là ! dit-il en désignant le noyer. Mongie, faut que tu voies ça !

Bandit regarda l'arbre dont parlait Christian et se désola que sa pioche fût restée chez Mimsy. Il proposa de lancer sa fourche de toutes ses forces afin qu'elle passe au-dessus du potager qui se trouvait à une vingtaine de mètres.

— Un Picon si tu la plantes derrière, plantée j'ai dit et deux mètres d'élan, pas plus..., paria Christian.

Bandit tapa dans la main de Christian et attrapa la fourche. Pinçant sa cigarette dans son bec, il plaça sa fourche comme un lanceur de javelot, fit deux pas chassés et envoya l'outil dans un angle parfait. La fourche trembla en l'air sous la violence du jet. Bernie tenait Nelson car, avec le tir courbe, le chien aurait pu arriver avant la fourche et se faire embrocher. Le trident commença à se rétablir au-dessus du potager, se mit en parallèle avec le sol, pour enfin piquer derrière ledit potager. Christian n'eut pas besoin de se déplacer, on distinguait le manche en l'air, il avait perdu un Picon.

Le temps du dessert approchait et chacun – à part Kevyne – fit en sorte de ne pas saloper la fête, se réconciliant volontiers sur une nouvelle méthode. Christian sortit du frigo un fraisier.

— C'est moi qu'ai payé mais ce n'est pas moi qui ai choisi. Les fraises, c'est pas la saison…, dit-il.

— Il nous fait chier avec ses saisons.

Didier avait un moustique sur le front. Ça non plus n'était pas la saison. Bandit voulut l'écraser mais à cet instant, Bernie éteignit la lumière. Bandit les entendait se marrer. Quelqu'un trancha l'obscurité en ouvrant à nouveau le frigo avant de le refermer. Didier alluma une bougie, Bandit s'approcha, les autres se mirent à chanter, il souffla. La bougie était plantée sur un gland – la pâtisserie.

13

Les deux zips

LE LENDEMAIN, ÇA PIQUAIT. Il était peut-être onze heures quand Nelson vit Bandit passer d'une caravane à l'autre comme certains traversent des fleuves, des montagnes, des frontières, des turbulences et des fuseaux horaires. La poubelle puait à cause des coquilles d'huître. Sinon, c'était nickel : la vaisselle, la table, le carton avec le verre, tout. Seule la bible était ouverte aux pages 1328-1329. Une bite – encore – y avait été dessinée à la va-vite dans un coin. Bandit se demanda qui avait bien pu faire ça.

Il se pencha sur le livre. Le chapitre s'intitulait « Isaïe » ; pour résumer, l'amour et la pitié du dieu Yahvé avaient leurs limites, fallait pas trop les lui casser non plus, il pouvait ébranler les montagnes, etc. Bandit referma la bible quand Mimsy débarqua.

— Dis donc, Bandit, tu ne m'aurais pas caché quelque chose ?

Elle était emmitouflée comme jamais. Son épais pull blanc que l'on pourrait qualifier d'irlandais faisait ressortir ses fines cannes moulées dans un jean qui descendait jusqu'à d'imposants écrase-merde d'où dépassait de la moumoute. Elle se libéra d'un sac en le posant par terre et retira son bonnet d'un coup ample, délassant ses cheveux en bordel.

— Hein, Bandit, c'était pas ton anniversaire hier par hasard ?

Elle ramena ses cheveux en arrière pour les attacher et son visage s'éclaircit, libérant des pommettes légèrement rosées tandis que des points gris-bleu tachaient ses yeux verts. Avec le froid, son visage contenait une formidable énergie.

— J'ai entendu chanter cette nuit…

De chez elle, avec le vent d'est de cette nuit, Bandit ne voyait pas comment Mimsy avait pu entendre chanter, mais il se foutait bien de ce détail.

— Et je me suis un peu vexée de ne pas avoir été invitée…

— Non, non, non… Non…

Bandit mit un peu de temps mais parvint à lui expliquer que c'était par pure timidité. Et aussi que les copains étaient venus à l'improviste. Les anniversaires – Bandit lui avait peut-être déjà raconté la tranche de rôti de son père – n'étaient pas trop son truc.

En discutant avec Mimsy de choses et d'autres, notamment des travaux et de la météo, Bandit eut soudainement un pressentiment. Il ouvrit le tiroir de sa commode où il mettait les clefs de la Ligier et quelques biffetons. Le fric avait disparu, et le visage de Kevyne apparut au fond du tiroir. C'était plus fort que lui ; le tox chourait : Mimsy avait raison.

— Un truc ne va pas, Bandit ? demanda Mimsy.

— Non, je-je je réfléchis.

Elle attrapa le sachet qu'elle avait posé par terre et le lui tendit.

— Un petit quelque chose pour toi, un truc que j'ai pu trouver ce matin. Si la taille ne va pas, le Petit Nain et Zanette m'ont dit que tu pourrais changer, j'ai gardé le ticket de caisse…

Pendant ce temps, Bandit dépliait une superbe cotte de travail bleu Bugatti avec deux zips blancs qui partaient du col pour descendre jusqu'aux chevilles.

— Ce sera plus confortable que tes vieux pantalons…

— …

— Et je suis sûre que ça va te faire un beau petit cul, dit-elle en rigolant.

Le sang monta au visage de Bandit d'un jet. En y pensant, dans l'émotion, il croyait avoir oublié de dire merci.

— …

— Et puis j'ai décidé de te réserver un autre cadeau, ce sera une surprise. Si tu es sage…

La voix de Bandit se remit à clignoter comme jamais. Pour ne rien dire, finalement. Il prépara un café pendant que Mimsy s'interrogeait sur le fait que le choix de conserver les carrelages anciens dans l'aile droite du logis était peut-être une connerie, ces sols étaient certes magnifiques mais avec la froide saison qui arrivait, sans doute un plancher chauffant aurait été plus pertinent, car plus agréable pour marcher pieds nus. Bandit filtrait.

14

L'audition

LA DERNIÈRE FOIS que Bandit avait foutu les pieds ici, c'était pour perdre son permis de conduire. Après quoi il avait économisé pendant trois ans pour s'acheter sa Ligier, une belle occasion dénichée sur internet grâce à Mongie – qui avait un ordinateur et un abonnement internet. C'était d'ailleurs sa Ligier qu'il gara entre deux estafettes. Avec la couleur, ça ne jurait pas, on aurait presque pu croire qu'il en était.

La gendarmerie de la sous-préfecture était légèrement à l'écart de la commune, dans des bâtiments en béton rectilignes et froids, devant lesquels flottait un drapeau tricolore. Un imposant portail bleu marine coulissant fermait les lieux et ce jour-là trois ou quatre pompes à chaleur extérieures ronflaient. Dans l'espace d'accueil, des posters exposaient quelques bouilles d'enfants disparus et de nombreux visages anguleux de terroristes, le plus souvent nuque longue et boucle d'oreille.

Didier n'avait pas répété que des âneries. Deux ou trois jours après l'anniversaire, des gendarmes de la brigade locale étaient passés chez Bandit. Il les connaissait bien – surtout pour des histoires de saoulographies pas bien méchantes –, les gendarmes le traitaient toujours comme un adolescent. Ils lui avaient demandé de les suivre jusqu'à la gendarmerie rapport au décès de l'Espagnol. Bandit n'y avait vu aucun inconvénient, il devait simplement prévenir Mimsy car il était censé travailler chez elle et il ne voulait pas qu'elle s'inquiète outre mesure. Les gendarmes lui avaient gentiment dit non.

Une fois dans les locaux, Bandit fut dirigé dans une pièce au fond du couloir à gauche. Assis derrière son ordinateur, le gendarme qui l'attendait paraissait très jeune, à n'en pas douter à son premier poste. Ils ne se connaissaient pas. La pièce était étroite, avec épinglée au mur une carte du département que Bandit aurait bien aimé avoir chez lui. Mais la demander n'aurait pas eu de sens. Sinon, une horloge murale, des casiers métalliques, une table et un ordinateur composaient l'essentiel du mobilier. Le gradé lui demanda de fermer la porte derrière lui, Bandit s'exécuta.

L'audition allait prendre une petite heure. Le jeune képi ne l'appelait pas « Bandit » et ça mettait une distance désagréable. Parfois, des messages jaillissaient de sa radio et interrompaient la conversation. Les collègues parlaient d'un vol de lingerie fine du côté de Labastide-Marsac. L'interlocuteur de Bandit faisait semblant de ne pas entendre les échanges cocasses. Il se prenait même très au sérieux et, pour tout dire, Bandit trouvait qu'il se la pétait grive grave groove. Chaque fois que le flic posait une question, il fermait un œil. Manifestement, ce type avait toujours en face de lui des présumés coupables.

Au fil de l'audition, Bandit apprenait des choses sur le passé de l'Espagnol et de Mimsy qui ne collaient pas avec les dires de cette dernière sur les années à Coblence et tout le reste. Si ce n'étaient les études de philosophie, le parcours de Mimsy semblait plus chaotique que ce qu'elle lui avait laissé entendre. Et alors ? Il paraissait à Bandit inutile de faire part au gendarme de ces discordances. Pour lui, les vies de Mimsy et de l'Espagnol avaient sans doute connu des moments difficiles et ils ne retenaient que le meilleur, enjolivant leur passé comme on enjolivait la vie des morts ou les bagnoles. Chacun traînait ses galères, Bandit en connaissait un rayon, et le premier de la classe qui se tenait devant lui en trimbalait sans doute aussi, et peut-être pire que des galères, des trucs horribles, des névroses malsaines, insupportables, morbides. On ne comptait plus les militaires tueurs en série. On ne savait jamais.

Plus factuellement, Bandit apprit – car il n'avait jamais demandé aucun détail à Mimsy – la raison du déplacement de l'Espagnol le jour fatidique. Il savait que l'accident était survenu sur la rocade qui entoure la préfecture, dans la bretelle qui donnait accès au Édouard Leclerc. En revanche, il ignorait que l'Espagnol se rendait ce jour-là chez un spécialiste ophtalmologue à cause de la chaux qui avait giclé. Lui qui s'était imaginé que l'Espagnol allait au manège à bijoux de la galerie marchande de l'hypermarché pour offrir une jolie bague à Mimsy… Décidément, Bandit se faisait parfois des films, et il ne se priva pas de préciser au gendarme qu'il avait préconisé à l'Espagnol de se rincer l'œil sitôt la gicle.

— La chaux, c'est-c'est, ça-ça…

— Saviez-vous qu'il prenait des somnifères ? coupa le gendarme à la mi-temps de l'audition.

— Au-au aucunement.

Bandit comprit en un éclair la cause de l'accident, nul besoin d'avoir vu les *Cannon* : l'Espagnol s'était endormi au volant de sa putain de Merzedes. Quel crétin, se disait Bandit, tout en pensant au manège à bijoux de la galerie marchande où il était allé il y avait quelques années de cela dans l'idée d'offrir quelque chose de beau à Zanette. Tout y était horriblement cher pour d'aussi petits objets inutiles, par comparaison avec des outils ou une mobylette. Il avait laissé tomber.

Outre des traces de consommation régulière de cannabis et d'anciennes prises d'opiacés toxicomanogènes – en gros les mêmes daubes que prenait Kevyne –, les résultats de l'autopsie avaient donc révélé la présence de somnifères. Bien que les prescriptions aient montré une consommation de longue date et régulière, le gendarme ne s'expliquait pas le fait que le borgne avait avalé ses cachetons – et une triple dose ! – juste avant de prendre la route pour son rendez-vous chez l'ophtalmo. C'était louche.

Bandit n'était pas dans le cerveau de l'Espagnol – grâce à Dieu ! – ni dans sa pharmacie : comptait-il faire une sieste, la fameuse siesta d'après déjeuner chère à ces feignasses d'Espagnols, alors il avait gobé ses gélules, après quoi il se serait souvenu trop tard qu'il avait un rendez-vous, prrrrr, Bandit n'en savait foutre rien, en était désolé, il n'était pas enquêteur. Le gendarme prenait bonne note des réponses, d'autant que le débit de Bandit lui évitait de forcer son talent de dactylographe.

— Quelqu'un aurait pu lui mettre des somnifères à son insu ? plaça-t-il.

— Pour quoi faire ? demanda Bandit.

— …

Et la prise de somnifère n'interdisait pas à l'Espagnol de mettre sa ceinture de sécurité.

— Que-que que je sache !

Le gendarme fixa méchamment Bandit pendant cinq bonnes secondes, comme un chien à l'arrêt. Et puis, bizarrement, il se redressa, son visage se décrispa, laissant même paraître un léger sourire. Il se leva en soupirant. Bandit se sentit presque libre.

— Bandit, puisque tout le monde vous appelle comme ça, je vais me chercher un café, je vous en apporte un ?

Les mains entre les jambes, Bandit regarda l'horloge. Il était onze heures, ce n'était plus l'heure du café, mais comme il n'allait pas demander une bière, il accepta.

— Mer-mer merci.

Au bout de quelques minutes, le flic revint décontracté, le dos creusé, les épaules légèrement dansantes, se dandinant dans son uniforme, lançant ses pieds comme s'il tapait dans des canettes vides.

— Allez, encore quelques questions de routine, dit-il en posant les gobelets puis son képi sur le bureau avant de se rasseoir.

Pour Bandit, c'était comme la troisième mi-temps. Oui, super cool le poulet, du genre bon pote, ambiance détente, pause-café, jusqu'à cette nouvelle question abrupte.

— Bandit, pouvez-vous me détailler votre planning le jour de l'accident ?

La jouer cool pour mieux l'enfler, Bandit avait compris le style. Il ne se déballonna pas, d'autant qu'il se rappelait précisément ce qu'il avait fait cette malheureuse journée. Sur ce coup, il pouvait compter sur sa mémoire.

— … dé-dé, d'éléphant !

Ce matin-là, avec l'Espagnol et son œil salement irrité, ils étaient allés chercher un vieil escalier (via Leboncoin-internet-Mongie), un quart tournant en ormeau destiné à la déchetterie – les gens jettent vraiment n'importe quoi. Les deux hommes l'avaient récupéré et, avec une nouvelle crédence, il serait facile de l'installer en lieu et place de l'échelle de meunier. Il était trop court mais une première marche en pierre serait parfaite, qui plus est avec l'humidité des sols, l'idée de génie était de Bernie… Pour ça, ils avaient emprunté le petit camion-benne du père Gillard, un Ford Transit rouge – en échange de quoi Bandit avait remanié en urgence une des toitures du propriétaire du camion-benne car on annonçait de la flotte pour le lendemain. D'où le fait que Bandit n'avait pas déjeuné avec l'Espagnol et Mimsy ce jour-là : sitôt l'escalier déposé dans une dépendance, il avait sauté le repas pour monter sur le toit du père Gillard – le gendarme pouvait l'appeler pour vérifier – après quoi il avait eu un nouveau renard à enterrer dans son jardin.

— Enterrer quoi ? demanda le jeunot dont le café allait être froid.

Bandit n'avait rien à cacher. Le président de la chasse lui avait promis la gratuité de sa carte annuelle contre cinquante queues de renard. Les renards devenaient un fléau dans le coin et il fallait les éradiquer. Bandit avait piégé plus de trente renards dont il enterrait ensuite les carcasses dans le jardin après leur avoir coupé la queue pour certifier la prise. Mais, car il y avait toujours un mais, Bandit expliqua au gendarme interloqué qu'il n'irait pas à cinquante queues de renard, que Mimsy lui avait ouvert les yeux sur ces jolies bestioles rouquines qui avaient le droit, comme tout être vivant, de vivre en paix. Toutefois, Bandit précisa que le président de l'association lui avait quand même renouvelé sa carte de chasse gratis. Quant à ses relations avec l'Espagnol, puisque c'était la nouvelle question du gendarme, elles avaient été tendues – l'anecdote du quiproquo suspendu au zozotement et au bégaiement –, puis cordiales, amicales enfin, mais sans plus. Bandit était totalement transparent sans en faire des tonnes. Le gendarme notait que Bandit l'aimait bien, au fond, l'Espagnol, qu'ils avaient même fêté son départ au Central avec des larmes et de la sangria. Enfin… « fêté » n'était pas le bon mot.

Le flic semblait de plus en plus agacé, agaçant. Où voulait-il en venir ? se demanda Bandit. Pensait-il découvrir l'affaire du siècle pour monter en grade sous les applaudissements de sa hiérarchie endimanchée ? Il voulait manifestement en finir. Bandit aussi.

— Où avez-vous dormi ces derniers jours ? pianota-t-il.

— Ben-ben, chez… chez moi.

À cet instant, le visage du gendarme se décrispa à nouveau, comme s'il venait de baiser sa proie. Avec sa langue il formait une bosse qu'il déplaçait sous sa joue. L'uniforme le sauvait d'une bonne droite dans sa gueule.

— Même le soir du départ du corps de l'Espagnol, cher Bandit ?

Tout en gardant ses doigts sur le clavier, le gendarme avançait son visage vers l'interrogé. Ces salauds avaient fait une planque, ou bien il y avait une balance là-dessous ? Merde, se dit Bandit, j'ai menti. Et on ne mentait jamais aux gendarmes. Il avoua. C'était vrai. De vrai. Il avait dormi chez Mimsy les quelques nuits – trois ! – suivant le départ de l'Espagnol. Et alors ?

— Vous êtes ensemble, je veux dire en couple ? dit le gendarme comme un picador.

Bandit, qui se sentit presque flatté de cette pique, aurait bien aimé répondre par l'affirmative mais là, il ne fallait pas se méprendre, il indiqua tout de go qu'il n'avait pas dormi dans le pieux encore chaud du tout juste froid Espagnol pour profiter de l'occasion, c'eût été horrible de sa part, abject, lugubre.

— In-in infâme de pen-pen penser...

— Oh, je suis pas de la police des mœurs moi, mais je peux imaginer qu'un couple se forme et que l'Espagnol devienne gênant…

Bandit fronça ses sourcils entaillés et en rajouta une couche en disant qu'il n'était pas en couple avec Mimsy, ça non, qu'elle pourrait d'ailleurs le confirmer aux gendarmes – le gendarme notifia que c'était fait. Bandit expliqua qu'elle avait été traumatisée par la mort violente de son compagnon. On le serait pour moins que ça. Seule… dans cette grande maison… Il s'était dévoué, voilà tout.

— « Traumatisée », dites-vous… À ce sujet, comment marchait leur couple ? Vous êtes le seul à avoir passé des journées entières à leurs côtés, vous avez dû voir des choses…

Bandit ne comptait pas mentir davantage mais il ne comptait pas non plus tout déballer. L'intimité de Mimsy était sacrée. Tout ce qui se passait au logis restait au logis. Alors il expliqua que c'était un couple on ne peut plus normal, des hauts, des bas, rien de tumultueux, de la passion surtout, qu'ils se baladaient souvent bras dessus bras dessous, que ce logis comptait beaucoup dans leur histoire, un nouveau livre, rien de vraiment sensationnel ni d'étrange qui pourrait augurer d'un drame, pas de quoi casser une patte à un canard – Bandit avait voulu dire « trois pattes à un canard ». Le flic ne releva pas mais revint à la charge.

— C'est une jolie femme, n'est-ce pas ?

C'était sa dernière question, trempée d'insinuations. Le beau et frais gendarme avec sa sécurité de l'emploi et son régime spécial de retraite aurait-il tiqué sur Mimsy ? Forcément, pardi, se convainquait Bandit qui rétorqua qu'elle était surtout gentille sans parvenir à s'étendre, compte tenu de son bégaiement, sur la beauté intérieure, sur l'alchimie des horloges biologiques, les fleurs de Bach, les karmas et cetera, toutes ces choses fortes que Mimsy lui enseignait chaque jour. Car il en avait appris pas mal ces derniers temps sur la beauté intérieure, sur l'alchimie des horloges biologiques, les fleurs de Bach, les karmas et cetera, et les gendarmes avec leur sécurité de l'emploi et leur régime spécial de retraite n'avaient pas le temps de s'intéresser à la beauté intérieure, aux horloges biologiques, à l'alchimie en général, aux karmas en particulier, aux fleurs de Bach n'en parlons pas, et cetera. Eux, ils mettaient des prunes, ils confisquaient les permis, ils faisaient chier les gens qui travaillaient, en revanche lorsque les manouches d'Igeac faisaient leur descente dans la vallée, y avait plus personne à l'appel. Des couilles molles.

Bandit garda ses pensées pour lui, l'affaire semblait classée : circulez, y a plus rien à voir.

15

Tirumalai Krishnamacharya

L'HIVER NE FAISAIT PLUS SEMBLANT, on se pelait les miches. Bandit avait eu le nez creux d'installer un autre poêle à bois dans une pièce à l'étage du logis car Mimsy attendait de l'oseille, qui devait arriver des parents de l'Espagnol pour achever l'installation du chauffage central.

— Ils m'adorent, alors qu'ils m'aident un peu, mince ! Quand on est au cimetière, le pognon ne sert plus à rien, se désolait-elle parfois devant un ti-punch planté d'une paille recyclable.

Mais c'était comme attendre le retour du *Manureva*, Bandit sentait bien que cette aide n'arriverait jamais, que la bonne âme de Mimsy se berçait d'illusions et que ce poêle à bois qui traînait jusqu'alors, lui aussi, dans les dépendances de Bernie, ferait parfaitement l'affaire. Cette pièce à l'étage était un ancien grenier à grain où Bandit avait coulé une chappe légère – du ciment avec des microbilles de polystyrène – qui faisait triple emploi, égalisant le niveau du plancher, isolant la pièce et feutrant les sons. Ensuite, il avait déroulé et collé sur cette dalle un coco en jonc de mer, Mimsy avait ajouté de nombreux tapis dont certains couvraient les murs. C'était le paradis des acariens mais surtout cosy autant que chaleureux, velouté et exotique. Bandit imaginait que la guitoune du colonel Kadhafi, qui avait pris le pouvoir en 69, était du même acabit – sur son atlas, la Libye formait comme un cœur.

— Bandit, fais un effort, essaye d'aller toucher le bout de tes orteils…

— …

— Allez, l'échauffement est important.

— …

— Mais dis-moi, tu es souple comme un verre de lampe, mon chéri…

Ce matin de décembre, elle passait ses mains sur ses reins – c'était le méridien rein-vessie – pour l'aider à se plier. Elle comptait quelques secondes avant que Bandit puisse se relever. Le soleil levant venait éclairer la fenêtre par des faisceaux de lumière pareils aux sabres des connauds de *Star Wars*, se mêlant aux filets de fumée d'encens qui s'étiraient en volutes sensuelles jusqu'au plafond mansardé. Mimsy expliquait que le lever du soleil était le moment idéal pour la pratique du hatha, il correspondait au kundalini, cette énergie vitale en éveil qui partait du coccyx jusqu'au sommet de la tête – il fallait s'imaginer un serpent spirituel qui partait du cul, longeant toute la colonne vertébrale, jusqu'au cerveau.

— Chaque être porte en lui le potentiel de l'éveil.

Bandit y croyait dur comme fer dans son pyjama de lin taupe – le cadeau qu'elle lui avait réservé s'il était sage et il avait été sage. Bandit scrutait de temps à autre par la fenêtre qui délivrait un panorama sur la colline d'en face, où l'alignement des chênes truffiers semblait figé par le froid. Sous les arbres, le sol était brûlé, laissant penser que des diamants noirs se dissimulaient sous terre. Soudain, Bandit vit un renard passer d'un tronc à un autre. Mimsy vint poser ses mains sur les épaules de Bandit qui lui expliqua que la saison des amours commençait en décembre, que les renardes en chaleur hurlaient dans la nuit et que les mâles répondaient par trois aboiements, trois. Il regrettait d'avoir tué tant de ces petites bêtes. Gamin, il en avait piégé un dans la neige : du roux confondu dans le blanc.

Bandit avait remarqué que la clef était à refaire sur l'ouverture en pierre qui formait la fenêtre. D'ailleurs toutes les clefs des ouvertures de la façade étaient à refaire, autrefois les butées de volets étaient en fer et la rouille avait fait gonfler la ferraille pour, d'un effet domino, faire péter la pierre. Les anciens avaient caché la misère avec du béton dégueulasse. Désormais, il existait des butées en inox et même en aluminium pour éviter la rouille, il fallait les fixer avec du scellement chimique et ça ne bougerait plus. Toutefois, ça nécessitait de la maçonnerie et d'échafauder toute la façade. Ce n'était pas urgent, se dit Bandit quand son regard revint dans la pièce. Mimsy, vêtue d'un legging noir et d'une brassière jaune canari, était en posture vache, c'est-à-dire à quatre pattes sur son tapis de yoga, le dos creusé à fond faisant ressortir les fesses et la tête. Bandit disait bien posture et non position, une fois pour toutes il n'y a pas de position dans cette discipline dont le grand professeur, Krishna quelque chose, avait un paquet de *a* dans son nom. Mimsy s'appliquait à inspirer puis à expirer. En gros, l'air faisait le trajet du serpent et Mimsy l'invita à en faire autant sur son tapis.

— Tes cuisses et tes bras doivent être parfaitement perpendiculaires au sol et s'il te plaît, creuse bien ton dos, Bandit…

— Je-je je…

Il faisait son possible et se concentrait surtout sur sa respiration : car là était la clef.

— T'inspires et quand tu expires, tu vas placer ton fessier sur les talons…

— Quand-quand quand j'expire ?

— Oui, très bien comme ça, et inspire en poussant ton coccyx vers le ciel. L'idée est toujours d'étirer ton serpent, yoga veut dire relier, relier la terre et le ciel…

Mimsy passa sa main sur la voûte de son dos puis son doigt longea son serpent. Une seconde ou deux, Bandit ne pensa plus aux postures avant qu'elle lui rappelle que les orteils devaient être dans l'alignement de ses pieds et non plantés dans le tapis. Le nez lui piquait – avec l'encens –, il se retenait d'éternuer.

— Essaye maintenant de faire en sorte que tes talons touchent aussi le sol, ça va tirer, relâche bien la tête…

Mimsy l'invitait à lâcher prise et, d'une pierre deux coups, retrouver du gainage. Bandit ne s'économisait pas à la rénovation du logis, entre son corps meurtri et les nœuds au cerveau. Mimsy trouvait quant à elle dans cette discipline d'immenses ressources, à la fois physiques et psychiques, pour affronter les obstacles de la life.

— Bandit, je crois que les suspicions à mon égard me sont insupportables…

Bandit la regarda en penchant la tête.

— Faire courir ces bruits dégueulasses, nous traîner toi et moi dans la boue de la sorte…

Bandit apprenait que les rumeurs « centraliennes » le mêlaient aux soupçons. Alors, se dit-il, Mimsy et lui seraient liés quelque part par des adversaires.

— Mieux vaut les ignorer, mon Bandit, et ne plus y penser.

Ils se posèrent en lotus chacun sur leur tapis, exactement comme elle s'était assise un jour sur le toit du logis.

— Mais tu n'es pas si raide que ça, mon poussin.

Bandit rougit. Elle se déplia et vint poser sa main sur son bas-ventre pour sentir sa respiration. Il craignit un instant que le lin lui fasse défaut. Un bruit bordélique sortit de son ventre, comme quelqu'un qui parle sous l'eau.

— Laisse-toi aller Bandit, je te l'ai déjà dit, lâcher prise.

Il fermait les yeux et avait du mal à ne penser à rien, ce n'était pas dans ses habitudes. Il pensait même que l'arrêt de la pensée était comme le coma ou, pire, la mort.

— Et puis contracte maintenant, tu scelles ton corps, tu le lies, on dit « bandha » mais avec un *h* entre le *d* et le *a*, dit-elle en souriant car il entendait son sourire même les yeux fermés.

Résolument incapable de penser à rien, Bandit bandha pendant que Mimsy parlait de cohérence cardiaque, d'introspection et de rate-estomac.

— Je vais te faire découvrir ton corps, dans toute sa fluidité.

Ils enchaînèrent avec d'autres postures. Elle lui montra la pose de l'enfant, la libellule, le cobra et la fente basse. Elle pouvait lui demander tout ce qu'elle voulait. Il se serait plié en quatre, en huit, et dans tous les sens s'il le fallait.

— Je vais te guider, dit-elle avec ses mains.

À ce moment, elle vint lui prendre la tête car il regardait le sol alors qu'il fallait regarder le ciel, du moins le plafond.

— On va travailler le psoas, c'est la poubelle du corps, c'est de là que viennent les émotions négatives, le stress, etc.

Durant les trois phases de la séance – détente, postures, méditation –, ils s'attardèrent plusieurs fois sur le chien tête en bas. Bandit connaissait le chien mouillé – qui consistait à se secouer la tête énergiquement en sortant de l'eau – mais pas le chien tête en bas. Leurs corps formaient un accent circonflexe, autrement dit chapeau chinois. Dans cette posture, Mimsy eut soudain une idée pour le jardin et lui parla de renoncules. Bandit se releva pour lui faire répéter. Avec la tête à l'envers et le sang en dedans, il avait compris autre chose. Elle répéta et tout rentra dans l'ordre.

Il resta spectateur sur le bâton inversé, la torsion, le pigeon royal ou le danseur cosmique. Mimsy avait fait beaucoup de danse classique dans sa jeunesse et en tirait une souplesse fabuleuse. C'était un avantage certain, la danse classique. Réservé à Bandit, le spectacle était saisissant. Même Mojito n'en profitait pas. Étendu de tout son long tout près d'eux, une patte sur les yeux. Cette petite boule de poils qui louche – un européen – avait atterri au logis un de ces soirs rigoureux : Bandit l'avait trouvé à miauler, terré dans les touffes de menthe que Mimsy mettait dans ses rouleaux de printemps avec de la coriandre. À vue d'œil, Mojito n'avait pas un an. Ils lui avaient donné à bouffer, il était resté – un peu comme Kevyne.

Mimsy enchaînait les postures. Parmi elles, celle de la sirène inquiéta Bandit car il retrouva un instant sa mère dans le regard pénétrant de Mimsy. De sa mère ou de sa sœur, d'ailleurs ? Il hésita. Dans les deux cas, il ne voulait pas le savoir, son cerveau lui jouait des tours. Quant à Mimsy, elle dominait vraiment son sujet : le papillon ne pouvait pas se pratiquer si elle avait ses règles et le uttanasana, plus simplement le pince-debout, était déconseillé après manger. La posture du chameau était malvenue pour ce qu'il avait comme la demi-chandelle ici présentée – elle avait posé son dos sur le sol et mis ses jambes en l'air le long du mur. Mais toutes les planches (sur avant-bras, de côté...) étaient excellentes. Car, si l'épaule de Bandit s'était remise des tonnes de tuiles à monter sur les toits, le bas de son dos était en compote.

En attendant, Bandit était lessivé. Mimsy termina les positions – merde, les postures – sur le scorpion, pour l'impressionner, pensa-t-il. Elle faisait le poirier en ramenant ses pieds sur la tête : un truc de fou sous tous les angles. En plus, elle transpirait légèrement. Elle remit son corps normalement, un brin essoufflée.

— La prochaine fois, Bandit, on travaillera la rééducation de nos périnées.

Mimsy ajouta qu'il fallait imaginer un hamac – facile – qui soutient les organes, que les femmes devaient rééduquer le hamac après une grossesse, qu'elle n'était pas à l'abri de ça – d'un enfant.

— Et ça améliore la qualité de l'érection...

Bandit fit celui qui n'avait pas trop entendu. Mimsy partit chercher des tisanes au rez-de-chaussée. Bandit en avait rapporté des seaux de chez Zanette, des *Sun Salutation*, des *Joie de Vivre*, des *Harmonie Intérieure*, et bio bien sûr, tout bio.

Il pensait déjà à se changer pour monter une bibliothèque murale – il était venu en cotte car pas question de se rendre au logis en lin, des fois qu'il croiserait quelqu'un et que ce quelqu'un aille le chanter au Central. Concernant la bibliothèque, elle se monterait précisément dans cette pièce à l'étage, en reconstituant un superbe lot de menuiserie – du fruitier – que Bernie avait récupéré on ne savait où. Ce serait sans doute sa plus belle réalisation dans le logis.

Il entendit les pas légers de Mimsy descendre l'escalier quart-tournant en ormeau, se moucha énergiquement, puis entendit les mêmes pas remonter. Elle tenait deux tasses fumantes par les anses. Une petite ficelle avec un bout de carton pendait aux tasses comme des Tampax. Mimsy précisa que c'était du thé vert ayurvédique à la fleur de sureau et au gingembre. Elle déposa les infusions le temps qu'elles tiédissent un peu. L'étape finale était le kaivalya, la libération, le Nirvana en somme, mais sans Kurt Cobain.

— Nous devons être le changement que nous désirons voir dans le monde.

Cette pensée était de Gandhi. Putain, Gandhi, Bandit voyait parfaitement cet Indien sur Arte, le type qui faisait chier les Anglais, sec comme un haricot avec un drap pour tout paletot et des petites lunettes d'intello : c'était l'Inde, le Taj Mahal, New Delhi et Calcutta, Pondich, Chandern, et il en passait.

16

L'esquimau

ELLE MANGEAIT UN ESQUIMAU en plein hiver. Toujours en tenue de yoga, elle venait voir où Bandit en était. La journée touchait à sa fin, du moins la journée de travail, le soleil était déjà parti se coucher dans les causses. Et Bandit, regonflé à bloc par la séance du matin, avait bien avancé. Une bonne partie de la bibliothèque était dressée le long du mur. Mais il s'était noué et dénoué le cerveau car si Bernie lui avait dit que c'était un jeu d'enfant de remonter les pièces détachées, Bandit aurait bien voulu le voir à l'œuvre. Il avait fallu revoir certaines pièces de bois pour ajuster aux mesures de la pièce comme aux profondeurs de pénétration voulues par Mimsy – elle avait des livres de tous les formats. En sus des centaines de clous qu'il avait enfoncés, cela avait nécessité des reprises et des coupes. Il avait passé la moitié de son temps à chercher son équerre, son mètre de menuisier et son crayon de papier : si Bandit avait un défaut, c'était bien celui de ne plus savoir où il venait de poser son outil. La finition nécessiterait un coup de cale à poncer avec du papier de verre au grain fin afin de ne pas rayer la patine. Un peu d'huile d'olive par-dessus pour nourrir le bois et c'était réglé.

— Juste génial, mon Bandit, dit-elle la bouche en cœur comme engourdie par le chocolat glacé.

— Mer-mer merci, Mimsy.

— Quand Bernie va voir ça…

— Ben-ben…

— Tiens, à propos de Bernie, je suis inquiète, il n'est pas passé hier et je ne l'ai pas vu aujourd'hui.

Mimsy lui demanda s'il savait où il était et Bandit répondit, avec l'air de s'en foutre, qu'il n'en savait rien.

— Oh, ne me fais pas une crise de jalousie, ma belette… Bernie, tu sais….

Elle appuyait sur la deuxième syllabe de Bernie, c'était déstabilisant. Plus fort que lui, Bandit tirait la gueule, maugréant qu'il ne savait pas pourquoi elle disait ça, qu'il n'était pas jaloux de Bernie, jaloux de quoi à la fin ? Avec son cône à portée de lèvres, Mimsy rigola comme une enfant et fixa soudainement Bandit.

— Bernie, je l'aime au sens platonicien du terme, tu vois… Et chez lui, hummm, ça sent la cire…

La cire, et alors ? songea Bandit. Mimsy faisait les questions-réponses, ce qui lui convenait parfaitement car ce sujet l'indisposait.

— Mais je ne voulais pas te parler de notre Bernie mais d'un autre projet, ajouta-t-elle la bouche pleine.

Un genou à terre, Bandit rangeait ses outils. Il s'arrêta, releva la tête tandis qu'elle poursuivait.

— Il faut que je te dise quelque chose, quelque chose d'important, sans détour, entre quatre yeux !

Elle vint vers lui, il se releva. Elle approcha son visage du sien. Elle avait les pupilles toujours aussi dilatées et une haleine d'orties brûlées qui lui rappelait quelque chose.

— J'en ai marre de vivre comme ça.

— Co-co comment ?

Bandit ne savait pas où elle voulait en venir. Personne n'aurait pu le savoir, pas même cet escroc de Madiba. Soudain, elle lui tendit l'esquimau. C'était à première vue un cône chocolat-pistache avec des éclats de noisette.

— Ma-ma marre ? dit Bandit en tenant le cône comme un micro.

— Nous sommes prisonniers de la société, des habitudes, des cultures, des us…

— Des-des des us ?

Sur ce, elle ôta le haut puis, sans transition, le bas. C'était au-delà de tout ce que Bandit aurait pu imaginer. Elle était parfaite. L'autre hémisphère était aussi beau que le premier, identique. Les hanches, le ventre, les fesses. L'abricot peau de pêche, tout ! On devait être si bien dedans. Comme prendre un coup sur la tête de qui assommerait un cheval de trait. Elle était nue, nue comme un ver, yogini nue. Bandit se concentrait, cogitait : Mimsy en avait marre de vivre comme ça, le temps était venu de crever l'abcès, en somme de faire l'amour, là, hic et nunc, sur le coco. Mais non, elle voulait simplement vivre :

— À-à…

— Oui ! Dans le plus simple appareil ! J'adore cette expression d'ailleurs, sans artifice, sans contrainte, tu vois…

Bandit voyait parfaitement et n'y voyait aucun inconvénient, mais alors aucun. Si ce n'est…

— Et l'hi-l'hi l'hiver ?

— L'hiver je serai nue à l'intérieur et je m'habillerai quand le temps le nécessitera. C'est le temps qui décidera et non les us et coutumes. Comment tu me trouves ?

Bandit regarda ses outils pour fuir la question.

— Tu me trouves moche, c'est ça ?

Bandit était effondré. Comment pouvait-elle s'autoflageller de la sorte, se couvrir de cendre alors qu'elle était si belle ? Il n'eut pas le temps de dire quoi que ce soit qu'elle le coupa.

— Et puis pourquoi à la fin, pourquoi je chercherais à me justifier ?

C'est vrai ça, pourquoi ? songea Bandit.

— Tu peux lécher si tu veux, ça ne me dérange pas.

Bandit resta électrisé. Et puis machinalement, un peu, comme un esclave, au fond, il s'exécuta. C'était froid, et c'était bien de la pistache. Il lécha deux ou trois fois et lui rendit le bâtonnet. Bandit, étourdi, s'accroupit vers sa caisse à outils.

— Déshabille-toi, Bandit, essaye !

Il avait entendu, bien entendu, parfaitement entendu. Il n'avait que deux zips à faire coulisser, pour quitter slip et T-shirt, mais il ne pouvait pas. C'était technique. Ce n'était pas qu'il avait honte de son corps. Il repensa soudain au club de football du village quand il était ado, à l'ancien car scolaire Citram qui servait de vestiaires : tout le monde s'y mettait à poil et il s'en sortait bien. Heureusement, elle n'insista pas. Mimsy n'insistait jamais, preuve de sa grande tolérance, de son immense intelligence même.

— Et puis mique. Chacun fait ce qu'il veut et moi je me fous de plaire ou de déplaire, je veux vivre en liberté totale.

Elle parla encore la bouche pleine car elle venait de gober le bout du cône, là où se trouvait le chocolat croustillant.

— Ça va de soi et c'est écolo, je m'allège des apparats, je garde l'essentiel et je fais corps avec la nature… Quand tu penses que ce sont des enfants qui fabriquent la plupart de nos fringues, c'est dégueulasse, non ?

C'était en effet à gerber, à gerber. Et Bandit mit à recharger une des trois batteries de sa Makita – que des enfants avaient sans doute aussi fabriquée – et rangea le reste du matos.

— Basta les injonctions sociales, les looks, les apparences ! Au diable les strass et les paillettes ! Vive la transparence ! Faut que ça respire !

Il allait partir, quand elle lui attrapa le bras.

— Je préfère te prévenir, mon Bandit, car ça cancane toujours dans les campagnes ; j'ai fait passer des annonces dans les journaux et sur internet. Je me lance également dans le woofing…

— Wouf…, répéta Bandit.

Le naturisme, il voyait très bien, ça voulait dire ce que ça voulait dire – les trucs qui ballottaient de partout – mais le woofing, non. Était-ce faire l'amour avec un chien ? Il voyait déjà Nelson sur Mimsy. Il ne voulait pas y croire mais elle était si imprévisible, si créatrice. Elle lâcha son bras et il disparut de la pièce. Il était dans le quart tournant quand il entendit Mimsy dire :

— Roooh, et si j'apprenais aussi à jouer du ukulélé !

Bandit rentra chez lui en titubant, et remplit la gamelle du chien en lui racontant tout ce qu'il venait de voir, d'entendre, de croire, de vivre, en ponctuant toutes ses phrases par « mon pauvre Nelson ». Après quoi il se jeta sur la boîte de Dafalgan. Il n'avait encore rien vu.

17

L'annonce

C'EST L'AUTOCOLLANT CHOKY, en bas à droite de la porte d'entrée, qui lui donna l'idée. Accoudés au centre du comptoir, Nanard et Tintin entendirent sa commande et tournèrent en même temps leur tête vers lui. De toute façon, ils auraient bien vu la tasse arriver, soucoupe dessous et mousse dessus. Bandit s'en foutait de ce qu'ils pensaient. Nanard et Tintin n'avaient pas grand intérêt, ils avaient bossé autrefois avec lui, chez Ponzac, l'entreprise de maçonnerie.

Bandit y avait passé deux décennies avant de reprendre sa liberté en bossant, à droite, à gauche, au black. Nanard avait arrêté au même moment que lui, bénéficiant d'une pension d'invalidité et d'une ceinture lombaire. Tintin était un peu plus jeune, il avait été dans la même classe que sa sœur, il travaillait toujours chez Ponzac mais était dans les bureaux désormais, l'entreprise avait grossi, il faisait des devis et suçait des bites aux politiques pour rafler les appels d'offres des marchés publics des collectivités territoriales. Bouf, se disait Bandit dans le miroir derrière le bar, tous les trois, ils en avaient monté des kilomètres de parpaings, ils en avaient coulé des chapes. Des hectares de chape !

Le lourdingue Nanard ouvrit sa gueule en premier.

— Putain ! Bandit au chocolat chaud ! ? Il va pleuvoir de la merde !

C'était clair, sans détour, ça voulait dire ce que ça voulait dire malgré le bruit de la buse vapeur qui camouflait les voix. Tintin manqua de s'étouffer avec sa bière. Le chocolat chaud arriva et deux autres clients du Central, plantés devant les pronostics des courses de la journée, se mirent à participer à ce non-évènement.

— Hé, Bandit, tu devrais prendre une chocolatine pour tremper ! dit Bob l'Éponge.

Robert, du prénom que lui avait donné ses parents avant qu'il ne sombre dans le perroquet, avait été dans la même classe que Bandit. Il l'appelait ces années-là « le bâtard », jusqu'à ce jour où Bandit lui avait écrasé une salade de phalanges dans le nez. Plus tard, Robert était devenu commercial chez un marchand de matériaux.

— Il a envie de tremper, Bandit, ça se sent ! ajouta-t-il.

Bandit tourna sa cuillère dans la tasse pour remuer le liquide acajou, la sortit et la lécha.

— Peut-être qu'il trempe au logis ? se questionna tout haut le voisin de Bob l'Éponge, à savoir Jean Le Graët, alias la Poche de Lorient, qui avait fini sa carrière dans une commune voisine en tant que directeur d'agence du Crédit agricole.

Le chiffon sur l'épaule, Mamie Lulu intervint en les priant de foutre la paix à Bandit. Bob l'Éponge comprit que ça devenait pénible. Il se replongea dans *Le Turf*, se passa une main sur la nuque et de l'autre il entoura des numéros avec un stylo Bic.

— Oh, qui aime bien châtie bien, dit sincèrement la Poche de Lorient qui aimait avoir le dernier mot.

Bandit leva les sourcils. Tu parles d'une envolée de boutique, lui qui voulait montrer qu'il ne picolait plus, ou du moins, moins. Il préféra faire le sourd, s'affairant à boire sa tasse au plus vite pour se barrer. Et il se brûla. Le palais et la langue. Aussitôt, un goût d'aluminium lui envahit la bouche avec la sensation qu'elle était désormais râpée. Il n'avait pas l'habitude de boire du chocolat chaud, il aurait dû prendre un Perrier-tranche mais c'était aussi cher qu'une bière. Ou alors un café mais il buvait une tasse, il en pissait quatre.

Le cantonnier, surnommé Sinistrose, entra, et ce fut le pompon. Il n'avait pas enlevé son manteau qu'il prit une photo avec son téléphone portable afin d'immortaliser le moment. Bandit de profil, avec le chocolat chaud bien visible.

— C'est pas possible, dit Mamie Lulu en riant.

— Hé, Sinistrose ! ? interpella Nanard.

— Quoi ?

— T'as pas lu le journal de ce matin ?

— Non ? répondit Sinistrose en mimant l'action à la patronne de tirer une bière.

— Notre nouvelle habitante, là-haut…

Bandit tourna la tête vers Nanard tandis que Mamie Lulu posait un demi sur le comptoir.

— Ben quoi ? dit Sinistrose avant de porter la bière à sa bouche.

— Elle a passé une annonce !

— Ah ? ajouta Sinistrose dans un rot étouffé.

— Une annonce pour faire du woofing !

— Woofing ?

— Ouais, que des gens viennent bosser chez elle en échange du gîte et du couvert…

— Ah…

— Attends ! Attends la meilleure !

Sinistrose, collé au comptoir, attendait la meilleure en se reprenant une rasade.

— C'est la fin de l'annonce qui vaut son pesant de cacahuètes, elle recherche des candidats, de préférence un naturiste !

— T'es con ! dit Sinistrose.

— Tu paries 100 balles, c'est marqué ! dit Nanard en brandissant le journal avec le doigt sur la phrase.

— Merde, dit Sinistrose.

— « De préférence un naturiste » ! répéta Nanard au cas où.

— Bandit, tu feras attention quand tu manieras ta scie circulaire ! se marra Sinistrose.

— Un accident est vite arrivé, ajouta Nanard hilare.

— Faut pas se tromper de trou pour mettre le rivet pop ! dit Tintin, super content de sa trouvaille – il la cherchait depuis un moment.

Heureusement pour Bandit qui rongeait son frein, deux couples de Parisiens entrèrent dans le Central et se mirent à causer avec Mamie Lulu qui s'était avancée du côté tabac. Par curiosité, chacun écoutait. Les Parisiens cherchaient à acheter des truffes, de la truffe d'hiver, peu importait le prix – cet hiver la melanosporum se dealait à près de 1 000 euros le kilo. Mamie Lulu leur répondit en anglais, ce qui força les Parisiens à faire de même, ou plutôt à parler en français mais lentement, et avec l'accent anglais. Ils adoraient ça, la truffe, en brouillade, sur des tagliatelles fraîches, de la Saint-Jacques crue et même comme ça, sur un quignon, en lamelle, saupoudrée de fleur de sel.

Mamie Lulu leur expliqua qu'elle n'était pas négociante en truffes et les envoya se balader en français. Les Parigots repartis, les boutades reprirent aussitôt à l'endroit de l'annonce mais pour une minute à peine. Car Mimsy venait d'entrer dans le bar, elle aussi côté tabac. Là, plus personne ne l'ouvrit, sa gueule. Mimsy – habillée – jeta un sourire complice à Bandit, prit du tabac à rouler, un paquet de Rizla+ et quelques grilles d'EuroMillions. Bandit savait bien qu'elle comptait là-dessus pour finir le logis : pas forcément les cinq numéros. Quatre et une étoile ou deux feraient déjà du bien.

— À tout à l'heure, mon Bandit, dit-elle en cisaillant le silence le plus total.

Juste chaud, le chocolat de Bandit lui parut très agréable. Les quolibets, sinon le chambrage, ne reprirent pas. La solarité de Mimsy avait éteint son monde, Bandit se sentait fier comme un coq. Il finit sa tasse en fixant le portrait du mari de Mamie Lulu accroché au-dessus des bouteilles. En fait, il y avait deux photos dans le cadre. Une lorsqu'il était jeune, en rugbyman avec de l'Elastoplast autour du front, et une autre beaucoup plus récente, prise au Central dans son heure de gloire, en short et avec son bandana blanc autour de la tête. Bandit l'aimait bien, le mari de Mamie Lulu.

Mongie débarqua sur les coups de neuf heures du matin. Il avait toujours eu du mal à se lever. Il portait deux vestes sous sa doudoune – il était frileux –, il avala une bière en vitesse et fila avec Bandit chez lui, comme prévu.

La télé était allumée sur une chaîne d'information en continu avec des textes qui défilaient en bas de l'écran. Dans la même pièce, l'atelier de poterie était prêt. Bandit voulait des pots pour les plantations de Mimsy. Mongie les troquait contre la future pose d'un lino dans sa cuisine. Il y avait environ quatre mètres carrés, c'était rien pour Bandit : six coups de cutter.

Avant la poterie, Mongie partit chercher deux bières dans le frigo et ils se posèrent devant l'ordinateur. Pschitt, pschitt. Bandit voulait voir un peu ce qu'était vraiment le woofing. L'ordinateur rama deux bonnes minutes avant de s'éclairer. Mongie était à la souris. Ils découvrirent qu'il s'agissait d'un concept anglais né dans les années 1970. La première ferme s'était montée dans le Sussex – ils se marrèrent et prirent une gorgée – et il y avait désormais de ces fermes expérimentales dans le monde entier. Wikipédia, c'était super. En quelques minutes, Bandit et Mongie avaient fait le tour de la question. Bandit et Mongie savaient mais tapèrent quand même « naturisme » dans la banque d'images du moteur de recherche. Il y avait surtout du sable, des gens souriants en vacances, et une femme sur un vélo – ça les fit marrer aussi.

Mongie éteignit l'ordi qui brouta quelques secondes avant que l'image ne disparaisse. Il alluma la télé et mit, Bandit ne savait comment, un porno. Mongie aimait sculpter devant du porno. Il s'assit devant son bordel qui tournait, il commença par se mouiller les pognes avant de manier l'argile. Mongie avait un regard merveilleux lorsqu'il travaillait. Avec ses doigts en or, il faisait ce qu'il voulait. Le pot se formait comme si l'argile sortait de ses mains. Bandit regardait ça comme un enfant. Dans la télé, il la prenait debout sous la douche, c'était périlleux.

— C'est-c'est c'est pas de l'amour ça.

— Oh Bandit, le sexe, tu sais, c'est de l'amour avec du poil autour.

Ces mots tranchaient avec la sensualité chirurgicale du potier. Et puis Mongie demanda à Bandit ce qu'il faisait ce soir. Il avait un poulet – en promo – au frigo et un pack de Falsbourg. C'était mardi, Bandit savait que Mimsy passerait la soirée chez Madiba pour fumer de la beuh Banana Kush et entrer en transe avec les morts – à poil forcément. Alors il dit OK.

18

La contre-plongée

Décidément, Mimsy campait dans un monde qui lui était inconnu mais dans lequel il se précipitait. De son imaginaire débordant, il tirait chaque jour le fil d'une pelote de laine, Mimsy tournant, tournant comme une toupie sur elle-même, et se découvrant.

— Bandit ! Durant mes études, un cours m'avait particulièrement marquée, il s'agissait de l'histoire d'expériences de communautés utopiques…

— Ah ? dit Bandit qui avait quitté Mongie pour retourner passer l'après-midi au logis.

Il s'affairait à cette fichue bibliothèque, appliqué à ce que tout soit d'équerre. Mimsy, nue, papotait en le regardant travailler.

— Et je me dis que ce cours était peut-être un signe pour que nous en fassions autant des années plus tard…, ajouta-t-elle avant de renifler.

Bandit s'arrêta de visser car le bourdonnement de la Makita lui interdisait d'entendre distinctement les élucubrations de sa spectatrice.

— Oui, ici, sur notre colline inspirée…

Mimsy renifla à nouveau et se posta devant la fenêtre. Bandit attrapa un tournevis et vissa en expliquant à Mimsy qu'il avait laissé Mongie avec les poteries dans le four. Il les récupérerait ce soir, puisqu'il était invité à manger un poulet.

— T'es un amour, on va faire pousser plein de choses dedans, des agrumes, j'adore les agrumes !

Elle agitait ses bras étrangement, comme faisant des mimes, à croire qu'elle cherchait à s'exprimer avec quelqu'un à l'extérieur du logis.

— Surtout des mandarines et des kumquats, mandarines, kumquats…

Les agrumes, par cette saison, il fallait les mettre sous serre parce que ça gelait de peur. Voilà ce que se disait Bandit quand elle quitta la fenêtre et se baissa pour ouvrir un carton contenant les livres de ses années d'études.

— La liberté, l'autarcie, l'autonomie, de ces principes se sont formées les communautés utopiques…

Bandit la regardait, circonspect. Mimsy ne lui paraissait pas dans un état normal. Elle renifla et envoya d'un coup de tête ses cheveux en arrière.

— … Beaucoup datent du XIXe siècle, pour échapper à cette révolution industrielle qui a réduit l'être humain à l'état de serf…

Elle prononça le *f*. Bandit ignorait bien des choses. Il avait l'atlas mais pas l'histoire, il avait l'horizontale mais pas la verticale. Il espérait simplement au fond de lui que cette nouvelle idée n'était pas une lubie de Madiba, car il se méfiait de sa fâcheuse tendance à laver les cerveaux.

— Bandit, c'est peut-être Charles Fourier qui me séduit le plus. Ses phalanstères sont riches d'enseignements... Le collectif, toujours le mieux-vivre ensemble...

Ce Fourier devait être un aminche de Goethe, en rapport à l'autre soir, le fameux Johann Wolfgang von Goethe avec son grand front. Et Mimsy renifla.

— Avec une approche holiste... J'imagine un logis avec plein d'entrées, c'est beau, non ?

Bandit restait comme deux ronds de flan. Il gonfla ses joues, formant une bouche en cul de poule. Mimsy se parlait. Elle partit sur le vitalisme et l'environnementalisme. Elle lui semblait vraiment à côté de ses pompes. Bandit remarqua un regard quasi absent et terriblement brillant.

— La réforme de soi, la réforme de soi, ces expériences requièrent beaucoup de travail mais ne t'inquiète pas, Bandit, on fera la nouba quand même, toujours la nouba...

Bandit ne se sentit pas de niveau pour répondre quoi que ce soit. Mimsy attrapa un bouquin dans le carton et passa devant Bandit sans le regarder.

— Ouais, tous égaux dans notre histoire... Certes, il faudra un chef pour régler les différends, pas forcément moi d'ailleurs, un chef s'imposera naturellement, c'est peut-être un grand mot, mais une sorte de prophète, tu vois...

Il vit surtout Mimsy mettre un pied, puis les deux, sur l'escabeau de la bibliothèque. Elle monta pour déposer le livre au plus haut des rayonnages. Ses mollets se contractaient et là, il se passa quelque chose de l'ordre du fantastique. Bandit était en contre-plongée. C'était le paradis, la fente céleste, l'Entrée. Il voyait soudainement tout orange comme un effet de foehn mêlé à une pluie de sable du Sahara. Il avait la sensation de faire un œdème de Quincke. Haut perchée, Mimsy continuait de parler en évoquant son opposition aux satellites, qu'il fallait que l'Homme foute la paix aux étoiles, eh ouais, aux étoiles. Les lèvres étaient parfaitement ourlées, propres, immaculées. Mimsy redescendit, c'était fini, éphémère et merveilleux, comme la floraison des cerisiers, pareil.

Elle inspecta le livre qu'elle avait placé en se pinçant le menton.

— Tu les rangerais par format ou par ordre alphabétique, toi ?

— Je-je...

Bandit, luttant pour ne pas trembler, ne savait pas, ne savait plus. Il se disait surtout qu'il n'avait pas fait le tiers du quart de ce qu'il devait faire aujourd'hui.

— Au fait, mon Bandit, j'ai bien fait de mettre aussi l'annonce de woofing sur le Net.

— ...

— J'ai déjà un premier candidat et il a l'air chouette !

— Chou-chou chouette.

— Avec internet, on a réduit les distances, tout va très vite, c'est un monde plus brutal je te l'accorde, mais sur certains points, c'est drôlement pratique.

— ...

Elle rigola comme une gamine en montrant ses dents jusqu'aux molaires.

19

L'Allemand

Madiba avait vu dans ses boules de cristal l'arrivée de woofers venant du Sud, il distinguait des oliviers en pagaille, de la variété des Lucques, pour être plus précis, d'où jaillissait un couple et une tripotée d'enfants bronzés à souhait. Le 18 décembre, trois jours seulement après que l'annonce avait été publiée, alors que Bandit tirait des arrivées d'eau jusqu'aux serres pour le futur goutte-à-goutte, un van pénétra dans la propriété de Mimsy. Pas d'enfants, pas de couple, seul un homme pâle sortit du véhicule. Un Allemand par-dessus le marché : Madiba était bigleux.

On appelait ça un redoux, avec des raisons anticycloniques ou de dépressions auxquelles Bandit n'avait jamais rien compris. Mimsy, qui venait de se vêtir à la va-vite d'un épais manteau au col fourré, sortit du logis pour aller à la rencontre du woofer. Elle ne ferma pas la porte derrière elle.

— Guten Tag ! dit Mimsy en ouvrant les bras.

— Guten Tag, répondit l'Allemand en affichant un sourire puissant à proportion de sa mâchoire.

La propriétaire et le candidat se rejoignirent tandis que Bandit passait à côté d'eux sans rien dire pour s'approcher du van qui l'aimantait. L'engin semblait sortir des rouleaux de l'Éléphant bleu. Les jantes et les vitres teintées brillaient de mille feux mais le plus bluffant, ça restait les autocollants qui recouvraient le vert métallisé de la carrosserie. Des écussons de Lituanie, de Norvège, du Portugal, du Vietnam, des fanions, des drapeaux de Slovénie, de Grèce ou de Monaco, des campings d'Innsbruck, d'Odessa, de Marbella, des stations de ski plein capot en Suisse ou les hôtels Savoy à Rome, Minerva à Firenze, l'Imperial à Rabat. Il y avait même des destinations que Bandit ne connaissait pas. Une folie, un atlas ambulant : ce type c'était Magellan, Fernand de Magellan.

— Bandit, il faut que je te présente ! dit Mimsy en l'interpellant.

Bandit se tordit le cou vers eux.

— Enchanté, Bandit, ravi de vous rencontrer, dit l'Allemand.

— Mais vous parlez parfaitement le français ! s'écria Mimsy comme si elle ouvrait une pochette-surprise.

— J'ai quelques notions, dit-il en faisant un geste modeste alors qu'il parlait parfaitement le français.

Tandis que Bandit s'approchait, en plus de maîtriser les langues de *Pétain* et d'*Hitler*, l'Allemand se vantait aussi de parler la langue de *Franco*, de *Cromwell* et même d'avoir des notions dans la langue de *Staline*. Mimsy pouffait. Le type paraissait avoir l'âge de Bandit, plus ou moins la cinquantaine. Il devait friser les deux mètres, et costaud, l'animal.

— Le Bandit est muet ? demanda-t-il.

— Non, juste bègue, répondit Mimsy. Bandit est mon bras droit, mon homme de confiance, mon Michel Morin, il est tout pour moi !

Bandit esquissa un sourire sans comprendre pourquoi elle l'appelait Michel Morin. L'Allemand se mit en face de lui en posant la main sur son épaule.

— Formidable ! balança-t-il.

Ses cheveux blond filasse en pagaille dansaient dans le vent tiède. Des cernes rosés soulignaient ses yeux bleu clair. Le globe-trotteur dégageait une grande sérénité. C'était pas pour rien que ces types-là nous avaient envahis trois fois, et comme qui rigole.

— Et si on rentrait à l'intérieur, ce n'est pas qu'il caille mais le temps est humide ! intervint Mimsy.

— Formidable !

Bandit nota que c'était le deuxième « formidable » en seulement quelques minutes. Une fois dans la cuisine, près du poêle, Mimsy enleva aussi sec son manteau. L'Allemand ne moufta pas. Les plus belles femmes du monde se foutaient-elles à poil devant lui à chaque coin de rue ? Avait-il entraîné par le passé une équipe de handballeuses scandinaves ? Était-il, quelque part sur la planète, le patron d'un bordel de luxe ? Pas moufté d'un iota le bonhomme ! Bandit n'en revenait pas. Les minutes qui suivirent se meublèrent par des échanges de banalités entre Mimsy et son hôte, sur l'histoire du logis, les projets à son endroit et les règles du woofing, Mimsy débordant sur la richesse des rencontres, a contrario de la peur de l'autre favorisant l'instinct grégaire et la cruauté envers ceux qui n'appartenaient pas au troupeau – ou quelque chose dans l'esprit.

Bandit écoutait de sa bonne oreille et, un moment, il sembla qu'il partageait quelque chose avec l'Allemand, cette soif qui leur faisait faire la buse. Faire la buse consistait à se figer avec le regard fixé sur le frigo ou sur le meuble-bar. La position signifiait une attente. Et hop, comme par magie, la maîtresse des lieux sortit une bouteille de vin cuit. Bandit alla chercher trois petits verres à pied en cristal d'ouraline que Bernie avait chinés. Mimsy fit les niveaux pendant que l'Allemand racontait comment, à la découverte de l'annonce sur le Net, il avait aussitôt sauté dans son van. Comme une sorte de révélation : c'était beau et imagé de le voir sauter dans le van – nullement décapotable. Mimsy, l'Allemand et Bandit se penchèrent d'abord pour aspirer la première gorgée, car le vin cuit était servi à ras bord. Ensuite ils trinquèrent. Mimsy et son hôte échangèrent une nouvelle fois sur le deal du woofing, la répartition des tâches, les horaires, les repas, sauf le couchage car l'Allemand avait un van équipé. Il expliqua comment son toit se soulevait pour faire place à un lit.

— T'en penses quoi, Bandit ? finit par questionner l'Allemand qui n'avait pas encore entendu le son de sa voix.

Celui-ci n'osa rien dire, non pas que la peur de l'autre favoriserait je sais plus quoi chez je sais plus qui, mais parce qu'il n'avait rien à dire. Il en pensait quoi de quoi ? D'un toit qui se soulève pour faire couchette ? Ça lui faisait une belle jambe. L'Allemand remit encore la main sur son épaule et la discussion avec Mimsy se poursuivit sur plein de sujets, avec en préambule la décadence de l'Occident qui avait commencé le jour où on avait décidé de chier dans l'eau potable.

Se dessinait sous les yeux de Bandit un apéritif drôlement intellectuel. Un instant, Mimsy courut à l'étage pour revenir avec des livres de philosophie et de développement personnel. L'Allemand conjuguait son savoir à sa litanie de voyages, autant de rencontres, de différences, d'enrichissements. Le colosse tenait grive grave groove la route, Bandit se rendait à l'évidence que les deux hommes présents dans la pièce ne jouaient pas dans la même cour. De toute façon, à partir du moment où l'Allemand avait déclaré adorer Jean-Jacques Rousseau, Mimsy s'était mise à l'écouter avec une main devant la bouche. À deux doigts de l'infarct : fan de.

Ils s'assirent et la main droite de Mimsy soulageait désormais son menton. Soudain, il n'y eut plus de vin cuit. L'Allemand insista pour aller chercher de la bière dans son van, de la bière artisanale et biologique. Mimsy sortit des conneries à grignoter dans le concept de l'apéro dînatoire. L'Allemand revint avec les bières et elles étaient très fraîches, Bandit comprit qu'il avait un sacré frigo dans son avion, en plus de faire chambre et tout, sans doute était-il branché sur l'allume-cigare. Il goûta la bière et essaya enfin de parler du houblon. Il aurait mieux fait de se taire car l'Allemand lui expliqua aussi net que l'origine de la bière était sans houblon, etc. Il savait tout, sans parler de ses exploits sportifs. D'ailleurs, il avait été dans le passé champion de ski de fond militaire et il s'était aussi fait remarquer dans le handball, qu'on prononçait *bal* et non *bol* au contraire du basketball ou du football.

— Pourquoi donc ? demanda Mimsy sans prononcer le *c*.

— Car l'origine du handball est germanique tandis que le basket ou le foot sont d'origine anglo-saxonne, précisa l'Allemand en plissant les yeux vers Bandit.

Bandit pensa alors qu'il avait bien entraîné une équipe de handballeuses. Toujours est-il que l'ancien sportif de haut niveau enquillait à très grande vitesse les bières et que Mimsy se délectait à chaque gorgée au point que Bandit se demanda si la bière – artisanale et biologique – avait le pouvoir de faire jouir les femmes. Le Teuton parlait, parlait, elle buvait. Les capsules pétaient une à une. Bandit ne savait comment l'Allemand en était arrivé là mais il énumérait désormais les maîtresses de Mussolini en décrivant leurs particularités, leurs penchants, leurs caprices. Après quoi, il demanda s'il y avait une guitare sèche dans le logis – il n'y en avait pas – car il savait jouer de la guitare, il adorait ça, la guitare, notamment la nuit, l'été, sur une plage, auprès d'un feu. Il ne fallut pas trois heures pour que Bandit le compare à un boulet.

Un moment, l'alcool aidant, la proposition de Mimsy finit par arriver, car tout finit par arriver. L'Allemand se leva et se mit à poil, comme ça, à brûle-pourpoint aurait dit l'ancien instit de Bandit, celui qui lui avait trouvé le surnom.

Il serait lâche de ne pas évoquer à présent ce que Bandit vit ce jour de redoux d'hiver. L'Allemand avait un pénis modeste perdu dans une touffe de chou blanc – brunie au riesling – mais, il fallait en prendre acte, des couilles énormes, des bourses énormes qui pendaient entre ses jambes, qui devaient lui tirer sur la colonne, comme si on avait voulu les lui arracher, comme si elles avaient été maintes et maintes fois garrottées, peut-être même concassées. Elles n'étaient pas de cristal, celles-là. N'empêche, énormes.

Et ce fut le coup de foudre.

20

Le business angel

LES JOURNÉES PASSAIENT, puisque le temps ne s'arrête pas. Il n'avait pas fallu soixante-douze heures pour que l'Allemand, avec son cul blanc peau d'orange, se sente comme chez lui, au logis de Mimsy. Pendant ce temps, le froid était revenu de plus belle sur le maquis, était-ce dû à la formation d'une perturbation, la dissipation d'un anticyclone ou l'ascendance d'une dépression polaire, Bandit n'en savait toujours rien mais le froid était bien là avec son vent au ressenti glacial.

L'Allemand passa la matinée à faire des audits – selon ses termes – et l'après-midi à tirer des plans sur la comète. Pendant que Bandit s'esquintait à finir le billot central dans la cuisine, l'Allemand se grattait l'hémisphère gauche et envisageait de cultiver des fleurs comestibles pour les grands chefs cuisiniers, d'autant que la région en regorgeait avec les clientèles parisienne et anglo-saxonne qui avaient de grands moyens. Les Parisiens paraît-il mangeaient désormais des fleurs dans les restaurants chics. Ses autres grandes idées à l'Allemand concernaient l'émulsion de laitue et les légumes oubliés – oubliés où ? se disait Bandit les doigts dans le siphon –, puisque les panais ou l'oca du Pérou étaient à la mode. Bandit écoutait et sortit de dessous le billot central pour se permettre de dire qu'il n'avait pas attendu la tendance pour cultiver dans son jardin des choux kale ou de l'arroche. L'Allemand trouva cette remarque *pertinente*, ajoutant qu'il allait falloir envisager de transformer les produits pour les vendre, à commencer par faire des bocaux de ratatouille, de cornichons et de guacamole.

— Par exemple…, dit-il en levant le doigt.

Mimsy notait tout ça sur des Post-it avant de les coller sur le frigo.

— La transformation c'est de la valorisation ! plaida l'Allemand.

Mimsy, qui avait des frissons ce jour-là, semblait d'accord quoi qu'il dise, comme, comment dire – Bandit cherchait le terme –, subjuguée – c'était ça.

— Et avec les fraises je pourrai faire des sorbets ? Ça marche drôlement bien les sorbets quand il fait chaud, les gens sont contents, dit-elle en prenant une voix de petite fille.

— C'est mignon, Mimsy, mais ça engage la chaîne du froid, c'est de l'électricité et l'électricité c'est de l'argent et de la pollution, on oublie, répondit l'Allemand alors que Bandit pensait au cornet de glace chocolat-pistache de l'autre jour et que Mimsy se sentait conne à bouffer du foin.

Au sujet des tomates et des avocats, l'Allemand prévint que pour être raccord avec *nos* principes, les serres devraient dégager, que désormais nous ne ferions que des produits de saison – c'était Christian qui allait être content –, qu'on ne parlait plus de bio mais de biodynamie. L'Allemand avait ramené un certain Rudolf Steiner dans la soute de son van, du moins les préceptes de ce certain Rudolf Steiner. L'Allemand expliqua que ce type avait pondu dans les années 1920 de nouvelles façons d'éduquer les enfants, de se soigner et, ce qui les intéressait, de cultiver la terre. Mimsy était complètement emballée, d'autant que ce Steiner avait des origines non loin des siennes.

— Encore un signe ! dit-elle en se signant les tétons.

De fait, ils allaient davantage se soucier de la Lune et décupler leur sens de l'observation de la nature. Bandit n'émit aucune objection, il avait toujours fait en fonction de la Lune grâce au calendrier de la Poste. Parmi tous les autres concepts, l'Allemand proposa aussi de se diversifier en cultivant du chanvre – c'était Madiba qui allait être content – pour ses vertus thérapeutiques.

— C'est l'avenir, il va y avoir de gros débouchés avec la légalisation, on va prendre de l'avance ! dit l'Allemand.

Oups, Bandit se méfiait des gens qui se vantaient d'avoir de l'avance. Le père de Zanette disait d'ailleurs qu'à force d'être en avance, on était en retard. Néanmoins et incontestablement, le type se projetait – dans le futur –, il avait une calculette dans la tête, le type pouvait multiplier ou diviser à l'envi, même avec des virgules. Nous n'avons pas tous la même constitution, c'était une tronche, le Mastermind, Mimsy lui posait une question, il répondait en trois parties et trois sous-parties. Avec de la start-up, du storytelling et des business plans. Plus dingue encore que le bluetooth de la fille de Mamie Lulu. Comment pouvait-il en être autrement qu'un coup de foudre ? se désolait Bandit.

— Ce n'est pas son argent qui m'intéresse, l'argent n'a pas d'importance. C'est la réussite qui m'attire, lui confia Mimsy alors que l'Allemand était parti démouler un cake dans le fond du jardin.

C'était recta, l'Allemand revint avec le rouleau et une idée. En l'occurrence, le cas présent, celle de s'approvisionner largement en bocaux et de toutes les matières sèches possibles afin de ne retarder aucun maillon de la chaîne.

— Sinon, c'est l'effet accordéon ! Vous connaissez l'effet accordéon ?

Une vraie tête à pains le Schleu.

Le troisième jour, ils ne se cachaient plus pour s'enlacer dans le logis, nus, à se palucher même. De son côté, Bandit avait fini le billot, plus précisément l'électricité du billot car Mimsy souhaitait avoir pas mal de prises pour les appareils ménagers : le grille-pain, le presse-jus, le cuiseur à riz et/ou le révolutionnaire Thermomix. Quant à l'Allemand, habillé pour l'occasion, il montait un immense poulailler dans le parc dans l'objectif de produire à flux tendu des œufs frais – c'était l'Espagnol qui aurait été content pour les tortillas.

Incontestablement, l'Allemand était plus courageux que l'Espagnol, le poulailler poussait à la vitesse grand V. Il paraissait solide et bien joli avec les barriques de récupération. Toutefois, Bandit se dit qu'il aurait pu en faire autant et remarqua que le poulailler était mal arrimé, le logis était sur une hauteur, la prise au vent du toit était plein ouest, Bandit prit le pari qu'à la première tempête, le poulailler se retrouverait à deux causses, dans le jardin de Bernie. C'était toujours la même chose, l'intello bricolait avec ses mains alors que le manuel bricolait avec sa tête. Bandit était content de sa trouvaille et préféra se la réserver pour un moment plus opportun. Il fallait toujours se garder une cartouche sur le manteau de la cheminée.

Le soir même, Mimsy organisa une petite fête à laquelle Bernie fut justement convié, ainsi que l'indémodable Madiba. L'Allemand ne paraissait pas plus émoussé que ça de sa journée passée à l'extérieur, à planter des centaines de clous – il avait la couenne épaisse. Dès le début de la soirée, il fit un cours d'économie en expliquant que la clef de la réussite du logis de Mimsy résidait dans leur capacité à cultiver la rareté pour s'inscrire dans l'univers du luxe.

Bernie le regardait de travers, était-ce à cause du contenu de son discours ou de ses couilles ?

Toujours est-il, l'Allemand avait travaillé dans le luxe, ce grand monde de produits rares et issus d'un savoir-faire ancestral. Du moins, c'était ce que Bandit et Mimsy pensaient jusque-là. En fait, ils n'avaient rien compris. L'Allemand leur expliqua que le luxe avait été dévié de son sens premier par, précisément, l'industrie du luxe. Avec cette dernière, il s'agissait désormais de produire le moins cher possible mais, une fois marketé, de vendre le produit le plus cher possible. Car l'important était la marge de rentabilité pour satisfaire les actionnaires des, précisément, industries du luxe. En gros, si Bandit et Mimsy comprenaient bien : avant, pour ne pas dire autrefois, les produits luxueux de grande qualité étaient chers et ceux de mauvaise qualité n'étaient pas chers. Désormais, même des produits luxueux chers pouvaient être de la merde. Le succès de la stratégie résidait dans l'illusion, résultat d'un excellent marketing et d'un non moins excellent storytelling.

— Les industries du luxe ne se font-elles pas appeler des maisons de luxe…

Indubitable. Les yeux de Bandit s'agrandissaient de plus en plus mais avec une lueur de satisfaction, lui qui pressentait que le luxe était une enculade en règle.

— … pour faire craft, genre sur mesure, rare, précieux, finit l'Allemand dans un rictus content-de-lui.

L'affaire était emballée, le pigeon s'achetait une daube très chère et il était super content. Mimsy en restait baba et Bandit en avait le sourire à l'envers car on avait affaire à une pointure, cet Allemand était une pointure. Madiba et Bernie restaient davantage perplexes, surtout Madiba qui n'était pas la vedette de la soirée.

— Au fait, l'Espagnol vous passe le bonjour, tenta-t-il au passage d'un ange.

Personne n'écoutait Madiba. L'Allemand précisa qu'avec la biodynamie, ils produiraient du vrai luxe, des produits de très belle facture et chers à la fois, comme le luxe d'antan. Mimsy manqua d'applaudir.

Et puis l'Allemand et sa groupie allèrent chercher des pizzas véganes au village pendant que les autres regardaient leurs verres de rhum arrangé. Il était vachement sucré mais ils se resservirent plusieurs fois. Mimsy et l'Allemand mirent un temps fou à revenir car les minettes du kiosque à pizzas étaient débordées – parce que le four du camion déconnait. Mimsy et l'Allemand n'arrêtaient pas de rigoler, la complicité qui s'était créée entre eux en si peu de temps était extraordinaire. Bandit le reconnaissait, c'était sublime. Ils quittaient la table à tour de rôle pour aller aux toilettes et revenaient hilares. Ils erraient dans leur bulle à eux. Bernie ne voulut pas de dessert et souhaita rentrer chez lui, patraque ou contrarié. Bandit en profita pour lui demander de le ramener. Il mettait autant de temps en voiture qu'à pied mais c'était un prétexte pour partir. Madiba avait prévu une séance de spiritisme, mais ni Bernie ni Bandit n'avaient envie de parler avec des morts ce soir-là.

Mimsy enfila son manteau et les raccompagna jusqu'à la voiture. Elle voulut leur dire quelque chose, du genre « je vous aime », quand son nez se mit à saigner. Elle rentra d'un pas pressé, un doigt compressant sa narine droite.

La Volvo s'éloigna avec la radio allumée.

— Ce-ce ce froid... ré-ré réveillerait un... mort, dit Bandit.

Bernie coupa la radio en tournant un bouton.

— Il me gonfle l'Allemand, répondit Bernie. Avec ses flux tendus, il me les brise menu.

Bandit en déduisit que c'était bien de la contrariété et non la pizza hawaïenne qui l'avait indisposé. Après ce fut le silence. Bandit regardait seulement le chemin éclairé par les feux en se disant que l'Allemand oubliait des choses dans son business plan, le mildiou par exemple, ou encore les salopes de limaces qui prendraient leur part du gâteau. Et Bernie rompit le silence comme l'autre avait rompu le pain.

— Des cornichons de luxe... et mon cul c'est du poulet en batterie !

Bandit regarda dans la pénombre de l'habitacle le profil de son vieil ami et essaya de lire dans sa tête. C'était comme si Bernie s'était fait des idées, des idées que l'Allemand venait foutre en l'air, mettre à plat, laminer. À son âge, Bernie se rêvait-il Mimsy ? À la contracture de la mâchoire de l'homme au volant de la Volvo break, ça y ressemblait drôlement.

— Quel fanfaron ! Qu'est-ce que Mimsy a besoin de le bader comme ça ? grimaça Bernie.

Il mit à ce moment son clignotant dans la nuit pour tourner vers chez Bandit. Quand, dans les phares, surgit Nelson.

21

La Mag-Lite

Le lendemain, c'était dimanche. Chacun restait chez soi et c'était tant mieux. Bandit était amorphe. Il avait les yeux au niveau des joues. L'Allemand s'était accroché à ses draps pour une nuit de cauchemar : ils étaient à une fête de village, et l'Allemand n'arrêtait pas de le faire chier parce que Bandit ne dansait pas. L'Allemand, quant à lui, dansait à merveille, la classe et tout, comme Travolta. Bandit était au bout d'une longue table en bois sur tréteaux, il tenait sa tête sous le menton, luttant pour ne pas s'endormir. Quand l'Allemand arriva par-derrière pour lui faucher le coude, la tête de Bandit – dans son cauchemar – tapa la table et il s'ouvrit le menton. S'ensuivit une altercation avec des gens sur eux pour les retenir, des cris, des bras, partout. Bandit s'était réveillé une première fois alors que l'Allemand l'étouffait avec ses deux mains. Il s'était touché le menton pour voir s'il saignait. Il n'avait absolument rien au menton mais il n'y avait rien à faire, chaque fois que

Bandit s'était rendormi, il avait replongé dans cette scène grotesque. Las, il avait fini par se lever pour se faire couler un café très noir.

Le jour se leva à son tour, une grosse heure plus tard. Comme peinte au pochoir, la campagne était toute blanche d'une pellicule de givre. Au loin, le blanc se confondait avec celui du ciel alcyonien. Bandit ouvrit la porte de sa caravane. On pouvait suivre Nelson à la trace.

En fin de matinée, alors que Bandit aiguisait sa pioche, sa faux et le couteau à huîtres de Christian, l'Allemand et Mimsy passèrent lui faire un coucou. Ça lui rappela les balades du soir de Mimsy avec l'Espagnol, une sorte de rebelote où, dans l'imaginaire, l'Allemagne remplaçait l'Espagne. Le nouvel Élu était recouvert d'une épaisse veste avec un écusson norvégien. Mimsy portait des mitaines et un bonnet de laine beige surmonté d'un pompon. Sa frimousse qui dépassait était tachetée de rousseur. Le froid lui allait bien. Ils étaient allés au village à pied pour prendre un café au Central, acheter du pain frais et s'étaient dit au retour que ce serait sympa de saluer leur ami Bandit. Nelson renifla les pruneaux de l'Allemand et l'abricot de Mimsy, Bandit essuya son nez qui coulait et invita les deux hôtes à l'intérieur de sa caravane.

Une fois entré, l'Allemand tendit une poche plastique en demandant à Bandit s'il pouvait mettre le contenu à la poubelle. En se baladant, ils avaient ramassé des cochonneries sur le bord de la route. Bandit ouvrit la poche par curiosité, il y avait des canettes de 8.6, des paquets de clopes et des boîtes en carton de McDonald's – le maire de la sous-préfecture avait favorisé l'ouverture d'un restaurant rapide américain à côté de l'Éléphant bleu où l'Allemand avait peut-être nettoyé son van avant de débarquer. Dans la poche, il y avait tout ce qu'aimait Kevyne – qui avait disparu de la circulation depuis la soirée de son anniversaire et la chicane avec Bernie.

Bandit leur proposa un verre de prune maison mais ils préféraient ne pas s'attarder. L'Allemand expliqua en parlant lentement – comme si c'était Bandit l'étranger – qu'il fallait savoir s'abstenir, que l'alcool était quelque chose qui attaquait par-derrière, que se mettre parfois au vert était sain, sain pour le corps et sain pour l'esprit, que l'alcool devait être synonyme de fête et rien d'autre, que... Après réflexion, l'Allemand avala quand même une prune maison. Et ils repartirent.

Au bout de quelques secondes, Bandit réouvrit la porte de sa caravane, il ne fit dépasser que la tête pour les regarder s'éloigner dans le blanc. Ils marchaient bras dessus bras dessous. La voir heureuse lui faisait quand même plaisir. Il se disait que Mimsy n'avait pas été épargnée par ses rêves inachevés, le décès de l'Espagnol et l'immense chantier du logis. Avec l'Allemand, cultivé et entrepreneur, elle avait peut-être trouvé chaussure à son pied. Certes Bandit touchait sa bille en géographie, oui il bricolait pas mal, comme un chef même, il avait de surcroît un copain champion du monde d'endurance à l'accordéon mais cela restait léger à côté de l'Allemand et plus encore en comparaison de l'improbable beauté de Mimsy.

Le mercure jouait avec le zéro. Minuit avait fini par approcher sous une pleine lune. Bandit pissait dans sa direction avant que le jet ne se courbe pour s'éparpiller dans les herbes sombres. Il se reculotta en regardant machinalement en l'air, sur sa gauche. Et une lumière l'intrigua du côté du logis, là-haut. Ce n'était pas la lumière extérieure dont il connaissait par cœur l'intensité. Il avait installé lui-même cette lampe sur le tympan de la porte d'entrée et il avait monté une marquise au-dessus. Non, la lumière était moins diffuse, comme un point dans le noir, peut-être le fruit d'une Mag-Lite. C'était étrange, il était tard, et ce point semblait se situer vers le van – sachant que l'Allemand dormait désormais dans le lit de Mimsy. Les cambriolages se multipliaient en ce moment, les vacances de fin d'année approchant, les gens partaient rejoindre leurs proches et, pour être sincère, la curiosité l'aspirait irrépressiblement. Bandit s'enfonça dans le bois, aidé de la clarté lunaire. Son haleine dégageait une fumée blanche. Nelson traçait à ses côtés, ses pattes froissant les feuilles mortes. En se rapprochant de la côte qui menait jusqu'à chez Mimsy, Bandit n'avait plus de vue sur le point lumineux. Le relief et la végétation le lui interdisaient. Mais en approchant, il perçut des cris, des cris de plus en plus distincts. Ils provenaient précisément du van. Il accéléra, son souffle aussi. La langue de Nelson balançait de droite à gauche et de gauche à droite, comme le pendule de Madiba.

Le van réapparut progressivement et Bandit comprit que la lumière provenait d'un de ses hublots. Nelson aboya une fois et Bandit lui serra vite la gueule entre ses mains pour le faire taire. Les cris cessèrent. Alors, plutôt que de manifester sa présence, Bandit préféra jeter un coup d'œil par le hublot. C'est vrai, peut-être y avait-il un téléviseur dans son bordel, peut-être que l'Allemand regardait *L'Exorciste* avec le volume à bloc ou je ne sais quoi ? Au moment où Bandit forçait sur ses mollets, les cris reprirent. Sa première vision fut celle du visage de Mimsy en nage, en nage avec un sourire narquois qu'il ne lui connaissait pas. Bandit parvint à tordre un peu son cou pour apercevoir les mains de l'Allemand menottées à un crochet fixé à la cloison. Bandit se contorsionna encore pour constater que l'Allemand était à quatre pattes, son gros cul poilu vers Mimsy, encordé comme un sifflard, les yeux bandés.

Le couple échangeait des mots dans des nuances aiguës. Mimsy enfila une sorte de ceinture. Bandit percevait des insultes. Il colla sa meilleure oreille sur la carrosserie pour essayer de mieux entendre. Sodomie à part, devait-il intervenir ? Elle riait, il gueulait. Était-ce un jeu de rôle ? Il entendait des bruits secs, telles des gifles, qui lui rappelaient les coups de martinet sur sa peau. Il remit ses yeux au niveau du hublot : l'habitacle ressemblait à une salle de torture. L'Allemand était désormais libre, débandé. Chaque vision par le hublot semblait une scène de cauchemar. L'Allemand pilonnait Mimsy comme un forcené, une mule. Ça criait de nouveau. Et soudain Bandit ne vit plus rien, comme si un rideau avait été tiré. Il ne pouvait qu'écouter l'innommable. Le van bougeait légèrement. Bandit avait envie de chialer mais on ne chiale plus à cinquante ans. Et puis ça se calma un peu. Il l'entendit rire, un rire envoûtant, diabolique. L'avait-il droguée, le salaud ? Il ne reconnaissait pas sa Mimsy, c'était comme si une grosse cruche était entrée dans son corps. Mimsy ? Ses voies n'étaient-elles donc pas si impénétrables ? Bandit songea au prêche du curé de son village, évoquant saint Paul, ce petit con qui avait changé de nom sur la poudreuse qui menait à Damas. Tout se mélangeait dans sa tête. Il entendit *t'en mettre partout, partout*, et puis *chienne*. Il était sur le point de défoncer la porte quand il perçut des mots d'amour lancés par Mimsy.

C'était d'elle et pas de lui. Il n'allait pas faire semblant de ne pas comprendre, là aussi du haut de ses cinquante berges. Bandit s'assit en tombant, le dos contre une roue du van, comme après une longue course contre la montre, une diagonale des fous ou quelque chose du même acabit. Il avait les jambes coupées, un point de côté et le cœur dans le pancréas. Sa tête bourdonnait, le sang de sa cave prenait le périph, tout battait comme le pied de sa mère sur la machine à coudre. Nelson le poussait avec son museau. Il était perdu, vide. Alors comme ça les Allemands ne cesseront jamais de nous introduire. Et Noël qui approchait, songea-t-il aussi et sans rapport, Noël avec ses lumières dans les villes, son barbu de Laponie et des enfants *partout, partout*.

22

Le shibari et le manganello

IL AVAIT PRÉVU DE FAIRE des moulures en plâtre sur le plafond du salon mais il n'en avait pas eu la force, encore moins le courage. Le matin, Bandit monta, frappa, resta sur le seuil et prétexta une gastro, Mimsy n'insista pas. La gastro était un formidable alibi, personne n'avait envie d'approcher de la colique. Leur entrevue n'avait duré que quelques secondes pendant lesquelles Bandit avait essayé de regarder derrière les yeux de Mimsy, pour lire, comprendre ou saisir quelque chose.

Bandit avait eu un mal fou à trouver le sommeil et le cuir chevelu le démangeait de fatigue. Il tourna en rond toute la matinée, n'avait pas le goût de regarder la télé, de toutes les façons les programmes du matin étaient merdiques. Il sauta avec son chien dans sa Ligier pour foncer chez Mongie. Il se gara chez le Kabyle, le clocher résonnait onze heures. La société tapait le carton dans la cuisine, Mongie, Chapoun l'ébéniste, Big Ben le garde-pêche et

Cobra le prof de sport du CFA. La pièce était enfumée comme un sauna. Regardant ses cartes, Mongie lui proposa un jaune. Bandit dit oui, alors Mongie lui dit de se servir et s'excusa du fait qu'ils étaient déjà quatre pour la belote coinchée. Bandit lui demanda s'il pouvait aller sur l'ordi.

— T'as juste à appuyer sur une touche et le bordel va s'allumer…

Il ferma la porte de l'atelier derrière Nelson et lui, prit une gorgée, posa son verre et s'assit devant l'écran. Nelson se coucha sur ses pieds. Il savait parfaitement ce qu'il fallait taper dans le moteur de recherche, il fallait appeler un chat, un chat : Mimsy et l'Allemand s'adonnaient au sadomasochisme.

Des menottes, le bandeau ou la cagoule – selon –, la cravache, le godemichet, on y était, l'Allemand avait toute la panoplie dans son van. Bandit n'avait pas vu de pinces à linge mais ça faisait manifestement partie de l'attirail des sadomasochistes – pour se pincer les tétons, voire la chatte. Il retrouvait le saucissonnage de l'Allemand qu'on appelait le shibari, un truc inspiré des arts martiaux japonais pour ligoter des prisonniers. Bernie avait raison, la vie offrait bien des surprises. Il fallait reconnaître que Mimsy était curieuse de nature, Bandit l'avait immédiatement saisi. En faisant défiler, il découvrit aussi l'usage du manganello, le gourdin symbolique de Mussolini. Il but une grande gorgée de jaune, grimaça et ajouta dans le moteur de recherche « sentiments ». Quelle tendresse y avait-il dans l'acte de se faire mal ? Était-ce un truc de philosophe allemand ? Il lui fallait savoir. Il finit son verre.

Sacher-Masoch nom d'une pipe ! ? Un Autrichien – donc un Allemand – avait laissé son nom à ça ! Tout était en train de rentrer dans l'ordre dans la tête de Bandit.

Baiser en se faisant mal était un truc de Boches. L'Allemand de fait et Mimsy par ses années passées là-bas. N'empêche que la pratique n'excluait pas les sentiments. Au contraire même, s'il en croyait l'ordi, Google et ché pas qui, se faire mal pouvait relever du fantasme, d'une complicité sexuelle avec l'envie d'être soumis ou dominateur. Bien sûr, Mimsy était une dominatrice, une cheffe-née, et si elle allait au bout de sa communauté, elle en serait à la tête, la prophète, comment pouvait-il en être autrement ? Et Mamie Lulu était peut-être aussi sadomaso car derrière son comptoir, elle aussi faisait la loi. De plus, concernant Mimsy, il y avait du karma là-dedans, alors elle cochait toutes les cases. Certes, mais de là à se choper des morsures dans le cou, se griffer le dos au moment de l'orgasme ou se pincer le con, quand même… Sur ce, il ferma la page et retourna dans la cuisine se servir un verre de pus bien tassé sans demander. Mongie, une malheureuse roulée dans le bec, précisa qu'il y avait des glaçons dans le freezer – il savait que Bandit aimait mettre un glaçon – et, flairant que son copain avait le moral dans les chaussettes, il lui proposa de l'accompagner plus tard à la soirée de la pétanque, au Noël de la boule.

— Ça te changera les idées, ajouta Mongie en coupant, d'une claque sur le tapis de cartes, avec son valet de trèfle.

23

La chenille

BANDIT PASSA CHEZ LUI pour prendre des sous et laisser Nelson. Le jaune faisait son effet. Il avait envie d'aller au Central pour tuer l'après-midi, à l'ancienne. Il se gara d'un dérapage devant sa caravane. Il sortit, quand un type lui sauta dessus, le plaqua contre la voiture avant de fermer d'un grand coup de pied la portière afin que Nelson reste à l'intérieur. L'agresseur était intelligent, rapide, puissant : l'Allemand. Une de ses mains lui serrait le cou, l'autre était fermée dans la préparation d'un coup de poing. Bandit avait l'impression de revivre un cauchemar. Un tatouage entourait l'avant-bras de l'Allemand – un truc regrettable dans l'esprit maori sans doute réalisé dans l'euphorie d'une soirée d'été, sur la plage, près du feu, avec ses trois accords.

— Bandit, je t'aime bien…

Étonnante entame; cela dit, il était sadomasochiste. Dans la bagnole, Nelson aboyait à se rompre les cordes vocales.

— … mais faut que tu respectes notre intimité ! ajouta l'Allemand entre ses épaisses mâchoires.

Bandit pensa un instant se défendre en lui enfonçant le sternum, mais que dirait Mimsy ? De plus, la partie serait loin d'être gagnée, il ne fallait pas louper le colosse et éviter le corps à corps ; une fois détaché, Bandit pourrait tenter de le maintenir à distance, l'user en dansant, le fatiguer avec sa surcharge pondérale qui devait tirer sur son petit cœur gras et, de temps en temps, lui envoyer des gnons dans le foie, les côtes et sa gueule de con.

— Je t'ai vu cette nuit ! Qu'est-ce tu branlais, merde ?! dit l'Allemand, laissant paraître un souffle de vulnérabilité.

C'était assez confondant, il y avait de la colère dans ses yeux, ou de la honte, mais pas de haine – au contraire de Nelson qui montrait les crocs, embuant la vitre. Et Bandit en connaissait un rayon sur les regards de haine, il en avait connu en soirée des cinglés, des psychopathes, des dangers publics qui l'auraient troué pour 20 balles.

Haine ou pas, Bandit était dans de beaux draps. Une idée noire et lumineuse lui traversa l'esprit : il se dit que l'Allemand pourrait se tuer comme l'Espagnol, que ce serait chouette, qu'il serait bien débarrassé de cet intrus, Mamie Lulu ferait cette fois un jarret sur choucroute au Central et puis basta. Mais la réalité était autre ; une main l'étouffait.

— Je ne veux plus te voir rôder de la sorte dans mon périmètre, prévint-il en sortant un doigt de son poing levé.

Bandit devait comprendre que le périmètre de l'Allemand était son van, voire la Pink House.

— OK, dit Bandit, la gorge serrée.

L'Allemand désarma totalement le poing et desserra sa

main sur le cou de Bandit en se méfiant d'une possible réaction de la part de son adversaire.

— Désolé de m'énerver ainsi, Bandit..., dit-il plus calmement.

— J'ai-j'ai j'ai compris.

— Je ne dirai pas à Mimsy que tu es venu nous espionner. Mais ne joue plus à ça et on ne parle plus de cette histoire.

Le deal semblait honnête, Mimsy lui en voudrait d'avoir pénétré ainsi dans son intimité, qui plus est aussi délurée. Bandit avait fait preuve de curiosité malsaine. Il le reconnaissait.

— Oui, dit-il comme une promesse.

L'Allemand fit demi-tour et reprit le chemin du logis en se perdant dans le bois. Bandit se malaxa le cou en le regardant partir. Il sentait encore ses gros doigts. Bandit songea que l'Allemand avait dû sentir l'anis et libéra Nelson pour lui faire un câlin.

Sur les coups de vingt heures, il quitta le Central et se rendit à pied à la salle polyvalente. Sans vraiment savoir pourquoi, le son de cloche du village le rassurait. Il était ravagé. Ça faisait un moment qu'il n'avait pas laissé une ardoise pareille à Mamie Lulu, mais Bernie et Christian allaient l'éponger. Cet après-midi-là, l'appel du Picon avait été monumental, le Picon était revenu comme un boomerang dans son existence : *Picon is back*, gueulait-il dans la rue que la nuit avait transformée en caisse de résonance.

Il fallait désormais entamer l'apéritif de la soirée organisée par le club de pétanque. L'asso avait loué une fontaine à punch qui trônait au milieu de la salle. Il n'y avait qu'à tendre le verre en plastique sur lequel on avait marqué au feutre noir « Bandit ». La fanfare de la Sabotée du village voisin était sur la scène et il adorait les fanfares. Les organisateurs avaient mis le paquet sur la déco avec des guirlandes et des grappes de ballons de baudruche suspendues au-dessus des tables. Malgré le brouillard, il connaissait tous les visages, jusqu'au dirlo de la banque, populaire comme Bandit. Il fut surpris d'apercevoir Zanette avec le Petit Nain. Comme ça Zanette s'était mise aux boules ?

Bandit fut le premier à danser devant la scène. Et puis vint le buffet d'entrées froides. Ça lui permit de refaire surface. Bernie, Christian et Mongie avaient gardé une place à côté d'eux. Les deux premiers trouvaient le rosé âpre. Bandit et Mongie, eux, s'en foutaient de la qualité du picrate, comme des œufs durs et de la salade fantaisie. Avec Mongie, seul le degré comptait, ils avaient passé leur vie à arrêter de boire et c'était toujours plus facile que d'arrêter de mourir. Didier manquait, il ne supportait pas le monde tout comme les associations et ses bénévoles qui picolaient à l'œil.

Entre l'entrée et le plat de résistance, un DJ remplaça la fanfare. Cette fois, il y avait foule pour danser le madison. Bandit restait sur sa chaise pour observer : tout le monde faisait des pas en cadence, sans entrer dans des considérations de genre, les femmes étaient plus douées que les hommes, à part Christian qui sortait du lot. Et Bandit reconnut tout de suite le nouveau morceau. Son nom se mit à résonner dans la salle – on avait sans doute soufflé Rock Lobster au DJ – alors il se leva et fit le job, le job à bloc à se bousiller les hanches, se faire les croisés, tout volait, les bras, les jambes, la tête, comme au bon vieux temps, au Central de son adolescence : nuit devant, toute !

Seul Bernie resta perplexe à l'égard de la prestation de Bandit, il y trouvait une forme de voyeurisme à l'endroit du fou du village. Dans tous les cas, l'ambiance était déjà survoltée quand Mariette et Suzy sortirent de la cuisine avec un putain de gratin dauphinois qu'elles posèrent sur la table où il y avait auparavant le buffet d'entrées. Il faisait deux mètres carrés. Toute la salle se leva pour applaudir. On donna le micro à Suzy. Elle ne parla pas dedans mais expliqua en gros que la grande difficulté avait été de trouver le plat adéquat, puis remercia entre deux larsens la maison de retraite et les peleurs de pommes de terre. Pendant le service, Bandit sortit prendre l'air. Sitôt à l'extérieur, il tomba sur Zanette qui clopait toute seule. Il lui demanda si ça allait et elle dit le reste. Notamment que tout le monde se foutait de sa gueule tellement il était ivre.

— Même Bernie et Christian ? demanda Bandit sans bégayer.

La musique résonnait à l'intérieur, c'était *La Salsa du démon*.

— Non... ni deux ou trois autres pingouins... Eux ils t'aiment bien, ils t'aiment beaucoup même...

Bandit remarqua qu'elle n'avait plus de bagues sur les dents. Elle faisait des ronds avec la fumée. Les cercles – gris ou bleus, Bandit ne savait pas vraiment – se dilataient en s'élevant dans la nuit rejoindre les avions qui clignotaient. Bandit se disait que le putain de gratin devait être servi et se retourna vers la salle quand Zanette l'arrêta.

— Mon papa, il ne montrait rien, mais il t'aimait beaucoup, lui aussi...

Bandit entendit ça, là, juste là, dans son dos. Il ne se retourna pas, revoyant le père de Zanette, avant de casser sa pipe lui offrir son atlas, un *Atlas 2000*.

— Il ne t'a jamais accueilli par charité chrétienne, c'était plus puissant que ça…

Ça aussi venait dans son dos. Lui fixait les portes battantes de la salle polyvalente, celles qui feutraient la musique. En deux phrases, il dessaoula presque. Puisque le ton et le contenu de l'échange étaient très sérieux, Bandit devait-il lui demander si elle était avec le Petit Nain ? Il hésita et préféra disparaître derrière les portes battantes.

Le gratin accompagnait du jambon braisé et Bandit adorait autant le jambon braisé que les fanfares. À ce propos, survint une surprise de taille. Guenichot débarqua sur la scène, Jean-Michel Guenichot, l'enfant du pays accordéoniste. C'était un crack, un cador, une légende : il était champion du monde. Mais pas manière de dire ou de se moquer. Il avait le record d'endurance, deux cent vingt-cinq heures non-stop au compteur, la vedette, noir sur blanc dans le *Guinness*. Ça faisait vingt ans qu'il avait décroché le pompon, avec, dans la foulée, un disque et deux tours du monde. Il en avait des choses à déballer le Jean-Michel. Quand il venait s'entraîner chez Bandit, il montrait sur l'*Atlas 2000* tout ce qu'il avait fait comme voyages, et Bandit faisait des croix en rouge et il pleurait. Avec Jean-Michel, ils étaient allés à l'école ensemble. Comment Bandit aurait-il pu deviner ce que Guenichot deviendrait ? Ça ne se devinait pas, ce genre de chose. C'était du destin avec de la majuscule. Un accordéon, ça changeait tout à la soirée. Jean-Michel slaloma entre les tables. À la hauteur de Bandit, il lui caressa la tête, Bandit bicha. La salle était en liesse.

Bandit chopa le bourdon pendant le dessert. Passé les discours sur les résultats de l'année, en tête à tête, en doublette et en triplette, l'omelette lui rappela les vestes polaires de l'Allemand. Voilà quelques jours qu'il n'existait plus. Il en avait gros, gros sur le gratin. Kevyne lui manquait, sa mère lui manquait, tout le monde lui manquait. Ses tisanes étaient devenues *Nuit Horrible*, *Désordre Intérieur*, *Vomi dans les Poumons*. Pour la première fois, il accepta le suicide de certains poteaux car une idée noire lui transperça le ciboulot. Se donner la mort ? Quelle drôle d'expression. Il y avait peut-être même une esthétique dans leurs actes, se disait-il, de bien nettoyer son arme, dans le nœud coulant, la bonne fenêtre ou dans la disposition méticuleuse des médicaments sur le chevet.

Heureusement, la gnole ralluma l'envie. Un moment, Mongie s'assit sur une part de dessert car quelqu'un avait glissé une assiette sur sa chaise. Des rires éclatèrent autour de la farce, chacun voulait voir le résultat. Le DJ avait repris la main sur la soirée. Des spots clignotaient au rythme de la musique. Les personnes se mélangeaient désormais à toutes les tables. On débouchait des bouteilles de crémant. C'était l'artillerie lourde. Soudain un son retentit. Ce fut comme un ouragan. Bandit se retrouva les deux pieds en canard et en tête du bordel qui tournait autour de la fontaine de punch, le cortège sortant et revenant de la salle des fêtes : *Accroche tes mains à ma taille/Pour pas que la chenille déraille/Tout ira bien, et si tu veux/Prie la chenille et le bon Dieu*. Dans un demi-tour, Bandit croisa Christian, Mongie et surtout Bernie qui avait du mal à suivre – la chenille se décrocha à son niveau. Et puis Bandit essaya d'attraper Jacky – l'apiculteur bio qui n'avait toujours rien à voir avec toute cette histoire. Il était assis sur une table, lui ne s'éclatait pas, la tête entre les mains. *Pose les deux pieds en canard/C'est la chenille qui redémarre/En voiture, les voyageurs/La chenille part toujours à l'heure.*

Jacky refusa de monter mais c'était davantage qu'un refus, Jacky semblait angoissé. Bandit quitta la chenille et alla lui parler. L'apiculteur chialait derrière ses lunettes de couturier, c'était nouveau – ses lunettes. Il était encore plus plein que Bandit. Jacky se mit dans ses bras en lui disant qu'il était homo.

— À toi, mon topinambour, je peux le dire, lui gueula-t-il dans l'oreille.

Topinambour ? Avec la musique, Bandit n'entendait pas distinctement.

— Tu sais on est tous homo sauf qu'on se retient…, ajouta Jacky.

Bandit réfléchit autant qu'il put et se dit qu'il n'avait jamais eu l'impression de se retenir. Puis il se leva en laissant une main sur l'épaule de Jacky avant de se faire de nouveau aspirer. *Regarde l'éléphant bleu/Qui danse sur l'arc-en-ciel/Sous les bravos des hirondelles/Hmm, viens là, le troubadour/Je vais lire dans ta main/Tes joies, tes chagrins, tes amours.*

24

La punition

IL NE DÉPASSAIT PAS LES VINGT À L'HEURE. La ligne blanche se dédoublait et les deux lignes se croisaient, décroisaient. Bandit fermait un œil mais ça ne suffisait pas. Et quelle ne fut pas sa surprise lorsqu'il arriva chez lui, au radar, en plein cœur de la nuit. Nelson était dans le canapé et Didier dormait par terre dans la posture du cadavre crocodile, qu'on appelait aussi makara vakrasana. Les deux amis s'étaient quittés au Central, Bandit avait dû lui laisser les clefs de chez lui, il ne savait plus.

À l'arrivée de Bandit, Didier se réveilla en sursaut et désigna aussitôt des feuilles posées sur la table, griffonnées d'une sorte de punition.

— C'est quoi ce bordel ? dit Didier.

Bandit avait les bras le long du corps. Dans son bad trip, il avait écrit deux cents fois sur des feuilles volantes *Tu peux lécher si tu veux, ça ne me dérange pas*. Il avait fait ça un soir, devant *Les Dents de la mer*, et ça traînait sur un coin de table.

— Tu perds la carte, l'ami, faut qu't'arrêtes tes conneries !

Bandit faisait la moue, il attrapa les feuilles, les aligna en tapotant le tas sur la table.

— C'est encore ta Mimsy qui te retourne le cerveau, elle va avoir ta peau ! Elle en a désormais que pour son Allemand, quand ce n'est pas Bernie par-ci, Bernard par-là. Arrête de te faire mal, mon bonhomme, faut que tu décroches !

Et là Bandit mit un temps fou à lui dire qu'il avait envie de mourir, que c'était la première fois de sa vie, que ce n'était pas normal, pas normal d'avoir envie de mourir, parce que la vie était une chance, à outrance, d'accord, mais lorsqu'elle devenait tellement merdique, cruelle, qu'elle était une malchance la vie, une punition permanente, et qu'y avait des punitions injustes, en plus, qu'il en avait soupé de l'injustice et que maintenant qu'il en broyait du noir et pas qu'un peu, que c'était peut-être ça qu'on appelait...

— Dé-dé dépression.

Didier était figé comme la Liberté, il n'avait jamais vu Bandit en lambeaux de la sorte. Bandit voulait mourir. Ben merde alors. Bandit le redit à Didier avec l'index en l'air et en fermant un œil, c'était du sérieux. Mais avant cela, il voulait s'assurer d'être enterré là, expliquait Bandit, en pointant du doigt la carte postale accrochée sur le frigo. Il y en avait qu'une, celle avec le village dans les montagnes. On voyait bien le cimetière, un peu à l'écart. Didier décrocha le magnet « Tu Suze ? », prit la carte postale entre ses mains, la retourna et ses yeux se mirent à briller comme jamais.

— Alors faut réserver sa place, mec, la mort on verra après, faut faire les choses dans l'ordre, dans l'ordre décroissant même, faut acheter une concession, l'aminche, je vais en acheter une aussi, à côté de toi, Bandit, on prend la route cette nuit !

Didier sortait les pecs, ce type était fou. Ce fut la pensée de Bandit qui le traversa de part en part en passant droit dans le cœur. Les amis restaient les amis, pour la vie et même la mort. C'était pas du Heidegger ou du Kierkegaard mais ça défrisait les tripes itou.

— Putain, dit-il sans bégayer.

— Et sers un coup avant de partir !

— Quoi ?

— Ce que tu as de plus fort !

En servant la gnole, Bandit chopa des frissons partout mais il restait pragmatique et se permit de dire que ni leurs mobylettes respectives ni sa Ligier ne tiendraient le pavé jusque là-bas.

— Chhhhh ! Je sais, moi, remets ton blouson ! proféra Didier après avoir enfilé son verre tulipe cul sec.

25

L'odyssée

Ils roulèrent les derniers restes de la nuit en camion-benne jusqu'à ce qu'une chaîne interminable de montagnes, comme nappées d'une chantilly liquide, se dessine face à eux. Elle faisait toute la longueur du pare-brise.

Bandit vivait l'aube la plus sensationnelle de sa vie. Jamais il n'oublierait la façon dont son Didier s'était avancé dans l'obscurité chez le ferrailleur, échappant de justesse aux deux bergers allemands, et l'avait convaincu de lui prêter un engin à la mesure de leur projet. Le gros était sorti du pieux, la raie du cul dépassant du pyjama, s'était gratté les bonbons, avait fait taire ses clébards et, sans rien dire, avait balancé sur la nappe cirée un trousseau de clefs. Didier avait le bras long et le camion-poubelle avait démarré du premier pète.

Le volant était énorme. Aucun des deux n'avait jamais récupéré son permis, Bandit conduisait. Didier dormait.

Ce fut ainsi qu'au bout de quelques heures, ils se faufilèrent dans les plis de granit, les cours d'eau vive en contrebas se faisant de plus en plus nerveux. Puis la neige apparut sur la chaussée. Bandit secoua Didier et le soleil vint taper sur ses dents en or. Ils traversaient des villages aux toits noirs que des ponts libéraient de la solitude. Ils manquèrent même d'écraser une vieille alors que Bandit se pinçait le nez pour se déboucher les oreilles.

C'était coton pour se garer devant un café. Au petit matin, la circulation était dense à destination des stations. Avec le matos sur la galerie de toit, les bagnoles se poussaient. À l'intérieur du caboulot, il y avait des skis en bois accrochés sur les murs. Les locaux les regardèrent comme des éboueurs – étrangers – pour finalement leur indiquer le chemin de la carte postale. Ils reprirent le camion, la route pour gagner les sommets saignait les montagnes en zigzag. Didier ne regardait plus le vide qui se précipitait derrière sa vitre. Dans le rétroviseur de Bandit, le camion crachait une épaisse fumée nègre au sortir des virages. Il restait le plus souvent en première car il manquait de caler lorsqu'il enclenchait la seconde. Les conifères s'imposaient désormais sur les flancs et la neige grignotait davantage la route. Il la sentait dans le volant. À l'approche du cimetière, ils devenaient vulnérables. La Ligier aurait terminé au fond d'un ravin et ils seraient morts dans d'épouvantables circonstances, broyés au sein d'un amas de tôles après tant de tonneaux. Le camion-poubelle, lui, tenait l'Andros.

À la sortie d'un lacet, le village et son cimetière apparurent. Il fallait finir à pied pour grimper jusqu'au lieu de mémoire. Bandit laissa la carte postale sur le tableau de bord. Ils avaient de la neige jusqu'au genou. Les tiags de Didier n'étaient pas idéales. L'oxygène prenait de la valeur, les poumons brûlaient. Un rapace faisait le malin au-dessus d'eux. Bandit marchait en tête. Il fallait lever les guiboles, les genoux surtout. La neige craquait sous les bottes de Bandit. Chaque pas leur accélérait le cœur. Entre deux souffles, Bandit s'arrêta pour dire que c'était beau la neige mais que c'était difficile d'avancer.

— Ouais, vivre, c'est comme marcher dans la neige, expira Didier.

Bandit le regarda et précisa que c'était con qu'il ne s'entende pas avec Mimsy, qu'elle sortait ce genre de phrases parfois. Didier le doubla en fixant loin devant lui.

— Je croyais que tu passais à autre chose ! On s'entend pas, on s'entend pas ! ? Je crois que si j'avais des talents de plombier ou d'électricien, on s'entendrait... Je crois que si elle le pouvait, ta Mimsy, elle m'arracherait les dents pour retaper sa baraque...

Bandit secoua la tête, se chaussa dans les traces et songea que Didier ne comprenait toujours pas que le logis avait donné du sens à sa vie, les cowboys avaient peut-être du mal avec ça, pour paraître des durs, des durs à cuire.

Le portail força puis grinça.

— C'est vrai que c'est un putain d'endroit pour se faire enterrer, dit Didier en avalant un maximum d'oxygène.

Sur la montagne qui leur faisait face, ils distinguaient des skieurs dans des paniers en ferraille qui se suivaient pour disparaître dans le brouillard. Se trouvaient deux convois de chaque côté de la montagne. Bandit pensa à l'enfer et au paradis.

— On fait quoi maintenant ? Moi ça me plaît pour investir, dit Didier en ôtant son chapeau.

D'un coup de pied, il retira de la neige au bord d'une tombe avant de s'asseoir. Il transpirait à grosses gouttes. Certaines tombaient de son nez pour percer la neige entre ses jambes. Bandit, lui, enfilait les allées. Une couche d'une bonne dizaine de centimètres recouvrait les tombes. Sa mère lui avait écrit d'ici, du moins la carte postale montrait cet endroit. Elle avait tout plaqué. Elle voulait que Bandit lui pardonne ce départ précipité et il n'y avait pas d'adresse pour lui répondre. Elle avait longtemps subi l'histoire, elle en avait choisi la fin.

Bandit revint au niveau de Didier, dans l'allée principale. Il avait remis son chapeau. Le soleil venait faire briller la neige. Quelqu'un tronçonnait quelque part. Peut-être du douglas ou du sapin blanc.

Ce cimetière avait de la gueule. Ils s'entendaient sur ce point. La géographie changeait tout, ce lieu les inspirait. Et Didier s'y connaissait en cimetières. Celui-ci forçait vraiment l'admiration. Des coups à prendre de la hauteur et à en boucher un coin aux habitués du Central que ces deux-là soient enterrés ici.

Bandit poussa la neige pour venir s'asseoir à côté de Didier.

— Ça-ça ça valait le coup !

— Tu te souviens de Babeth ? dit Didier, sans rapport.

Bandit fut surpris de cette question. Si Bandit s'en souvenait ? Que oui : elle avait été serveuse au restaurant chinois qui faisait aussi salon de coiffure. Didier et lui avaient été invités à son mariage et ils avaient lancé du riz à la sortie de l'église, pour déconner ils avaient cuit le riz. Didier poursuivait sur Babeth mais Bandit ne l'écoutait pas, il s'en foutait de son histoire, il voyait Mimsy apparaître au fond du petit verre à alcool que Babeth offrait à la fin du repas, au fameux restaurant chinois.

— Eh, tu m'écoutes, Bandit ! ?

Didier continuait tout en ramassant des graviers pour les lancer dans la neige, il en était rendu au cancer de Babeth quand Bandit se dit qu'ils allaient choper la crève dans ce cimetière, entre la sueur et le froid. Il leur restait à aller au village – qui se trouvait à une centaine de mètres – pour trouver la mairie et s'offrir les concessions à perpétuité. Ils ne pouvaient plus faire marche arrière, si près du but.

Bien qu'ayant enlevé la neige du marbre, ils avaient le cul trempé.

— Tout ça m'a donné soif, pas toi, Bandit ?

— Très-très très soif !

— Alors après la mairie, on redescend dans la vallée, au troquet de t'à l'heure.

Ces types au comptoir, dont les visages donnaient l'impression qu'ils avaient bronzé avec des cache-yeux, ne lui disaient rien qui vaille, à Bandit. Et, sans se prendre pour Madiba, il allait avoir raison.

26

L'olive

La mairie étant fermée, ils redescendirent plus vite que prévu dans la vallée où se trouvait l'Epsilon, le bar avec les skis en bois qui se croisaient sur les murs et les types avec leurs traces de bronzage qui leur découpaient le visage.

Bandit et Didier en voulaient à l'administration ; la mairie n'avait qu'une permanence d'une demi-journée par semaine. Autant dire que dalle. Ils n'étaient pas tombés le bon jour. Le patron du bar s'était d'abord marré avant de leur conseiller d'appeler directement le maire du patelin en question. Il le connaissait, il avait son numéro et il leur prêta même son téléphone portable. Était-ce l'air de la montagne ou leurs gueules de plouc qui le rendaient aussi engageant, serviable, altruiste ? Le patron composa le numéro, attendit quelques secondes que ça réponde et se mit à raconter qu'il avait deux clients dans son bouge qui voulaient être enterrés dans le cimetière là-haut, qu'ils arrivaient de loin en camion-poubelle et qu'ils avaient trouvé porte close à la mairie. Il parlait fort et tout le monde dans le troquet pouvait en profiter. Après quoi le patron tendit son téléphone pour que Bandit donne davantage d'explications. Bandit laissa faire Didier à cause de son problème d'élocution sans quoi la clientèle de locaux, déjà moqueuse, se serait sans doute bidonnée à mort. Didier, qui n'était pas du genre à se déballonner, expliqua que c'était long, justement, à expliquer, il évoquait la carte postale, l'envie de mourir, le choix du lieu de repos, la concession perpétuelle qui serait payée en petites coupures. Pendant ce temps, Bandit commanda une bière et Didier fit signe qu'il en voulait aussi une, la même. Greffé à l'appareil, Didier ne parlait plus, alors Bandit en déduisait que c'était le maire, à l'autre bout du fil – façon de parler –, qui parlait. Et puis Didier remercia son interlocuteur et redonna le téléphone portable à son propriétaire pour que celui-ci l'éteigne.

— C'est cuit, dit Didier en attrapant son demi.

Pour davantage de détails, Didier expliquait qu'il n'y avait plus de place dans ce cimetière depuis bien longtemps et qu'au passage, des lois avaient été pondues, la concession perpétuelle n'existait plus, on ne pouvait plus désormais acheter une place dans un cimetière que pour cinquante ans, maximum.

— Et-et et après ?

— Après, si personne ne renouvelle ton abonnement, c'est l'oubli.

Bandit regarda son verre en se disant que l'oubli était pire que la mort. Et aussi qu'on avait trouvé un moyen de faire raquer les morts, que c'était fort, que l'Allemand allait bien trouver une astuce du même genre pour vendre des bocaux de ratatouille ou de la gelée de coings, à qui ?, aux morts. Sur ce, partis pour partis, ils enchaînèrent les bières pour noyer leur échec. Dans ce malheur, faute de place dans le cimetière, ils avaient la chance d'avoir de la fraîche à ne plus savoir qu'en foutre. C'est là que le patron proposa une garbure pour les réchauffer. Avec du tannat en pichet pour pousser. Il était fort, râpeux, délicieux. Ce midi, Bandit et Didier pourraient sauver le monde.

Le contenu baignait dans des assiettes à soupe et ils ajoutèrent des bouts de pain pour faire le mijhot. Ils mangeaient de bon cœur en faisant du bruit, levant les yeux vers le téléviseur accroché au mur. Les autres clients commentaient les images. Dans l'écran, des types avec des casques et des combinaisons moulantes s'élançaient du haut d'un gigantesque tremplin enneigé. Ils se courbaient à fond en prenant bien soin que leurs skis restent parallèles et ils sautaient dans le vide, le corps plaqué sur les skis désormais en canard pour voler le plus loin possible. Fallait pas avoir le vertige. C'était kamikaze, ça dépassait l'entendement. Quels hasards de la vie pouvaient bien conduire des êtres humains à s'adonner à ça ? Si Mimsy avait été là, pensa Bandit, elle aurait trouvé une réponse philosophique. À chaque saut, Bandit et Didier s'arrêtaient de mâcher. Didier fronçait. L'air les portait. Didier attendait et Bandit craignait qu'un athlète se croise les pinceaux dans le ciel ou que le vent ne le déporte dans le public pour un étêtage en règle d'un spectateur. Mais chaque fois, dans un exercice d'équilibriste fameux, les bras grands ouverts, un genou davantage plié que l'autre, la réception était propre.

— Je crois que tu ferais mieux de regarder vers le multi-services, sortit Didier, comme ça, du coq à l'âne, sans même tourner la tête vers Bandit.

— Qu'est-ce que-que que tu-tu tu racontes là !

En parlant, Bandit comprit l'allusion de Didier.

— Ben Zanette pardi....

Qu'est-ce que Zanette venait foutre ici, à mille lieues, devant des types qui s'élançaient en ski sur un tremplin ?

— T'aurais dû te foutre avec Zanette, dit Didier, la bouche pleine, et le regard toujours vissé vers la télé.

— De-de de quoi ? répondit Bandit un peu surpris.

— Tu vas pas me prendre pour un perdreau de l'année, tout le village voyait votre petit manège, et les dimanches midi, tu crois que... Eh ben je te dis que vous auriez fait un beau couple, enfin un couple, c'est déjà pas mal...

Bandit mangeait pour faire diversion.

— Zanette, je vais te dire, elle est chouette, c'est pas un concours de beauté mais t'as vu comment elle fait glisser les bouteilles sur le tapis roulant, et quand elle attrape les yaourts de producteurs, elle est tactile, putain...

Didier prit le pichet et se resservit du tannat. Bandit finit son verre d'un trait pour que Didier le serve. Ce qu'il fit.

— Moi je te dis qu'elle en pince pour toi, que ça se voit comme le nez au milieu de la figure...

Elle en pince, elle en pince ? Didier faisait-il dans le couple maintenant ? Zanette en pince ? Jamais ils ne s'étaient dit des mots doux, même pas une caresse sur la tête ou un bisou sur la bouche. C'est vrai, après réflexion, qu'elle le branlait avec amour la Zanette, Bandit repensait à sa main, comme elle faisait, merde c'était de l'amour, de l'amour, oui, tactile. Mais qu'est-ce que Didier – qui commandait un nouveau pichet de tannat – avait besoin de le chatouiller avec ça ? Était-ce l'éloignement, l'altitude, le vertige ou précisément le tannat ? Avait-il besoin de le faire chier avec ça ?

— Ben c'est que ça me pèse ! le coupa Didier.

Comme souvent, Didier ne le laissait pas terminer. Il avait un avantage sur lui. Déjà, à l'école, Bandit finissait à peine sa phrase que la récréation était terminée. Alors va faire de la rhétorique, pire, va dire à une fille que tu l'aimes, elle était déjà dans les bras d'un autre que Bandit n'avait pas foutu le point final. Et puis Zanette, Zanette, il était marrant, Didier, est-ce que Bandit lui parlait de ses amours à lui ? C'était le néant.

— Bandit, t'as déjà vu le con de Zanette ?

Heureusement que les locaux étaient concentrés sur la télé.

— Non…

Un nouveau pichet arriva.

— Ben, le con de Zanette, c'est toi. Je vais te le dire ce qui me gratte là-haut, ta Mimsy a tout foutu en l'air. Et tu te la taperas même pas en rêve !

Bandit remplit à nouveau les verres, ras la gueule, et balança un peu de liquide sur l'entrejambe de l'Allemand, c'était de bonne guerre. Didier se marra en déchiquetant un morceau de pain. Au bout d'un moment, Didier se leva, comme ça, se posta devant la télé et lâcha un rot dantesque. Ce comportement parut bizarre à Bandit, hors de propos même, après quoi Didier se dirigea vers le piano mural, dans une démarche proche de celle des mannequins qui défilent, du Mozart retentit tout à coup dans l'Epsilon. Ce n'était pas possible, totalement inouï, le patron en avait la bouche grande ouverte, Bandit s'attendait à tout sauf à ça, les doigts de Didier couraient sur les touches et Bandit dansait avec les montagnards la lambada, ça durait, ça durait, c'en était trop, y a un truc qui ne collait vraiment pas. Bandit s'était tout simplement assoupi : il n'y avait pas de piano dans le bar, Didier n'avait jamais touché à un instrument de sa vie et la lambada, n'en parlons même pas. Bandit était tombé le nez dans l'assiette. Didier aussi. Ce tannat aurait pu être vendu en armurerie.

Au réveil, le bar s'était rempli et les types regardaient toujours les sports d'hiver. Bandit pensa à la scène du van, mais se réveiller loin de chez lui contrecarra cette angoisse pour lui procurer un sentiment de bonheur. Il était un peu en vacances, en vacances avec Didier. D'un coup de coude, il le fit sursauter. Didier se frotta les yeux pour les décoller, le patron leur apporta aussitôt un pastis – le gâteau – et des verres d'alcool de plantes. L'altitude forçait le sens de l'accueil. Cet après-midi, ils faisaient partie des murs, sorte d'attraction du jour, en sus de la télé.

Après le dessert, Bandit sortit respirer, le camion était toujours à sa place, avec des gamins autour. Il s'approcha et les enfants se taillèrent en courant. Bandit pissa derrière le camtar, sur une congère. L'air lui paraissait d'une immense pureté, le soir tombait, les montagnes étaient bleues. Alors il marcha un peu dans le village pour prendre son pouls.

— Moi, si j'ai pas la tombe, je meurs pas !

Bandit reconnut la voix de Didier alors qu'il s'apprêtait à revenir dans le bar. L'Epsilon était devenu le Central de Didier. Il errait dans son écosystème, entre le comptoir et le jeu de fléchettes, entre les tables et les chiottes. La bouteille d'alcool de plantes était sur le bar. Didier avait sympathisé avec les visages les plus brûlés, il expliquait comment il était déjà mort deux fois, la première à l'hôpital, de leptospirose, etc.

Beaucoup de verres plus tard, ils se retrouvaient à faire un baby-foot contre deux types dont l'un était déguisé en Père Noël. Il avait passé la journée près du carrousel sur la place du village à donner des crottes – rien que le nom avait toujours fait gerber Bandit – au chocolat aux enfants. Franchement, il ressemblait au vrai. Comme au bon vieux temps, Didier jouait en attaque et Bandit en défense. C'était un véritable mur et le roi de la pêche. La bataille aux demis était féroce entre Didier et le Père Noël. Didier saquait à mort et le ton monta. Forts de leurs années au Central, ils avaient remporté le match avec une gamelle-but qui résonna dans tout le bastringue.

— Olé ! fit Didier en passant devant Bandit pour faire coulisser leur dixième pion rouge, celui de la victoire.

Le Père Noël n'appréciait pas la défaite et surtout les pissettes à répétition de Didier, mais la Fédération française de football de table, la FFFT, était formelle : on avait le droit !

— Puisqu'il y a tout dans vos téléphones, vous avez qu'à regarder la règle et elle est la même partout dans le pays, quelle que soit l'altitude ! précisa Didier les bras en l'air, échaudé par la victoire et les plantes.

C'était donc leur tournée mais le Père Noël passa de l'autre côté du comptoir sans demander au patron. Il posa son coude droit sur le zinc en face de Didier. Manifestement, c'était clair et précis. La revanche se ferait au bras de fer. Un silence s'imposa avec la formation quasi irrésistible d'un véritable attroupement autour du duel. Cette défiance mettait de l'électricité dans l'air de l'Epsilon.

Tout changeait sauf dans la télé où les skieurs s'élançaient chacun leur tour car le monde continuait malgré tout de tourner.

Didier avait certes ressuscité deux fois, mais le type qu'il regardait droit dans les yeux semblait tenace. Bandit n'était pas serein. En relevant la manche de son costume rouge à revers blanc, le Père Noël libéra un avant-bras musculeux qui semblait issu de longues journées à fendre du bois devant un chalet en estive. Mais Bandit savait Didier coriace à ce jeu-là.

Il fallait d'abord aligner non sans mal les coudes, mais l'avant-bras de Didier était un peu plus court, un handicap qu'il pouvait surpasser en cassant le poignet de son adversaire dès le top départ. D'où l'importance de celui-ci dont la charge était remise au patron. Ce dernier tint les mains nouées des adversaires en décomptant de trois à zéro.

Didier mit le paquet dès le départ pour tordre le poignet de son adversaire. Mais le combat était équilibré. Leurs visages rougissaient. Les dents en or de Didier commençaient à poindre. Le Père Noël tentait de tricher légèrement en s'aidant de son corps.

— Mes couilles en ski, un guignol de collection, postillonna Didier.

— Toi t'es pas d'ici, mais l'avantage avec la Terre, c'est qu'en allant tout droit, t'arriveras un jour chez toi, répondit l'adversaire.

Le Père Noël plia un peu sous l'effort de Didier avant de prendre à son tour le dessus. Il y avait des hauts et des bas, des moments d'espérance, de lumière au bout du tunnel, et d'autres instants tellement démoralisants, avec l'envie de baisser les bras, de tout arrêter. Peut-être au fond du fond, se disait Bandit, était-ce le bras de fer qui composait la meilleure métaphore de la vie plutôt que de marcher dans la neige. Dans tous les cas, ils en chiaient grive grave groove.

— Quand tu penses que je suis gaucher, provoqua Didier en approchant de son adversaire son visage déformé par l'effort.

La tension était clairement palpable, tout le monde voulait un vainqueur. Le match nul était désormais impensable. Un vainqueur et un mort !

— Je vais te dire, l'éboueur, plaça le Père Noël aussi rouge que ses habits, t'es un esprit de nain dans un porcin.

Des rires éclatèrent.

— Tu m'insultes, la pibale ? demanda Didier dont l'avant-bras avait doublé de volume.

— Je t'insulte pas, je te décris, ferrailla le Père-Noël.

— Moi je drague pas les mômes avec des bonbons…, grimaça Didier.

Le regard du Père Noël se glaça. Ce qui trahissait une part de vérité, Bandit le traduisait ainsi. Toujours en s'aidant de son corps – ce qui exaspérait Bandit –, le Père Noël reprit le dessus d'un effort herculéen, à se faire péter les veines du cul. Entre les poils de sa barbe blanche, il serrait ses dents tachées de tabac. Le poing de Didier se rapprochait du comptoir, mais pas du bon côté. Bandit ne voyait pas comment son ami pourrait renverser la tendance. La douleur semblait atroce. Au bout de quelques secondes d'une résistance inhumaine, Didier céda. Son poing vint claquer sur le zinc, à lui briser l'humérus.

Bon joueur, Didier fit le tour du comptoir pour aller saluer son adversaire qui se massait le biceps et, contre toute attente, au lieu de lui serrer la main, Didier lui mit une olive.

— Ça c'est concret ! dit Didier pendant son geste.

Didier ne donnera jamais d'explication – ce doigt dans le cul du Père Noël rejoindra les grandes énigmes de l'Histoire avec le trésor des Templiers et les foutues pyramides d'Égypte. Mais il est des intentions irréversibles où tout bascule. Et, celle de Didier, comme aurait dit l'instit de Bandit, ce fut le grain de sable dans la vessie de Cromwell. Aussi sec, le Père Noël, les yeux encore hagards par l'intrusion, décocha une sérieuse droite pour décrocher la mâchoire de Didier. Le bruit de l'impact fut sourd. Par solidarité montagnarde, un type tenta de mettre un coup de tête à Bandit. C'était le geste le plus minable – après le coup dans les couilles. Quelle vulgarité de se servir de son cerveau comme une masse, pensait Bandit dans la confusion, c'était un truc de manchot. En baissant légèrement la tête, il prit quand même l'impact dans le front, ce qui lui permit de riposter d'une droite-gauche. Le béret du type vola dans le bar, après quoi l'homme tomba sur les genoux. De son côté, Didier écrasait une chaise sur le Père Noël. Mais un mastodonte aux lèvres gercées prit la place du Santa Claus. Quant à Bandit, il reprenait ses bons réflexes d'antan, il en posait quelques-unes au hasard des proximités et des sales gueules tout en se mettant dos à un mur. Comme ça, il voyait les autres venir. Une bagarre, ça se soignait, ça s'appréciait. À cinquante printemps, il savourait : chaud Bandit, chaud patate !

Cette fin d'après-midi, à l'Epsilon, Didier flanchait derrière lui. Ça sentait la retraite. Bandit imaginait qu'il combattait des Allemands. Pour autant, le mastodonte aux lèvres gercées commençait à lui faire mal. Il chargeait en prenant de l'élan. Une droite atterrit au-dessus de l'oreille de Bandit, le rendant groggy. Dans la déroute, perdu pour perdu, quitte à ce que ce soit le dernier Noël, Bandit prit la décision de se baisser à la prochaine charge pour offrir un plaquage cathédral d'anthologie.

S'ils avaient eu leurs concessions, Bandit se serait laissé sans doute massacrer. Mais dans le cas présent il voulait faire un dernier baroud d'honneur. À l'approche du mastodonte, Bandit se baissa et profita de l'élan de son adversaire pour le soulever et le retourner dans un vacarme étourdissant de chaises cassées. Bandit entendit enfin les cervicales craquer sur le carrelage quand le patron mit tout le monde d'accord. Bandit releva la tête, le taulier tenait un fusil – du 12 mm. Bandit se remit debout en levant les bras. Didier en fit autant. Le canon scié était à deux doigts du zigzag de Bandit. En joue, ils payèrent large ce qu'ils devaient, le propriétaire du bar et du fusil estimant qu'il avait du mobilier à remplacer. L'homme armé les raccompagna dehors. Didier d'abord, Bandit ensuite montèrent dans le camion. Didier avait beau pomper sur la pédale et s'énerver sur le Neiman, le bordel ne démarrait pas. Bandit regardait vers Didier et vit derrière la vitre le fusil braqué sur eux. C'était le Père Noël, le visage déformé par la nuit, les traces de bronzage, une lèvre supérieure bouffie et du sang sur les dents. Des coups à ne plus jamais y croire. Pire, c'est lui qui tenait le 12 mm, un doigt nerveux sur la gâchette.

27

La Vierge

MOURIR. POURQUOI PAS ? Mais pas de n'importe quelle mort. Et sur ce coup, Bandit crut bien mourir de froid. Si loin de son chien, de ses caravanes, son village et ses noyers, son potager, ses arbousiers et sa peau de chamois.

Il revoyait le Père Noël avec l'arme à feu, et ce moteur qui avait fini par brouter pour, alléluia, démarrer. Ils s'étaient garés à l'extérieur du village pour se remettre de leurs émotions. HS, ils s'étaient endormis assez vite mais il n'avait pas été question de laisser le moteur allumé – ils avaient tout juste de quoi rentrer chez eux et plus une thune pour remettre de l'essence. Ils avaient tout mangé, ou plutôt tout bu. Malgré la chaleur humaine, le froid avait peu à peu investi la cabine aux vitres embuées, puis avait pénétré dans leur sang, jusque dans leurs os enfin. Vers les quatre heures du matin, Bandit se réveilla transi. C'est à ce moment-là qu'il crut mourir de froid. Il pensa aux types qui avaient fait l'Annapurna en 50 – le Herzog, les Lachenal, Terray et consorts... – et se tapa les mains contre le tableau de bord avant de se masser les pieds. Il était gelé ou congelé, il ne connaissait pas la différence. Didier, quant à lui, ronflait comme un porc.

Bandit sortit se dégourdir les jambes. Ses poings avaient doublé de volume sous l'impact des coups à l'Epsilon. Un peu de sang avait séché sur le haut de son front. Avec le coup de tête, le type lui avait légèrement cisaillé le cuir chevelu. Ça lui dessinait une petite bouche.

Dehors, des flocons virevoltaient. Avant qu'ils ne fondent sur ses mains, Bandit s'étonna de cette géométrie parfaite, lui qui pensait que l'être humain avait inventé la géométrie. La couche de neige recouvrant la prairie semblait phosphorescente. Il appela Nelson car il n'avait pas toute sa tête. Et par l'écho, il remarqua que les montagnes bégayaient, comme lui. Il remonta dans le camion pour réveiller Didier en lui souhaitant un joyeux Noël. Lui aussi était gelé, surgelé, les lèvres violettes.

— Je vais claquer, répondit Didier avec une haleine indéfinissable, Bandit imaginait celle d'un requin blanc avec tout ce qu'on pouvait retrouver dans le bide de ces bestioles.

Il fallait tracer sa route sans quoi la nature aurait raison d'eux. Ils étaient d'accord là-dessus. Didier ralluma le bordel et ils s'avancèrent dans la nuit. Les essuie-glaces rayaient le givre. Avec les virages, les feux passaient de montagne en montagne. On devinait les précipices. De grands sapins terrifiants se pliaient sur leur passage. Bandit craignait le surgissement d'une meute de chiens de traîneau avec leurs yeux horriblement lumineux. De temps à autre, il jetait des coups d'œil vers Didier qui lâchait en ligne droite le volant pour se taper sur les épaules. Il avait deux énormes coquards, l'œil gauche encore plus poché que le droit. Un peu plus bas dans la vallée, ils arrivèrent à un carrefour qui indiquait différentes villes. Didier prit à gauche.

— Tant pis pour l'essence, Bandit, on verra peut-être pas ta mère mais on verra la Vierge.

Et le camion tourna.

Quelques minutes plus tard, Bandit vit qu'il était cinq heures du matin en passant devant la pharmacie de la Grotte. Et ce fut là et nulle part ailleurs que Didier eut une idée géniale. Il suivit la pancarte indiquant le Foyer familial des Sœurs dominicaines de la Présentation. Arrivés à destination, ils trouvèrent une place libre dans l'avenue Saint-Joseph. Didier fit un bruyant créneau et ils allèrent sonner au numéro 2. Didier s'acharnait sur le bouton quand une lumière à l'étage finit par s'allumer. Puis le couloir derrière la porte d'entrée. Une silhouette s'approchait lentement, la porte s'ouvrit et une tête dépassa.

— Que se passe-t-il ? chuchota la sœur à qui il était difficile de donner un âge.

— On a été agressés, ma sœur, dit Didier.

Elle se mit la main sur la poitrine.

— On nous a tout volé !

— Dans quel état vous êtes ? Vous feriez mieux de vous rendre à la gendarmerie…

La sœur tenait la porte légèrement entrouverte et ne semblait pas vouloir les faire entrer.

— On a été agressés, répéta Didier.

Elle avança son visage.

— Qu'est-ce que c'est que cette histoire ? dit-elle en ouvrant davantage la porte.

Il faisait bon à l'intérieur. Dans le couloir, Didier s'étendait sur l'agression, la sœur le pria de se taire sans quoi il allait réveiller tout le pensionnat.

— Je vais vous donner une chambre et vous irez porter plainte demain à la gendarmerie, c'est important…

— Promis, ma sœur, dit Didier avant de regarder Bandit qui n'en revenait pas.

La femme hors d'âge alla derrière son comptoir et tendit une clef aux deux hommes, la clef de l'eau chaude, la clef des draps propres, la clef de la couverture et de la quiétude.

Bandit ne savait pas quelle heure il était mais il savait qu'il sortait d'un profond sommeil. Il entendit Didier prendre une douche. Il regarda par la fenêtre et vit le camion dans la rue.

Ils croisèrent des pèlerins dans le couloir de l'étage et ils descendirent au rez-de-chaussée. Malgré les quatorze heures passées, deux menus les attendaient. Des sœurs prirent de leurs nouvelles, l'une d'elles posa même sa main sur les yeux de Didier pour lui enlever le feu. Ils mangèrent en silence et les religieuses les laissèrent partir.

— On fait un vœu et on se barre chez nous, dit Didier après avoir fermé la porte d'entrée du foyer.

Ils prirent à pied la route pour la grotte. Soudain, à la sortie d'un virage, la cathédrale se dressa devant eux. C'était tout le contraire de l'église de Bandit, c'était bien fait mais c'était trop, trop de tout. Pour Bandit, la beauté était la montagne derrière.

Plus ils avançaient, plus la population était dense. Des gens de toutes les nationalités se baladaient, on aurait dit que quelqu'un avait secoué l'atlas de Bandit au-dessus de la ville.

Il se sentait un peu bêta de demander à Didier la raison pour laquelle ce lieu attirait tant de personnes. Bandit en avait bouffé de la messe mais là il calait. Il voulait savoir et Didier qui savait tout lui expliqua qu'une jeune femme au XIXe siècle avait eu une apparition, qu'elle avait vu Marie, enfin la Vierge, la mère de Jésus quoi – Bandit avait bien compris – et que depuis, des millions de personnes venaient ici pour tenter le miracle, d'où les cabossés partout qu'ils croisaient avec des maladies qu'on ne peut même pas soupçonner. Alors c'était ça, la cour des Miracles. Avec ses yeux pochés, Didier passait presque inaperçu.

— Et si-si si la petite… a-a avait raconté des-des des bourres, pour-pour pour faire… l'intéressante…

Didier avança ses lèvres.

— Ou-ou ou juste une hallu ?

— C'est le risque, Bandit, de toutes les façons, plus personne ne peut reculer, ça la foutrait trop mal, on ne va pas fermer les boutiques et boucher la grotte.

— Ah…

— Et puis l'important n'est pas le fait en soi, l'important c'est d'y croire mon gars.

— …

Alors avec tout ce que voyait Madiba dans ses boules, il y aurait peut-être un jour des hôtels partout dans son village, il louerait ses caravanes à prix d'or, Zanette ferait un Auchan, Mamie Lulu pourrait se faire faire des seins énormes avec cent, deux cents couverts par jour et des fûts de bière en veux-tu en voilà.

Ils s'avancèrent encore et Bandit remarqua que ce n'était pas une cathédrale mais trois, les trois les unes par-dessus les autres, et il tira son chapeau au zingueur qui avait fait les dômes. Il était là le miracle. Enfin ils descendirent le long de la rivière pour aller dans la grotte. Il fallait faire la queue. C'était là que la petite avait vu la Vierge, c'était là qu'il fallait caresser le rocher et faire un vœu. C'était le moment ou jamais, mais Bandit ne se faisait pas d'illusions. Même à raison d'un miracle par jour, au mieux, vu le peuple qui passait, il faudrait avoir le cul sacrément bordé de nouilles pour que ça tombe sur lui. Il n'avait jamais eu de chance au jeu, ni en amour. Didier le suivait et Bandit fit quand même un vœu.

— Qu'est-ce t'as à te toucher le cul comme ça ? chuchota Didier.

— Pou-pou poussée d'hé-d'hé…

— Oh, arrête tes conneries, les hémorroïdes c'est dans la tête.

28

L'instinct

BANDIT ARRIVA, son corps sombre mal dessiné dans le coucher du soleil. Il marchait vers chez lui. Didier l'avait laissé au bout du chemin.

Il aperçut ses caravanes, il n'en revenait pas. Elle était assise sur la marche avec Nelson entre les jambes. La tête penchée vers le chien, des bulles roses se formaient aux contours de sa bouche. Mimsy venait-elle d'arriver ou l'avait-elle attendu pendant tout ce temps ?

— Bandit !!!

Elle se leva pour se diriger vers lui, Nelson la précédait, comme fou. Le chien tournoyait autour de son maître pendant que Mimsy et Bandit se rapprochaient. Le ciel était bas, laiteux, il n'y avait pas un filet de vent, l'atmosphère était comme figée. Elle sentait la fraise chimique.

— Bandit, dit-elle simplement en l'enlaçant.

Elle se détacha pour le regarder en face. Bandit remarqua ses piquées d'inquiétude. Bandit était à deux doigts de l'embrasser, il voyait les cernes dessinés sur un visage parfait. Elle n'en était que plus belle. Ils restèrent comme ça quelques secondes.

— T'es dans un état, mon garçon, dit-elle.

Bandit resta muet pour donner davantage d'importance à son absence.

— Où étais-tu, j'étais morte de peur… Deux jours sans nouvelles… Nelson qui pleurait…

La carapace de Bandit s'effritait. Il expliqua que cette odyssée était une parenthèse, qu'il avait simplement eu des idées noires, que c'était inavouable.

— Tu n'as pas le droit de nous faire ça…

Mimsy l'enserra à nouveau. Bandit sentait Didier. Elle le desserra et caressa la petite bouche qui cicatrisait sur le haut du front. Bandit ne pouvait pas lui raconter le van, ni l'altercation avec l'Allemand et donc la vraie raison de son départ. D'autant qu'il s'en voulait, qu'il s'en voulait d'avoir eu l'idée de rompre avec Mimsy. Qui était à ce moment précis à son chevet ? Qui prenait soin de lui ? Mieux, de Nelson ? Alors il écouta son instinct animal et ferma sa gueule. Inexorablement, en la présence de Mimsy, il sentait son corps s'apaiser de toutes les angoisses et des excès passés.

— Deux jours qui m'ont paru une éternité, Bandit… Et Nelson, t'y penses…

Elle reprit son souffle.

— T'as fait quoi ? La dernière fois que tu as été vu, c'était au repas de la pétanque… Et puis le lendemain, rien, plus rien…

La honte se lisait sur le visage de Bandit.

— Pareil pour Didier, disparu de la circulation… Alors que vos mobylettes et ta Ligier n'ont pas bougé.

Elle le grondait. Ils se remirent à marcher vers les caravanes. Elle s'accrochait à son bras. Nelson sautait sur eux.

— Alors ce matin, au Central, Christian et les autres ont organisé une battue... Ton copain Mongie s'est foutu une cheville en l'air en marchant dans un nid-de-poule...

Bandit imagina une cheville boursouflée.

— On ne parle que de votre disparition au village... Et ce midi, il a commencé à se dire que vous étiez partis en pleine nuit, tous les deux avec Didier, que vous êtes partis en camion... C'est quoi cette histoire ? Mais pour aller où, Bandit ?

— ...

— Oh et puis après tout je ne veux pas le savoir...

Défilaient devant les yeux de Bandit des montagnes, un cimetière, des couilles en ski et sa mère.

— Ce que je sais, c'est que t'es pas beau à voir... Il est bien gentil ton Didier... Mais avec lui, bien sûr, la picole... Je dis ça... Ça ne me regarde pas.

Bandit, au contraire, avait tellement envie que ça la regarde. Mimsy avait encore vu juste. La parenthèse s'était soldée par une cuite sans nom. Une autre issue avec Didier n'était pas possible.

Ils entrèrent dans la caravane, Bandit tomba sur une chaise et Nelson sauta sur la banquette.

— La prochaine fois... Préviens-moi si tu pars...

Mimsy resta debout et fit chauffer de l'eau dans la bouilloire.

— Je fais un thé, après tu passes sous la douche et tu viens dîner... Ton absence m'a rappelé combien... enfin combien on est accrochés...

Bandit releva la tête. Elle avait la main sur le sein, celui qu'il avait vu un dimanche de juillet.

— Accrochés, c'est con mais c'est comme ça… Comme un grimpeur sur une paroi…

Il voyait parfaitement l'image. Il tendit le bras pour caresser le ventre de Nelson. Mimsy versa de l'eau dans des tasses et vint s'asseoir à côté de Bandit. Elle lui expliqua qu'elle envisageait d'écrire une nouvelle – c'était aussi chic dans sa bouche que l'apéro dînatoire ou de se faire une toile – sur la mansuétude des chauves-souris. Elle partait du principe que leur capacité à ingurgiter chaque nuit quelque trois mille moustiques – ce que Bandit lui avait appris l'été dernier – relevait d'un grand altruisme envers l'humanité. Avec les droits d'auteur, elle envisageait de faire un coin spa au logis pour se détendre les rudes soirées d'hiver en se mettant le cul dans de l'eau chaude et pétillante. Elle n'avait pas dit le cul mais le corps. Bandit esquissa un sourire sur son visage terrassé. Cette femme était géniale, il avait bien cru ne plus jamais la revoir. Il rêvait d'avoir son cerveau – et même ses seins pour les toucher, le soir. Il ne cherchait pas à comprendre tous ses projets, Mimsy était un modèle unique, fantasque, impalpable : une originale.

Il caillait tellement dans la caravane qu'elle tenait sa tasse des deux mains avec son nez dans la fumée. Elle fermait les yeux. Les thés infusaient, Mimsy enchaîna sur les bricoles qu'il y avait à faire là-haut, que l'Allemand ne cracherait pas sur un coup de main, que lui seul, Bandit, avait des solutions, des solutions à tout.

— Tu es doué et tu as du goût.

Elle se leva et s'approcha de lui, il eut presque peur. Elle posa son index sur les lèvres de Bandit avant de poser ce même doigt sur les siennes. La valve de Bandit s'emballa. Nous n'étions pas si loin du vœu que Bandit avait fait dans la grotte et depuis, devait-il l'avouer, depuis son passage devant la Vierge, une certitude l'habitait.

Mimsy s'approcha de l'évier pour faire couler un peu d'eau froide dans sa tasse. Elle but tout le contenu en deux fois et se dirigea vers la porte.

— Repose-toi, Bandit, et à plus tard…

Mimsy repartit dans cette sombre journée de la fin décembre. Nelson la raccompagna un bout du chemin. De son côté, Bandit trouva la force de se lever, mit les cadavres dans un seau et alla à la poubelle à verre pour se soulager la conscience. Plus que jamais persuadé que les rêves d'enfant finissent tous et toujours par se réaliser.

la grotte et depuis, devait-il l'avouer, depuis son passage devant la Vierge, une certitude l'habitait.

Mimosy s'approcha de l'évier pour faire couler un peu d'eau froide dans sa tasse. Elle but tout le contenu en deux [illegible] et se dirigea vers la porte.

— Repose-toi, Benoît, on [illegible] plus tard.

Mimosy sortit dans cette sombre journée de la fin décembre. Nelson la raccompagna un bout du chemin. De son côté, Benoît trouva la force de se lever, mit les cachets dans un seau et alla à la poubelle à verre pour se soulager la conscience. Plus que jamais persuadé que les [illegible] et toujours [illegible].

[illegible] Benoît [illegible] des [illegible] Benoît et [illegible] elle [illegible] Ils [illegible] devant la porte [illegible] passé de [illegible] Depuis [illegible] s'était [illegible] Pierre [illegible] il avait [illegible] comme s'ils arrivaient d'un [illegible] Oui, depuis quelques jours, Benoît pétait le feu.

Benoît s'accordait une demi-journée pour aller rester une [illegible] du côté de Lagarelle. Mimosy avait [illegible] par Benoît mais elle avait décliné. [illegible] elle avait chopé la grippe ou simplement la crève, ce n'était pas [illegible] les [illegible] qui [illegible] depuis le temps de [illegible] les [illegible] malgré la [illegible]

29

L'auroch

IL PÉTAIT LE FEU. Pourtant, le mois de janvier avec son lot d'humidité n'avait jamais été sa tasse de thé. Mais ces derniers temps, Bernie retrouvait comme une nouvelle jeunesse, à l'image de ce jean, blanc, détonnant. C'est la première chose que remarqua Bandit, tenant une machette le long du corps, quand son ami sortit de la Volvo, accompagné de Christian. Bernie écarta grand les bras comme s'il enlaçait la Terre entière, il avait klaxonné dans le chemin comme s'ils arrivaient d'un mariage. Oui, depuis quelques jours, Bernie pétait le feu.

Bandit s'accordait une demi-journée pour aller visiter une grotte du côté de Lacapelle. Mimsy avait d'ailleurs été conviée par Bernie mais elle avait décliné, fatiguée, elle avait chopé la grippe ou simplement la crève, ce n'était pas étonnant avec toutes les merdes qui traînaient par ce temps de chien. En les attendant, malgré la bruine, Bandit avait émondé quelques pousses le long des troncs de ses chênes pubescents qu'il avait plantés derrière le potager.

Il fallait connaître. Sans les indications de la géologue, Bernie n'aurait jamais trouvé l'entrée de la cavité. La Volvo s'était enfilée dans une succession de petites routes escarpées. Le reste du trajet s'était fait à pied, à crapahuter en contrebas d'une falaise dans un chemin envahi de ronces. On pouvait cacher un cadavre ici, personne ne le retrouverait jamais.

La géologue attendait debout, les bras croisés, devant une masse sombre, fracture ouverte dans la roche qui sonnait le début d'un autre monde. Elle avait une trentaine d'années, un bonnet interdisait de lire la couleur de ses cheveux, mais à première vue, Christian et Bandit devinèrent un physique avantageux. Elle portait bien le treillis kaki, on la devinait sportive. Bernie l'avait rencontrée au Central alors qu'elle déjeunait avec son équipe, et c'est au moment du café que la discussion s'était engagée. Bernie avait appris la découverte d'un nouvel habitat préhistorique du côté de la Sagne. Les scientifiques s'affairaient désormais à y capturer un maximum d'informations et à y analyser la possibilité, un jour, d'une ouverture au public. En attendant, Sylvie, c'était son prénom, avait proposé une faveur à Bernie, celle de faire un bond de trente mille ans en arrière, et en catimini.

— Pour accéder à une première pièce, attention, la descente est très raide, il faut bien se tenir à la corde qui sert de rampe ; avec les infiltrations d'eau, le sol est une patinoire, prévint-elle en distribuant des frontales à tout le monde.

Sylvie en tête, suivie de Bernie et de Christian, Bandit fermait la marche. Le résonnement des voix se mêlait aux claquements des gouttes d'eau. Le mouvement des têtes faisait valser les lumières dans tous les sens, éclairant les parois ruisselantes. Ils s'enfonçaient dans les profondeurs. Sylvie avait quelques mètres d'avance et, comme à la queue leu leu du Noël de la pétanque, Bernie cassait la chaîne par sa lenteur. Il faisait de tout petits pas, comme avec un déambulateur. Bandit craignait une chute de son ami, il pensait notamment au fémur car il avait entendu dire que se casser le fémur chez les personnes âgées signifiait le début de la fin. Entre eux deux, Christian n'était pas beaucoup plus à l'aise, avec ses problèmes de hanche qu'il ne solutionnait pas par crainte de passer sur le billard.

— Le voilà le trou du cul du monde, dit-il pour amuser la galerie.

Soudain, le pied droit de Bernie partit vers l'avant, son corps tomba vers l'arrière, renversant Christian sur Bandit. Celui-ci, en pliant ses jambes, parvint à retenir les deux hommes. Des jurons se cognèrent à la roche, puis des rires.

C'était à pleurer et Bernie céda le premier. Avec une lampe torche, Sylvie faisait coulisser la lumière sur une immense stalactite qui pendait au milieu de la salle. L'épreuve du temps avait créé une véritable œuvre d'art, majestueuse, de formes lisses et drapées dans des nuances de couleur crème. Et là, il s'agissait de millions d'années. Ce qu'expliquait Sylvie en s'étendant sur les concrétions, les corrosions et comparant ces phénomènes à un disque dur conservant la mémoire de notre planète. Bernie étalait aussi sa science, confrontant cette grotte à toutes celles qu'il avait visitées auparavant. Bandit et Christian se contentaient d'écouter ces voix qui trahissaient un silence de cathédrale.

Le clou du spectacle se trouvait sur la partie est de la salle, témoignant d'une vie préhistorique. À la lueur de la lampe de Sylvie, les dessins apparaissaient ici ou là. Certains étaient gravés au silex, d'autres contours avaient été réalisés, pensés, soignés au charbon. On devinait des messages, surtout des animaux.

— Un auroch, dit Bernie avec des trémolos dans la voix.

Il s'approcha la bouche ouverte et posa la main sur la paroi. Sylvie fit semblant de ne pas voir. Bernie voulait partager quelque chose avec des êtres humains qui avaient vécu tant d'années avant lui. Bandit pensa à la célèbre découverte de Carter et de Carnarvon. Christian, lui, avait froid, il était impressionné mais vibrait davantage dans les salons climatisés de l'automobile devant une Subaru XT ou une Lotus Seven MK 6.

Sur le retour, on ne pouvait plus empêcher Bernie de parler. Et lorsqu'il ne parlait pas, il sifflait comme un merle. Son visage était lumineux, presque adolescent. Il évoquait la chance d'avoir rencontré Sylvie, il mélangeait la préhistoire et sa propre histoire, disait tout à trac que la vie réservait bien des surprises, que ce n'était jamais fini, qu'on n'était vieux que dans sa tête, qu'après tout il n'était jamais trop tard pour être amoureux, père, etc. Il était proche du délire, d'autant qu'à aucun moment Sylvie n'avait manifesté quoi que ce soit d'ambigu à l'endroit de Bernie.

Bandit leva les sourcils en se retournant vers Christian. Ils se comprenaient. Bernie avait changé. Quelque chose s'était passé. Bernie cachait un truc. Ajouté au pantalon blanc qui moulait méchamment les cannes de Bernie : il y avait décidément anguille sous roche.

La Volvo déposa Christian au Central puis Bandit chez lui. Bandit se dirigeait vers sa caravane, quand Bernie klaxonna. Bandit se retourna, Bernie baissa sa vitre en tenant de l'autre main le volant et la clope.

— À tout à l'heure chez Christian, pour tirer les rois !

— Ché-ché ché pas.

Bandit prétendit qu'il n'était pas en forme, que Christian allait encore se mettre des quartiers de mandarine entre les dents et les lèvres pour parler comme lui, etc. En réalité, il craignait le cidre brut, et la tournée de Didier, l'escalade, et celle de Mongie, à tire-larigot, il connaissait déjà la fin de l'histoire.

Comme à son habitude, Bandit regarda la Volvo s'éloigner car il aimait voir les véhicules disparaître dans la perspective de son chemin, comme engloutis dans du sable mouvant. Bandit avait vu la main de Bernie se lever pour le saluer. Il ne le reverrait plus, vivant.

30

Le boulodrome

LE 28 JANVIER EST UNE DATE qui restera indélébile dans l'existence de Bandit.

Un mois se soldait sans télé, sans une goutte de jaja, sans mettre un orteil au Central, un mois de résilience et d'investissement total pour le logis, un mois de baume, de cœur, d'ouvrage : la cicatrice sur le haut de son front n'était plus qu'une histoire ancienne. Mimsy était enchantée de cette mise au vert, elle prenait soin de la santé de son Bandit et puis elle n'aimait pas le Central, du moins le côté bar, et sa clientèle qui pensait que les Noirs ne gagnaient pas les compétitions de natation car ils ne savaient pas nager. Ces pochtrons qui, empiconés, blaguaient sur la poitrine des femmes et le train électrique qui avaient « pour point commun d'être destinés aux enfants alors que c'étaient les papas qui jouaient avec ». Ras le bol enfin que pour la Saint-Stanislas tout le monde s'embrasse et que vivement la Sainte-Ursule. Elle trouvait ça petit, vulgos sinon minable, machiste, misogyne comme hors d'âge, et Bandit estimait qu'elle n'avait pas tort, et même raison sur toute la ligne. Comment Mamie Lulu faisait-elle au quotidien ? Comment Bandit avait-il fait toutes ces années ?

D'autant que durant ce mois de janvier, Bandit s'était rabiboché avec l'Allemand. Ils travaillaient de concert, le woofer apportait aussi de la caillasse pour les matériaux et, à l'intérieur du logis, Bandit s'habituait à ses grosses couilles qui valsaient. Bandit ne rêvait plus de l'embrocher à la barre à mine ou de l'éventrer à la tronçonneuse, ses nuits s'étaient apaisées, tout d'abord grâce à l'abstinence.

Bernie s'était également fait à l'Allemand. Il avait mis de l'eau dans son vin, car derrière la grande gueule du Teuton se cachait un type plus sensible qu'il n'y paraissait, celui-ci révélait au fil des jours des côtés bien sympathiques, aimables et bonhommes, Bernie le jugeait de bonne constitution. Mimsy y était pour beaucoup dans cette entremise dont le grand bénéficiaire était le collectif qui passait quoi qu'il advienne avant ce qu'on appelait l'amour-propre. Et nul besoin d'avoir fait un DEUG de psycho pour comprendre ça.

Au fond, après une violente descente, la vie de Bandit reprenait son cours normal. Il avait reconstruit à l'identique la voûte du four à pain de la petite dépendance adossée au puits, achevé les deux douches à l'italienne, une dans la chambre d'amis du rez-de-chaussée et l'autre dans la salle de bain à l'étage. La chambre de Mimsy était aussi équipée mais il avait installé la fameuse baignoire sabot – qu'elle avait fait déborder de mousse pendant qu'il finissait la faïence.

Ce logis, encore et toujours. Il était le pari intime de Mimsy : à tout prix. Un chez-soi, enfin. Elle commençait même sérieusement à se rêver vedette de la télévision, dans une émission bon chic bon genre consacrée à la décoration d'intérieur. Il faut dire que d'autres apports changeaient le visage de la bâtisse. Le logis avait désormais son billard, le billard français qu'avait promis Bernie à Mimsy et qui trouvait parfaitement sa place dans la pièce au sein de laquelle on avait étendu en son temps l'Espagnol – sur son lit de mort. Ce salon fumoir était terriblement confortable, top zen, dixit Mimsy. Pour s'accorder avec ce nouveau meuble, l'Allemand avait échangé le luminaire pour un lustre de trois lumières spécialement pensé pour le billard. Avec un variateur pour régler l'intensité. L'Allemand s'y connaissait en électricité et se vantait de la prendre sur le tapis vert. Seul le fond de la cheminée ne plaisait pas à Mimsy et Bandit s'était donc appliqué à le refaire avec un parement de vieilles briquettes, posées sur la tranche en joints croisés ainsi qu'en fougère. La maîtresse des lieux adorait le rendu, d'autant que le coupable avait choisi des briques de couleurs différentes, roses, blanches et rouges.

Pour le fluide, suivant les conseils avisés de Madiba, Mimsy fouettait de temps à autre les murs avec du fenouil afin d'assainir les pièces et chasser les mauvaises ondes. L'Allemand, lui, ne jurait plus que par un certain Ivan Illich qui, si Bandit comprenait bien, était un curé écolo hors du commun. Sans doute le logis attendait-il la venue de ce deuxième woofer. Jusque-là, la seule ombre au tableau au travers de la requinque psychologique de Bandit ne tenait pas à la Pink House mais à ce malheureux Jacky qui s'était pendu le soir du premier de l'An, dans le bois des Grolles, en tenue d'apiculteur. Avec Didier et Christian, ils s'étaient rendus aux obsèques. Mimsy avait tenu à les accompagner, elle ne cachait pas sa tristesse, elle adorait son miel bio mais la vie était ainsi, belle autant que cruelle.

Après un mois de janvier pendant lequel les températures s'étaient radoucies, un regain de froid était survenu le 26 janvier avec un mercure largement dans le négatif. Les causses se figeaient à nouveau dans un silence d'une grande blancheur alors que les journées s'allongeaient déjà. Sans rapport, cela concordait avec une nouvelle envie de Mimsy, celle de faire un terrain de pétanque, sur la partie plate près du verger.

— La pétanque est un moment de détente, le réconfort après l'effort, avait-elle dit au soir du 26, allongée sur la méridienne, à siroter un smoothie à la banane Cavendish.

— C'est comme si c'était fait, ma chérie, avait répondu l'Allemand, qui lui massait les pieds.

Le 27, à l'aube, Bandit et l'Allemand avaient creusé une quinzaine de centimètres de terre sur soixante mètres carrés. Suivant le tuto, ils avaient disposé des madriers pour faire le cadre, posé un géotextile pour limiter la pousse d'herbes et tassé une couche de gros calcaire de sept-huit centimètres. Car un terrain de pétanque ne se faisait pas en un claquement de doigts. En Allemagne, on ne jouait pas à la pétanque. Bandit dirigeait les travaux, sans quoi l'Allemand aurait fait n'importe quoi : ni fait ni à faire.

Le lendemain, le 28 donc, détail d'une haute importance quant à la future enquête de police judiciaire, ils s'étaient fait livrer des graviers, pas n'importe lesquels – tuto oblige –, du six-millimètres de couleur orangée et le livreur les avait aidés à l'humidifier et le tasser toute la matinée. Il était arrivé à huit heures quarante et reparti à douze heures dix-sept selon son futur témoignage auprès des enquêteurs de la section de recherches. Au départ du livreur, l'Allemand et Bandit étaient allés se restaurer dans le logis. Des courges aux herbes de Provence étaient au four ce midi-là. Et Mimsy les attendait aussi avec une dégustation à l'aveugle de sirops, il fallait retrouver la bergamote, le yuzu, le gingembre et la fraise des bois. Ils étaient en train de jouer, quand ils entendirent un moteur de 49.9 et un dérapage. Personne n'eut le temps d'aller voir que Didier débarqua sans frapper, comme une tempête. Didier ne venait jamais au logis. Il entra dans la cuisine, le pantalon détrempé et, tous les trois, des verres à la main, Bandit, Mimsy, l'Allemand, debout autour du billot central, se figèrent dans sa direction. Didier n'arrivait pas à reprendre son souffle, la nouvelle semblait grave.

— Tu vas saloper le sol, s'énerva Mimsy.

Pour une fois, c'était lui qui bégayait. On ne comprenait rien.

— Crache, Didier ! ?! hurla d'anxiété Bandit.

Il n'arrivait toujours pas à parler, il suffoquait. Pour la première fois de sa vie, Bandit vit dans le regard de Didier de la détresse mêlée à de la haine. Qu'était-il arrivé ? Instinctivement, Bandit pensa d'abord à son chien, puis très vite, compte tenu de l'attitude de Didier, il songea tous azimuts à Kevyne, à Bernie, Mamie Lulu, Mongie ou Christian. Il était forcément arrivé malheur !

31

La mare

LE 28 JANVIER, TOUT LE MONDE avait vu Bernie aux environs de huit heures trente puisqu'il était au Central. La fille de Lulu lui avait servi une noisette, il avait validé un quinté et un 2sur4 avec Christian pour la course du soir – sur la machine à huit heures quarante et une –, s'était acheté un paquet souple qu'il avait calé dans une de ses poches de gilet et il était parti, comme quasiment tous les matins. Ensuite, que s'était-il passé ? Une chose était sûre, Bernie était rentré chez lui. Il lui avait fallu un petit quart d'heure. À la louche, il était arrivé à neuf heures. Christian quant à lui était resté au Central pour ne plus y bouger de la matinée.

Le reste de l'histoire tenait sur le témoignage de Didier. Ce 28 janvier, Didier – qui avait définitivement récupéré ses yeux qu'il avait laissés à l'Epsilon – avait levé son cul vers onze heures pour ouvrir les volets de sa bicoque et saluer sa voisine qui binait le potager depuis l'aube.

Comme Mongie, il n'était pas du matin, pas davantage de l'après-midi mais qu'importe, il s'était réveillé et posé devant son bol d'eau bouillante dans lequel il avait versé quelques cuillerées de Viandox. Après un coup de flotte sur le visage, il avait enfilé ses habits de la veille et était allé débiter un tilleul malade, et ce pendant une cinquantaine de minutes. Après quoi il avait souhaité broyer les petites branches. Il avait le broyeur sous la main, un modeste broyeur électrique, néanmoins efficace, mais pas de rallonge. Il avait pris sa mobylette et s'était rendu chez Bernie. Sur la route, dans la descente, il avait regretté de ne pas avoir mis de gants, il glissait ses mains, chacune leur tour, dans son blouson en pensant au froid de gueux qu'il avait connu dans la montagne avec Bandit. Il avait enfilé le chemin blanc que Bandit avait arrangé l'automne dernier en garnissant les ornières de tuiles cassées. Didier était arrivé sous le cèdre aux ailes vert-de-gris et s'était garé à côté du break de Bernie, devant la belle maison de maître. La porte d'entrée était entrouverte, ce qui n'était pas normal en cette saison.

Il avait éteint le moteur. De sa mobylette, on apercevait au travers de la porte entrouverte le lustre en cristal ancien, il était allumé. En s'approchant de la maison, Didier avait appelé Bernie et personne n'avait répondu. Il avait enfilé un des deux petits escaliers qui se tordent pour mener à la porte d'entrée et, à nouveau, il avait gueulé. Merde, s'était dit Didier, le Bernie a claqué ou quoi ? Mais si son cœur avait lâché, il aurait claqué en travers de la porte. C'était logique et du coup c'était louche. Didier avait gueulé à nouveau. Rien. Pour Didier, le silence était devenu troublant. Il avait poussé la porte en grand, l'immense lustre était bien allumé, tout semblait en ordre dans la vaste entrée d'où deux grands couloirs partaient de chaque côté, longue enfilade donnant sur les pièces de vie du rez-de-chaussée. De vie, justement, il n'y en avait pas, ça sentait juste la cire et les pompes du propriétaire, disposées côte à côte sur le carrelage en damier bordeaux et beige. Didier avait pris sur sa gauche, mis une tête dans le salon, éclairé par la luminosité du couloir, puis dans une chambre avec le lit bateau – qu'il avait squatté maintes fois –, enfin une autre chambre avec sa salle de bain. Nada.

De retour dans la grande entrée – d'où le froid rentrait car Didier avait laissé la porte grande ouverte –, quelque chose l'avait interloqué lorsqu'il avait jeté un coup d'œil dans le salon. Du coup, il était retourné sur ses pas pour remettre la tête dans ledit salon, là où il leur arrivait de jouer aux cartes, avec Christian et Bandit, ou Mongie, selon les disponibilités. Dans cette pièce il manquait bien quelque chose, à savoir l'immense tableau, on ne pouvait pas le louper. Didier savait, d'après Bernie, que c'était un tableau de valeur, de l'art contemporain, représentant, autant qu'il s'en souvenait, un grand n'importe quoi de toutes les couleurs, signé d'un peintre coté. Il avait alors allumé pour mieux voir et s'était avancé vers le tableau ou du moins vers le cadran qu'avait formé le tableau sur la tapisserie. Il avait inspecté le reste de la pièce et tout semblait en place, les autres tableaux, les conneries en argenterie sur les meubles, les montres de gousset dans la petite vitrine, tout. Tiens, s'était dit Didier pour se rassurer, ce con de Bernie a changé son tableau de place, ou bien peut-être le restaure-t-il dans son atelier : on s'affole parfois pour rien.

Il était ressorti du salon, avait pris le couloir, était passé dans l'entrée en damier pour rattraper la partie droite de la maison – quand on regarde la façade. C'était la cuisine avec la comtoise qui battait la seconde et sa fameuse La Cornue que kiffait tant Mimsy, et à propos de laquelle Bernie avait laissé entendre qu'il la lui céderait un jour, quand il serait trop vieux pour cuisiner. Pour le moment, la cuisinière était toujours là, ça sentait le café, il y avait un peu de bordel dans l'évier – mais rien à voir avec l'évier de Didier. Sur la nappe en tissu à carreaux qui recouvrait la table traînaient le pilulier de Bernie et le journal télé ouvert sur une page de mots fléchés à peine entamée. Un mot était à moitié inscrit au crayon de papier, Bernie avait sans doute eu une urgence. Sur le billot reposait une corbeille de fruits avec deux oranges, un citron flétri et une demi-banane. Didier avait pensé à la blague qu'aimait faire Bernie, à savoir que tout avait une fin, sauf la banane, qui en avait deux.

Machinalement, Bernie avait ouvert le frigo, ses yeux avaient passé en revue deux tranches de jambon blanc sous cellophane, des yaourts de producteur que vendait Zanette, une barquette de taboulé entamée, du beurre et des harengs fumés sous vide, des câpres, des cornichons aigres-doux et une barquette de margarine pour – ou plutôt contre – le cholestérol. Didier avait remarqué que son frigo à lui puait davantage que celui de Bernie et il l'avait refermé. Putain, avait-il dit tout haut, puis il avait appelé très très fort, deux fois. Seul un silence pour réponse, un silence de mort que le tic-tac de la comtoise amplifiait.

Il restait une pièce dans l'alignement de la façade au rez-de-chaussée, un autre salon qui servait justement d'atelier à Bernie, et dans lequel il aimait faire de l'encadrement ou restaurer des tableaux. La porte était grande ouverte, Didier s'était avancé ; les volets de cette pièce étant fermés, il avait cherché de sa main l'interrupteur en porcelaine. Il avait allumé et soudain un chat avait surgi de sous un meuble. Didier avait sursauté en poussant un cri rauque – peut-être était-il aigu en vérité –, son cœur de cowboy s'était emballé. Saloperie ! C'était Tarkovski, le gros matou de Bernie pourri d'eczéma. En plus, Didier n'aimait pas les chats. Dans l'atelier, il n'y avait ni Bernie ni l'immense tableau – le fameux Grand N'Importe Quoi.

Coupant en deux son récit, Didier respira comme dans *Le Grand Bleu*.

De retour chez Bernie : dans le couloir, ayant un peu honte d'avoir flippé de la sorte, Didier s'était rassuré en se disant que, bien sûr, cet étourdi de Bernie avait mal fermé la porte d'entrée, qu'il avait viré ses pompes, qu'il était allé se mater un film dans son lit sans éteindre le lustre, et qu'avec son casque audio sur les oreilles reçu pour ses quatre-vingts piges, de facto, il n'entendait pas les cris. Didier, en petite foulée, était retourné dans l'entrée – d'où il avait vu Tarkovski se carapater à l'extérieur – pour monter, quatre à quatre, les escaliers jusqu'à l'étage. Une lucarne éclairait l'immense couloir. Parmi les cinq ou six chambres, celle de Bernie donnait plein est car il aimait se lever avec le soleil. Didier s'était avancé. La porte était fermée. Il avait posé la main sur la poignée ronde en bois et un quart de tour avait suffi pour l'ouvrir. Passé le grincement, la lumière du jour éclairait toute la pièce.

La première vision de Didier avait été la télé, qui était éteinte. Il avait passé la tête dans l'encadrement, ça sentait le renfermé. Il y avait des Kleenex usagés sur le parquet au pied du lit dont les draps étaient froissés et la couette recroquevillée sur elle-même. Didier était entré, s'était approché. Quelques secondes avaient suffi pour noter que Bernie n'était pas dans son plumard. Il s'était encore avancé pour tâter la couette, il y avait bien son matériel audio sur le chevet, quelques vieilles cassettes VHS de films jonchaient une peau de bête et ce n'étaient pas des films d'aventures. Le petit coquin, avait pensé Didier en pénétrant dans la salle de bain de la chambre, montée avec des cloisons de briques de verre flouté. Un léger parfum d'eau de Cologne dansait dans la pièce attenante à la chambre, le dentier n'était pas dans le verre, le meuble à pharmacie était ouvert et un gant de toilette séchait sur le rebord du bidet. Didier se voyait dans le miroir piqué de points noirs par le mercure. Il y avait quelques crèmes, des sprays, Bernie était coquet.

Didier était retourné, dépité et inquiet, dans la chambre et il s'était dirigé vers la fenêtre pour aérer ou plutôt pour s'aérer l'esprit car il avait des idées morbides. Un vent glacial s'était engouffré, l'ouverture offrait un large panorama sur le jardin qu'un bois finissait par arrêter, un bois qui faisait partie de la propriété. Il y avait aussi une petite mare, la pellicule de glace faisait miroir et Didier y avait distingué comme une statue qu'on aurait poussée dans l'eau. Étrange, très étrange. Il avait refermé la fenêtre, il était descendu, avait rejoint la cuisine pour passer par l'arrière-cuisine qui donnait sur une pièce sous véranda pour enfin accéder au jardin. L'été, ils buvaient souvent des coups ici. Un courant d'air frais planait dans l'arrière-cuisine. Des jambons pendaient et, chose anormale, une bouteille de vin était brisée au sol, formant une auréole rougeâtre d'un bon mètre de diamètre sur le sol en résine.

Didier avait enjambé la flaque et il avait remarqué qu'habituellement le casier était plein, ou presque, de bouteilles. Là, il en manquait. La porte qui donnait sur l'extension avec la véranda était ouverte, tout comme celle qui permettait de gagner le jardin derrière la maison. Didier était sorti, une centaine de mètres le séparaient de la mare.

32

La pioche

— DIDIER, QU'ALLAIS-TU FAIRE LÀ ? dit Mimsy pour meubler, tant l'ambiance était pesante dans le jardin de Bernie.

— Je l'ai dit, j'avais besoin d'une rallonge, répondit-il avec des tremblotements, dans la gorge, partout.

— …

— Pour brancher ma broyeuse, ajouta Didier d'un regard abattu vers Bandit.

— Vous n'avez pas de rallonge ? demanda sèchement l'Allemand.

— Si, mais pas de quarante mètres, et Bernie en a une.

— En avait une, reprit Mimsy.

Ils se tenaient tous les quatre à quelques dizaines de mètres de la mare où la fine couche de glace était brisée à plusieurs endroits. Une quinzaine de gendarmes tournaient, viraient, autour de la mare, à la lisière du bois, dont deux en combinaison blanche avec des cotons-tiges.

Ils étaient à genoux dans le jardin autour de traces de sang coagulé dans l'herbe, certainement à l'endroit où Bernie avait pris le coup de pioche. On distinguait une mule dans un sac hermétique. Un type s'équipait en plongeur. D'autres étaient dans la maison. Un hélicoptère tournoyait dans le gris du ciel.

Après la terrible nouvelle, ils avaient quitté le logis pour foncer vers la scène du crime. Les gendarmes étaient déjà là puisque Didier les avait appelés de chez Bernie sitôt la découverte.

En s'avançant vers la mare, ce que Didier pensait être une statue s'était transformé en un corps humain, celui de Bernie, le dos à la surface, les bras en croix. Didier avait raconté que le plus glauque de la scène était la pioche plantée dans la nuque. Didier avait essayé d'attraper un pied pour le tirer mais le corps était coincé dans la glace. Une mule lui était restée dans les mains. Il avait avancé à genoux pour tirer le corps par le manche de pioche, mais la glace s'était brisée et Didier s'était retrouvé debout dans l'eau gelée jusqu'à la ceinture. Il avait retiré la pioche qui coulait et poussé Bernie sur la berge avant de le mettre sur son épaule. Connement optimiste, il avait pensé que Bernie allait bouger. Le corps était raide. Ses bras s'étaient ramollis à mesure que Didier ramenait le cadavre dans la maison pour le poser dans le lit bateau de la chambre du rez-de-chaussée. Après quoi, il avait fait le 17 et il avait foncé au logis.

— Je ne sais pas pourquoi, je voulais te voir, Bandit, je voulais que personne d'autre ne t'apprenne ça, dit-il près de la mare.

Didier finissait de raconter son histoire quand un gendarme le pria de le suivre. L'enquêteur avait besoin des moindres détails. On avait affaire à un assassinat, ça ne faisait aucun doute. Bandit était anéanti. Un assassinat ? Bernie ? L'obus avait fini par lui tomber dessus. Mais de quelle façon ? Comment était-ce possible ? Ce n'était pas vrai. Christian et Mongie, qui boitillait – sa cheville ne se remettait pas –, arrivèrent dans le jardin et en larmes. La nouvelle courait déjà au Central, et ils se tombèrent tous dans les bras. Mimsy s'effondra sur Bandit. Christian enlaça Mongie qui avait les bras le long du corps.

— On va le venger, dit l'Allemand entre ses dents.

Bandit le regarda et se remémora les propos de Bernie à l'encontre de l'Allemand, sa « vanlife » à la noix, ses grandes théories à la mords-moi-le-nœud pour un monde meilleur, mais aussi, ces derniers temps, les jugements plus cléments à son égard, bienveillants même. De toutes les façons, tout ça n'avait plus d'importance. Bandit n'arrivait pas à contrôler ses tremblements.

— Il était tout pour moi, dit Mimsy.

Pour moi aussi, pensa Bandit, Bernie était comme une mère.

33

La garde à vue

BANDIT PLISSAIT LE TARBOUIF. Ça sentait fort la transpiration, une odeur vraiment entêtante. Côté déco, les dessins plaqués au mur étaient censés rappeler à celui qui travaillait dans ce bureau que ses enfants pensaient fort à lui, très très fort. Sur les feuilles, il y avait principalement des maisons avec des cheminées, des personnages aux guiboles pas plus grosses que des allumettes, des arbres, des carottes et des cœurs. Bandit, lui, n'avait pas d'enfants.

— Oui, tout-tout tout le monde… m'a-m'a m'appelle comme ça.

— Très bien, dit l'officier pendant que Bandit inspectait la pièce.

Le procureur de la République – carrément, se désolait Bandit – avait chargé un juge d'instruction et mandaté la section de recherches de la préfecture pour mettre au clair cet ignoble drame, irréparable : Bernie, le Bernie de

Bandit, une pioche, par-derrière… Il en tremblait toujours. Une enquête était ouverte pour vol, séquestration et homicide.

Sur le bureau de l'officier, un cadre, une photo, des enfants, sans doute les auteurs des dessins, mais aucun portrait de femme : lui portait-il peu de considération ou s'était-elle barrée ? L'homme en uniforme était dans les âges de Bandit, un poil plus vieux, il avait une belle brioche et une épaisse moustache plus rousse encore que ses cheveux. On apercevait les premiers signes d'une calvitie qui lui grignotait les tempes et le sommet du crâne. Il était attaqué de toutes parts.

Assise de travers à un autre bureau, sa collègue était bien plus jeune et brune. Son visage crispé la vieillissait, comme si elle avait eu peur un jour et était bloquée depuis. Son épais chignon formait une excroissance dessinant un deuxième cerveau. Vêtue d'un jean et d'une polaire, elle était en civil. De temps à autre, elle sentait ses doigts comme si elle avait mangé des crevettes. Avachie devant son ordinateur portable, elle pianotait. C'était peut-être elle, l'odeur.

Cette fois, il ne s'agissait pas d'une simple audition, Bandit était mûr pour une garde à vue. Il faisait partie des suspects, en bonne place dans la ligne de mire de la SR. Didier, l'Allemand et Mimsy avaient droit au même traitement, en ce moment même, dans des bureaux voisins. Bandit comprenait parfaitement pourquoi ils étaient les premiers suspects. Les coupables étaient souvent dans le cercle proche. Les flics faisaient leur boulot.

— Vous en connaissez un rayon, vous, non ? dit le Rouquin dont Bandit saisit tout de suite l'ironie.

— Ben, ben…

— … Ben avec un surnom pareil, ça prédestine, le coupa-t-il.

C'était fort de café, il devenait coupable à cause d'un gros con d'instit. N'empêche, il était bien décidé à coopérer, il voulait qu'on chope l'enculé qui avait fait ça. Avant la garde à vue, ils avaient tous subi une perquisition en règle, les caravanes avaient été retournées, le logis, le portable de l'Allemand, la bicoque de Didier, les domiciles de Mongie et de Christian – fort de son passé de proxénète –, tout avait été inspecté, au peigne fin, dans l'espoir de trouver un indice, notamment le Grand N'Importe Quoi. Bandit connaissait le tableau auquel faisaient référence les enquêteurs, c'était comme si le peintre s'était battu avec sa toile.

De ces fouilles il n'était rien ressorti, les officiers de police judiciaire avaient juste ordonné à Mongie d'arrêter ses conneries. En dépouillant son ordinateur, ils avaient relevé des heures passées sur des sites pornographiques ainsi que des recherches malsaines sur le naturisme et le sadomasochisme. Mais l'affaire Bernie ne relevait pas de sévices à caractère sexuel, d'après les médecins légistes équipés de leurs puissantes lampes. En sus de la perqui, Bandit eut droit à un tour gratuit à l'hosto pour définir auprès d'un service spécialisé la compatibilité de l'état mental de la personne avec la mesure de la garde à vue à venir. Il était apte.

Le Rouquin délivra donc ses droits au gardé à vue et Bandit commença sur son enfance de merde puis son adolescence entre le père de Zanette et le Central, ses différents métiers, la mort de sa pauvre sœur, et enfin sur son mode de vie, entre ses deux caravanes, en marginal.

Il n'avait rien volé. Tout était à lui. Sauf le lopin avec l'étang. C'était au Père Péchot. Il habitait au village, derrière le nouveau stade municipal. Pour l'anecdote et que le flic sache tout, Bandit faisait jadis de la maçonnerie chez le Père Péchot quand celui-ci lui avait proposé le lopin, avec les raccordements en eau et en électricité. En échange, Bandit entretenait le bout de terrain et avait créé un arboretum. C'était un deal, un échange de bons procédés, il paraîtrait même que Bandit était couché sur le testament.

— On y reviendra au testament, dit le Rouquin.

Bandit resta scotché par cette réponse. Alors, se dit-il, c'était vrai.

— Pour finir vos éléments de biographie, vous n'avez pas d'enfants mais avez-vous été ou êtes-vous marié ?

— Non.

— Ou simplement en couple ?

— Non-non non plus.

— Vous êtes formel sur ce point ?

— Je… le-le le jure !

La jeune femme qui pianotait sur son ordinateur se redressa sur sa chaise. C'était mieux pour son serpent spirituel comme pour son hamac. Elle déplaça du même coup son ordinateur de façon à pouvoir regarder le suspect.

Bandit n'ayant ni faim ni soif, ils enchaînèrent. Était-ce pour prêcher le faux afin de savoir le vrai, était-ce pour le déstabiliser ou pour le mettre en confiance, toujours est-il que la stratégie consistait à étaler désormais devant lui tous les scénarios possibles. La victime s'était levée, avait petit-déjeuné d'un café et d'une demi-banane, avait rempli quelques cases du jeu de mots fléchés, avait pris ses médicaments contre la tension et le cholestérol, s'était lavée, pomponnée, habillée – peut-être avait-elle petit-déjeuné après mais peu importait l'ordre – puis elle s'était rendue au Central aux environs de huit heures trente, la noisette, le quinté, le paquet souple, Bandit savait déjà tout ça.

— La fille de la patronne du Central est le dernier témoin à avoir vu Bernie vivant, vous êtes d'accord ?

— Ben, ben, si-si si vous le dites…

— Vous auriez pu passer le voir dans la matinée ?

— J'au-j'au j'aurais pu, mais non.

Mais il le regrettait, Bandit en fit part, il serait tombé sur ces salauds, il leur aurait fait passer le goût du pain, et le reste.

— Bravo, dit le Rouquin.

Il se fout de ma gueule, comprit Bandit quand un homme dégoulinant, une mallette au bout d'un bras, entra dans le bureau sans frapper. Bandit reconnut tout de suite Prunier. L'avocat était connu comme le loup blanc dans le canton. Il venait au Central, les poches pleines de liasses, c'était le roi de la tournée générale, il visait la mairie. Juriste de père en fils, Prunier était né gros et il l'était resté. Avec sa coiffure de sénateur du Second Empire, il s'était bâti une solide réputation de crapule officielle. Avocat de la veuve et de l'orphelin, il tringlait ou se faisait sucer par ses clients ou clientes dans le besoin – qui sait, peut-être que la mère de Bandit en fut ?

À bout de souffle, le flasque avocat s'excusa pour son retard. Compte tenu du profil de Bandit, le procureur avait cru bien faire en envoyant un avocat à la garde à vue. Et Prunier était dispo donc commis d'office. Le Rouquin fit la moue et son adjointe se releva pour dire que Bandit n'avait pas souhaité être assisté d'un avocat. Elle se tourna vers le suspect et Bandit confirma – c'eût été un autre, à la limite, mais pas lui. L'adage comme quoi il valait mieux être seul que mal accompagné trouvait une résonnance. Par conséquent, basta. Il était difficile le lire dans la myopie de maître Prunier mais celui-ci remballa ses gaules sans moufter.

Le Rouquin reprit le fil en espérant que son interlocuteur passe vite à table. En attendant, il s'agissait d'exposer le cambriolage qui avait mal tourné. La victime était revenue à son domicile vers neuf heures du matin. Elle avait ouvert sa porte d'entrée, allumé le lustre et, compte tenu du froid, avait aussitôt refermé la porte. La victime avait accroché les clefs au tableau mural, ôté ses pompes pour enfiler ses mules, puisque c'était chaussée d'une mule qu'elle serait retrouvée dans la mare. Une ou des personnes seraient entrées derrière elle, l'auraient neutralisée, en lui bandant peut-être les yeux. Des traces de contusions sur les bras et le corps montraient qu'elle s'était défendue – d'où la poursuite pour séquestration. Elle avait même du sang sous des ongles, autant de traces ADN parties au labo. Le Bernie de Bandit ne s'était pas laissé faire et l'interrogé dit à l'enquêteur qu'il était fier de ça. L'autre flic qui notait releva sa tête de l'ordi pour le dévisager, après quoi elle eut un sourire forcé.

Ils imaginaient toujours. Les auteurs du forfait étaient au moins deux et peut-être un troisième qui attendait dans un véhicule garé non loin. Au village, on avait vu un J9 rôder tôt dans la matinée, il était blanc avec des traces de doigts sur la crasse de la carrosserie. Autre possibilité, les types – car on imaginait davantage des hommes – auraient pénétré dans la maison en l'absence de Bernie puis auraient commencé par décrocher un tableau de valeur, le Grand N'Importe Quoi, mais n'auraient touché à rien d'autre, sinon peut-être, et dans la précipitation, des bouteilles – Bernie avait pourtant beaucoup de choses de valeur, d'autres toiles par exemple. Le flic en concluait que, selon cette thèse, ils avaient été dérangés, précisément par Bernie, qui serait parvenu à s'échapper, après quoi il aurait été rattrapé dans le jardin par son agresseur. Il aurait pris au passage une pioche sous la véranda. Le coup dans la nuque avait dû être porté à quelques mètres de la mare. En titubant sur un ou deux pas, la victime aurait fini son chemin dans l'eau, brisant la fine couche de glace. Il n'était pas mort sur le coup, le légiste avait trouvé un peu d'eau dans ses poumons. Toutefois, l'autopsie indiquait qu'il serait mort de toute façon. S'achevait la thèse grosso modo du cambriolage qui avait mal tourné.

Bandit se permit de dire qu'on ne tuait pas les gens comme ça, pour un tableau ou autre chose.

— Sauf que, en les dérangeant, en se débattant, votre ami a dû voir le visage de ses cambrioleurs, alors il est devenu le témoin essentiel, l'individu à éliminer, précisa le Rouquin.

Ça se tenait pour Bandit qui préférait la thèse selon laquelle les types étaient déjà à l'intérieur de la maison et qu'ils avaient été dérangés par l'arrivée de Bernie.

— On y arrive…, se félicita le flic. La véranda qui donne sur le jardin à l'arrière de la maison s'ouvre de l'intérieur et aucune ouverture n'a connu d'effraction. Dans ce cas-là, il faudrait que votre ami ait laissé un double des clefs à quelqu'un…

Bandit anticipa la question suivante en expliquant qu'absolument personne, non, personne n'avait un double, Bernie tenait trop à ses affaires, son capharnaüm était une chasse gardée.

— Pas même à vous ou à la propriétaire du logis ?

Pour le double des clefs concernant Mimsy, Bandit ne pouvait pas le certifier – l'enquêteur n'avait qu'à le lui demander ! – mais en doutait fortement. Bernie la couvrait de cadeaux, Mimsy était devenue une proche mais Bernie n'avait aucune raison de laisser un double.

— On est d'accord, dit le Rouquin, d'autant que la victime n'a pas fait faire de double de clefs à son nom dans les cent kilomètres à la ronde… Dans ce cas…

Dans ce cas, on se rapprochait d'une séquestration et d'un homicide prémédités.

Baladant Bandit, le Rouquin continuait d'échafauder son scénario. Tout indiquait que le tableau avait été volé à cette occasion et surtout que les voleurs en connaissaient l'existence. Alors oui, Bandit confirma qu'il connaissait l'existence de ce tableau – pas vraiment sa valeur –, et plus largement tous les tableaux de Bernie, il avait toujours une histoire pour chaque toile, pas l'histoire du peintre, mais celle relative à la trouvaille du tableau, lors d'une brocante ou ailleurs. Des larmes montèrent aux yeux de Bandit en repensant à Bernie. Concernant la bouteille cassée, le flic en concluait qu'un agresseur s'était servi en partant, à la va-vite, en laissant tomber une quille.

— C'étaient peut-être des pi-co-los…

Ce soupçon était gratuit, Bandit se sentit visé.

— Mais oublions les clefs, le tableau, les bouteilles, c'est anecdotique si je puis m'exprimer ainsi, dit le Rouquin à présent debout, les mains sur les reins.

Anecdotique, se répéta Bandit. Comme perclus de crampes, le Rouquin sortit de la pièce sans explication et son adjointe s'arrêta de taper sur son clavier pour retirer une baguette de son chignon. Dans un mouvement de tête, ses cheveux se libérèrent, décuplant le volume à la façon de ces nouvelles toiles de tente qui se déploient quand on les lance.

Le Rouquin laissa la porte ouverte, renouveler l'air n'était pas du luxe, et Bandit entendit : « J'emprunte la pioche cinq minutes ! »

34

L'héritage

[illegible]

[illegible] type, avec son [illegible].

Le [illegible] posa la pioche aux pieds de Ramdi pour qu'il puisse admirer l'arme du crime.

— Admire donc l'alpiniste.

34

L'héritage

Le Rouquin avait dû prendre le temps de se faire un café et une clope, et peut-être même d'autres choses, car il mit des plombes. L'autre, celle qui semblait avoir mangé des crevettes, ne décrochait pas un mot. Elle paraissait réfléchir et Bandit commençait à en avoir plein le derche quand le Rouquin réapparut enfin avec un sac en plastique transparent scellé. D'un coup d'œil, Bandit reconnut sa pioche. Didier n'avait pas osé le lui dire. C'était bien son outil qui avait fini dans la nuque de son ami et qu'un plongeur de la SR avait facilement retrouvé dans le mètre d'eau de la mare, sous les brisures de glace. Bandit sentit soudain la grande injustice de l'Histoire lui fondre dessus, à la Dreyfus ou comme l'autre type, là, avec son nom breton.

Le Rouquin posa la pioche aux pieds de Bandit pour qu'il puisse admirer l'arme du crime.

— Alors ? dit l'adjointe.

Bandit entendait pour la deuxième fois le son de sa voix. Et ce fut comme un coup de poignard. Un instant, il regretta de ne pas avoir demandé au gros Prunier de rester. Les deux enquêteurs le prenaient en étau pour l'asphyxier. Bandit se persuadait qu'ils avaient orchestré tout ça, comme dans un jeu de rôle. Alors ? Alors oui Bandit reconnut que c'était sa pioche, qu'il y avait d'ailleurs un B gravé dans le manche car les outils on les prêtait et après walou, on ne les revoyait pas. Alors oui, forcément, Bandit avait laissé de l'ADN sur le manche avec tout ce qu'il avait planté ces derniers temps au logis. Et s'il en croyait le témoignage de Didier, les résultats d'analyses devraient aussi trouver les siennes. Bandit précisa qu'il avait acheté cette pioche à une brocante, Bernie avait d'ailleurs voulu la lui offrir, mais il n'était pas un mendiant (il se trompait, c'est Christian qui avait voulu la lui payer, mais ça ne changeait pas la face du monde).

— Le pic est drôlement bien aiguisé, dit le Rouquin qui était retourné s'asseoir derrière son bureau, à griffonner sur un sous-main calendrier.

L'odeur de sudation s'était dissipée. Elle ne venait pas d'eux, sans doute d'une personne qui les avait précédés dans ce bureau, à moins que Bandit ne s'y soit habitué. Quant à la pioche, Bandit entretenait parfaitement ses outils. Il ne pouvait le dire autrement. Ils avaient dû le constater en perquisitionnant son domicile, notamment la cabane jouxtant le potager, qui lui servait d'atelier.

— Plusieurs témoignages d'amis (le Rouquin insista sur le dernier mot) concordent : vous savez planter votre pioche dans une cible comme personne, avec une prise d'élan au-dessus de votre tête… et la pioche fait l'hélicoptère…

Les yeux de Bandit sortirent de leurs orbites.

— Un peu comme un lanceur de poids, si vous préférez.

Bandit ne préférait ni la métaphore ni la comparaison. Il songea surtout au témoignage de ses amis.

— Dites-moi, où était cette pioche avant d'atterrir dans les mains du meurtrier ?

Bandit s'attendait à cette question. Elle le taraudait déjà tandis qu'il répondait à la précédente. Et il ne savait plus. Il la pensait davantage chez lui ou au logis que chez Bernie. Bernie la lui avait-il empruntée dernièrement ? Il était incapable de répondre avec exactitude mais il se permit de dire que s'il avait eu l'étrange idée de tuer son ami, il aurait eu l'intelligence de ne pas prendre ses propres outils.

— Oh, parfois, Bandit, dans la précipitation, on fait des choses, des choses irrationnelles... un coup de sang, une folie, ça arrive...

Cette missive était du Rouquin, qui continuait à gribouiller sur le calendrier de son bureau.

— Le tout est de savoir ce que vous faisiez le matin du 28, entre neuf heures et midi.

Bandit était donc avec l'Allemand, au logis, à préparer le boulodrome en vue des beaux jours. C'était une idée de Mimsy, pour la décontraction, le réconfort après l'effort.

— Oui, les trois principaux protagonistes, principaux suspects, les trois ensemble..., sourit le Rouquin.

Et soudain, Bandit songea au livreur. Le livreur des six tonnes de graviers de six millimètres. Il était resté toute la matinée pour les aider à étaler. Au râteau !

— Ça-ça ça fait les-les abdos !

Le Rouquin se regarda la brioche pendant que Bandit expliquait en outre qu'on avait saupoudré du ciment entre le gros calcaire et le six-millimètres. Le terrain n'en serait que plus stable. Voilà son alibi. Et il faisait plus de cent dix kilos avec sa carcasse de deux mètres. Oui, en ratissant, ils avaient blagué, parlé de choses et d'autres, et le livreur avait donné son poids. Bandit dut balancer les coordonnées du type.

Les flics se regardèrent et la femme se leva pour sortir de la pièce en laissant elle aussi la porte ouverte. Elle avait les jambes arquées. Le Rouquin alla se mettre devant l'ordinateur de sa collègue. Pendant ce laps de temps, Bandit se dit que l'innocence, parfois, ne tenait pas à grand-chose : un foutu livreur de graviers. Imaginons que le type livre la veille ou qu'il ne reste pas à aider… Bai-sé.

— Donc vous êtes restés tous les quatre ensemble l'intégralité de la matinée ? Personne ne s'est absenté ?

Bandit demanda au Rouquin de répéter sa question car au même moment, il avait vu l'Allemand – habillé – passer dans le couloir, encadré de deux gendarmes, dont un chauve qui avait le porte-holster à l'épaule. L'Allemand avait tourné la tête et les regards abattus s'étaient croisés. Le Rouquin réitéra, Bandit réfléchit et confirma qu'ils étaient bien tous ensemble au logis, de neuf heures à midi. Seule Mimsy s'était absentée en toute fin de matinée, il lui semblait qu'elle était descendue au village chercher du tabac, et qu'elle était ensuite partie une demi-heure à la cueillette.

— Ohhh, à la cueillette, comme c'est mignon… Au mois de janvier, vous blaguez, Bandit ?!

— Pas-pas pas du tout…

On la ramassait quand la doucette nez de bœuf ?

— Et les-les les oignons, les-les les poireaux ?

Le flic avait voulu faire son malin, or les veloutés de Mimsy étaient à tomber. Fallait que le Rouquin sorte de son appartement de fonction. Et les kakis, pardi ? C'était d'ailleurs la cueillette de Mimsy le 28 au matin, sur le plaqueminier enraciné dans le coteau est du domaine. Elle leur avait expliqué à son retour, tandis que des courges rôtissaient, l'apport en provitamine A de ces fruits nippons.

— Vous déclarez que votre amie s'est donc absentée de onze heures et demie à midi, récapitulait l'enquêteur.

Onze heures et demie… onze heures et demie… Bandit n'avait pas de montre, peut-être onze heures, après tout. Quand on travaille, on ne voit pas le temps passer. Bandit raconta qu'un jour il s'était rendu compte qu'une heure durait quarante minutes quand il était à la chasse, et que lorsqu'il ne branlait rien, ça durait une heure vingt. Le flic le regarda la bouche entrouverte, la Brune revint et ferma derrière elle. Le Rouquin retourna à sa place et l'adjointe se remit à son ordi en apportant sa pierre à l'édifice.

— J'ai eu le livreur, il confirme, il a passé toute la matinée avec eux, seule la propriétaire s'est barrée mais en toute fin de matinée et, selon les résultats de l'autopsie, le meurtre a eu lieu entre neuf heures et dix heures…

Le Rouquin prit la parole sans attendre la fin.

— Quoi qu'il en soit, je ne peux pas imaginer qu'une femme seule, une femme-enfant par ailleurs, ait pu donner ce coup de pioche…

L'expression femme-enfant interloqua Bandit. La Brune fut aussi surprise.

— Et le suspect numéro quatre ? dit-elle.

— Ce crétin qui a déplacé le corps a été aperçu par la voisine une bonne partie de la matinée, la victime avait déjà expiré…

Bandit reconnut qu'on parlait de Didier. Il sentait la fin de la garde à vue approcher. Ils semblaient tous hors de cause grâce à ce foutu livreur et à la voisine de Didier.

— Et l'autre cowboy n'a aucun intérêt dans cet assassinat ! ajouta le Rouquin.

— À qui profite le crime, monsieur Bandit, je vous le demande ? dit la Brune en le fixant intensément.

Et à partir de ce moment-là, enfoncé dans sa chaise, Bandit apprit de la voix de l'enquêteur que Bernie avait couché Mimsy sur le testament, et ce quelques semaines auparavant.

— Petit héritage sympathique, précisa la Brune en se mettant à vapoter.

— Quelles étaient les relations entre Mimsy et la victime ? demanda le Rouquin.

Bandit répondit sincèrement qu'ils s'aimaient au sens platonicien du terme, mais beaucoup de choses se mélangeaient dans la tête de Bandit (où Mimsy et Bernie se disaient oui devant un curé, un pantalon blanc, des bisous sur le front… Un sacré bordel là-haut dans sa caboche). Finalement Bandit trouvait ça heureux, puisque Bernie n'avait pas de famille. Autant que ses biens reviennent aux gens qu'il aimait. Et puisqu'il adorait Mimsy... Toujours est-il que les deux enquêteurs trouvaient ça louche, estimant que ce crime profitait, de but en blanc, à Mimsy.

— Et à vous Bandit ! dit le Rouquin.

— … ?

— Puisque la future victime, devant le notaire, avait tenu à vous léguer un tableau au cas où vous seriez un jour dans le besoin.

La nouvelle le paralysa.

— Avec ce tableau, vous pourriez bien vous offrir une vingtaine de caravanes, se permit la Brune sans bouger le regard de son écran.

En plus de vapoter, elle était chiante, cette enquêtrice, avec ses insinuations. Bandit ne voyait pas ce qu'il aurait pu faire d'une vingtaine de caravanes, ni où il aurait pu les entreposer. Et puis au bout d'une seconde à peine, il comprit l'image. D'abord, il expliqua qu'il n'avait jamais été intéressé par l'argent, que les clients du Central pourraient en témoigner. Ce tableau, il se contenterait de l'accrocher dans sa caravane, celle qui lui sert de séjour, pour en profiter le plus possible.

— Problème, l'arrêta le Rouquin. Le notaire certifie que c'est le tableau volé.

— Avait-il l'habitude de vous offrir des choses ? demanda la Brune.

Un sévère coup de mou s'empara de Bandit. Mais il prit sur lui pour répondre au mieux. À part des bricoles pour ses anniversaires, une bible pour ses cinquante ans, *Les plats qui font péter* l'année précédente, Bernie ne lui offrait rien, Bandit reconnut simplement qu'il lui épongeait quelques ardoises au Central, quand Bandit forçait. Le plus souvent, ces notes étaient réglées à cinquante-cinquante avec Christian.

Les questions des enquêteurs fusaient désormais comme des flèches. Ils remettaient sur le tapis l'importante dose de somnifères retrouvée dans le sang de l'Espagnol, insinuaient une jalousie féroce entre l'Allemand, Bernie et Bandit au sujet de Mimsy. Bandit apprit que des témoignages de personnes – qui resteraient anonymes – concordaient sur le fait que Mimsy lui avait mis le grappin dessus. Avec le grappin, l'image du grimpeur, des dégaines et du cœur lui revinrent à l'esprit. Les gens au village disaient que Bandit n'était plus le même depuis l'arrivée de Mimsy, qu'il avait perdu la tête, qu'il était devenu fou, enfin, fou d'elle. Bref, disposé aux basses œuvres…

En définitive, Bandit avait un mobile. Tout comme l'Allemand et Mimsy. Tout cela était suspendu à du cul et à du fric, comme quatre-vingt-dix-neuf pour cent des affaires criminelles.

— Bon, parfois, on a du conflit de voisinage qui dégénère ou des bandes rivales, encore que, quand on gratte, on trouve encore du fric ou du cul, ajouta le Rouquin.

Désormais, compte tenu de l'alibi avec la présence du livreur, les enquêteurs envisageaient du bout des lèvres un meurtre commandité. Commanditer un meurtre, Bandit voulait bien, mais encore fallait-il avoir de l'argent, ils étaient tous fauchés – même l'Allemand commençait à tirer la langue –, on rafistolait de bric et de broc, tout tenait justement à la générosité de ce malheureux Bernie. Ils n'allaient pas le tuer !

Le Rouquin pensait beaucoup à l'Allemand, Bandit aurait pu le couvrir, par peur. Mais le livreur était formel… Ça aurait bien arrangé Bandit que ce soit l'Allemand, l'assassin… On tiendrait un coupable et l'Allemand serait en zonzon. Mais ce n'était pas lui. Ou alors il avait un don.

— Du-du, bi-bi, quité.

Le Rouquin sentait que Bandit était à plat.

— Encore quelques informations sur l'environnement et on te lâche, Bandit.

Il le tutoyait désormais, on le tutoyait facilement. Concernant les pratiques au logis, les gens du village n'avaient pas tout à fait tort d'évoquer des bizarreries. Là-haut, Mimsy et l'Allemand faisaient du woofing et vivaient à poil, du moins pour le moment à l'intérieur.

Bandit laissait dire l'enquêteur et n'en rajouta pas en parlant du sadomasochisme, l'Allemand comme Mimsy ne le lui pardonneraient pas. Bandit se fit juste un petit plaisir à décrire les bourses de l'Allemand, autant être transparent. Aussi, c'est vrai, il arrivait à Mimsy d'éloigner les sorcières et de conjurer les mauvais sorts avec du fenouil ou de l'eau de bouleau. Madiba était de bon conseil en la matière, de très bon conseil même.

— Madiba ? dit le Rouquin.

— Maî-maî Maître Madiba.

— C'est qui, ça ? dit la Brune.

— On va l'entendre, se promit le Rouquin.

La Brune acquiesça en refaisant son chignon. Bandit, lui, se dit que c'était pas joli-joli d'avoir balancé de la sorte. Mais le marabout était un fumier, sans foi ni loi.

— Dernière chose, Bandit, reprit le Rouquin avec sa grosse moustache, là.

— Oui ?

— On n'arrive pas à mettre la main sur un certain Kevyne… Un vagabond, un jeune homme qui créchait chez vous apparemment, un certain Kevyne dont les parents vivent dans le Nord.

Bandit répondit qu'il ne l'avait pas vu depuis un bail tout en se demandant ce que Kevyne venait faire là-dedans. Le Rouquin s'expliqua.

— En allant au tabac, le matin du drame, votre amie Mimsy l'a aperçu traîner dans les parages.

Qu'est-ce que Kevyne pouvait bien foutre dans cette histoire ? Bandit voulait bien prêter toutes les saloperies du monde à Kevyne, mais pas la mort de quelqu'un, encore moins celle de Bernie. Il se rappelait parfaitement la brouille entre Kevyne et Bernie, chez lui, pour son anniversaire, et il fallait qu'il en fasse part avant que quelqu'un d'autre n'en parle. Tout comme la kleptomanie de Kevyne et la bite dans sa bible. On ne pouvait pas lui faire confiance. Certes. Mais il n'était pas un criminel, ça non. La Brune nota et le Rouquin se gratta le nez bien profond.

— Et les gens du village appuient sur le fait que le Kevyne copinait avec des Arabes ces dernières semaines, précisa-t-il en roulant quelque chose entre le pouce et l'index.

— Ah ?

— Ce qui corrobore le témoignage de la propriétaire du logis..., ajouta l'enquêteur.

Les Arabes peut-être, se disait Bandit, il ne les connaissait pas, mais pas Kevyne, non. C'était en tout et pour tout ses explications et son intime conviction. D'un tic, le Rouquin grimaça, laissant apparaître une dent en moins, au milieu de la rangée du bas. À présent, il fallait que Bandit lise tout et qu'il signe la dernière page. En attendant, le procès-verbal dégueulait de l'imprimante.

35

Les jumelles

BANDIT TOURNA LE ROBINET, avança ses mains sous l'eau et les ramena d'un coup sec sur son visage. La fraîcheur le gifla. Il prit ensuite une serviette, s'essuya énergiquement puis se fixa quelques secondes en s'approchant du miroir. Il écarquilla les yeux en se persuadant qu'il n'avait pas un visage d'assassin.

L'affaire prenait une tournure qui dépassait largement son périmètre. De fait, du Central à la place de l'église, du comité des fêtes à la supérette, tout le monde évoquait « l'affaire de la pioche dans la nuque », titre d'un médiocre article pourri de fautes et d'un encadré allusif intitulé « Un Bandit en garde à vue ». Mais plus encore, tout le département était au jus. Et la rumeur avait très vite couru que c'était la pioche de Bandit et d'ailleurs ce n'était pas une rumeur. On ne parlait plus que de ça, de toute cette affaire de crime abject sur une personne âgée sans défense. Dans toute la vallée, chacun devenait le suspect d'un autre.

Un fait-diversier – et astrologue pour le même journal – s'était installé au-dessus du Central pour couvrir l'affaire. Il privilégiait pour le moment la piste des mots fléchés inachevés. L'ambitieux conseiller cantonal était même passé à la télé, jurant que toute la lumière serait faite sur cet inqualifiable homicide et que, s'il le fallait, l'Élu enquêterait lui-même. L'altruisme n'avait plus de limite. Bandit connaissait le gugusse. L'an passé, pas plus loin, le Sortant avait sollicité le Didier et le Bandit pour coller de l'affiche. Didier avait fait un doigt et la discussion s'était arrêtée là – au doigt.

Les principaux intéressés, quant à eux, étaient soudés comme jamais et le capitaine de gendarmerie leur accordait désormais le droit de se revoir. Ils avaient délivré la même version des faits, l'alibi du livreur était en béton et les laisser se revoir et échanger permettrait peut-être des fuites qui feraient avancer l'enquête, dans la mesure où le coupable se trouverait dans ce champ d'investigation. Ils avaient notamment été mis sur écoute, mis à part Bandit qui n'avait pas de téléphone.

Ainsi, au lendemain des gardes à vue, l'Allemand, Mimsy, Didier et Bandit se remettaient de leurs émotions au logis, et attendaient le notaire qui voulait les voir de toute urgence, surtout Mimsy et Bandit. Ce n'était pas la peine de se rendre à son étude, pour le moment, ils n'avaient rien à signer, le notaire voulait juste leur dire une chose qui avait son importance. Ce fut l'expression de l'homme de loi au téléphone. Alors ils attendaient le notable en s'émouvant de voir que, près de la cheminée qui crépitait, Mojito s'était assoupi entre les pattes de Nelson.

— Les animaux sentent les choses, sanglota Mimsy.

Ce que Bandit savait déjà. Didier n'y prêta pas attention, il ne prêtait plus attention à rien, il n'avait jamais repris de couleurs depuis le drame, comme atteint de jaunisse. Bien que n'ayant pas découvert le corps, l'Allemand n'était pas mieux, il avait la gerbe.

— Je n'aimais pas Kevyne, désormais je le hais, ajouta Mimsy dans les volutes de sa tasse de thé.

Personne n'avait encore évoqué son nom depuis les gardes à vue. En cela, Mimsy crevait l'abcès.

— Mais qui est cette grosse merde ? déclara l'Allemand en proposant quelque chose de fort – le moment s'y prêtait.

Mimsy préférait en rester au thé mais Didier et Bandit validèrent.

— Tu ne te doutes de rien toi, mon Bandit ? reprit Mimsy. C'est quoi cette histoire de brouille entre Bernie et Kevyne à ton anniversaire dont m'ont parlé les gendarmes ?

Bandit gardait le silence ; décidément, désigner Kevyne était aller vite en besogne. C'est Didier qui répondit.

— Trois fois rien… Mais Kevyne partait de plus en plus en vrille… Avec la drogue qu'il prenait, qui sait ?

— Et ses fré-fré fréquentations…, balbutia Bandit.

Il ajouta qu'on ne pouvait pas l'accuser sans preuve. Les glaçons tombèrent dans les verres et ce fut au tour d'un liquide épais et doré de les faire claquer un à un. Kevyne en prenait pour son grade quand le notaire arriva enfin, en complet fripé et sans sacoche. Bandit et Didier le connaissaient depuis longtemps. Il venait à une époque au Central pour jouer aux échecs avec le père de Zanette. Il avait désormais l'âge de ses artères mais continuait d'exercer. Toujours le premier sur les bons coups, il s'était constitué un patrimoine immobilier notable. Dans la grande cuisine du logis, le notaire avait l'air gêné aux entournures. L'Allemand le pria de s'asseoir et lui demanda s'il voulait également prendre un Jack. Le notaire remercia et refusa mais accepta volontiers la chaise qui lui était promise.

— Je ne sais pas si vous tenez à ce que vos amis écoutent, lança le notaire en s'adressant à Mimsy et à Bandit.

— Nous n'avons rien à cacher, dit Mimsy en s'accrochant à Bandit.

L'Allemand prit quand même la décision de sortir pour s'aérer.

— Bien, alors excusez la forme de mes propos mais n'y allons pas par quatre chemins : je viens vous dire qu'il y a du nouveau dans le dossier de la succession. Ce matin, deux femmes se sont manifestées auprès de ma personne.

Mimsy serra nerveusement le bras de Bandit. On voyait l'Allemand derrière la fenêtre.

— Elles affirment être les enfants de la victime…

Mimsy se mit la main sur la bouche et chacun attendit qu'il poursuive.

— Le défunt les aurait eues jeune, il ne les aurait pas reconnues, mais elles l'auraient tracé si je puis dire… D'après elles, il était au courant de cette paternité… Bon faut être…

— Des enfants ! ? reprit Mimsy.

— Oui, deux sœurs, des jumelles…, dit le notaire.

— En plus ! dit Didier.

— Pfff, fit Mimsy en faisant valser ses accroche-cœurs, après quoi elle fit un signe à l'Allemand pour lui demander de revenir.

Le notaire tendit sa main droite comme un petit salut nazi pour les rassurer.

— Restons prudents…, dit-il avec l'accent grave d'un politique. Ça arrive parfois, les gens se font des films et ça fait pschitt… On va faire les tests… On ne revendique pas un héritage d'un claquement de doigts…

Tout le monde se tut.

— Mais les dénis de paternité, ça existe aussi…

— Elles paraissent sérieuses ? céda Mimsy.

— Écoutez, elles ne me paraissent pas délurées ou déséquilibrées si telle est votre question, mon rôle pour l'instant consiste à vous informer de la situation.

L'Allemand revint dans la cuisine.

— C'est tout à fait normal qu'elles se manifestent, c'est la loi, dit Mimsy un peu gauchement.

— Je crois que c'est très bien que vous le preniez ainsi, aussi je dépasse cette fois un peu mon rôle mais elles m'ont chargé de vous dire qu'elles seront aux obsèques…

Bandit, l'Allemand et Mimsy se regardèrent. Didier, accroupi, caressait Nelson.

— Personne ne peut le leur interdire… Toutefois elles ont pris les devants en contactant le curé pour avoir une messe…

Tout le monde savait que Bernie n'en avait rien à carrer, de la religion, encore qu'il n'eût laissé aucune volonté sur ce point dans son testament.

Le notaire braqua son regard sur Mimsy.

— Chère madame, les tests de paternité n'ont pas encore parlé… Vous êtes la légataire, vous pouvez vous opposer à cette messe.

Mimsy hocha la tête de gauche à droite.

— Très bien, c'est noté, dit le notaire en se levant.

— Merci, balbutia Mimsy.

— Et par ailleurs, n'ayez crainte, il avait un contrat obsèques chez Roc Eclerc, la totale.

36

À guichets fermés

ZANETTE FERMAIT exceptionnellement la supérette à quatorze heures. Bandit accéléra pour se trouver des pompes dignes d'un enterrement. Son choix se porta sur des mocassins noirs en skaï à scratch dont il savait pertinemment qu'il ne les reporterait pas.

À la caisse, il y avait une femme devant lui. Elle tenait un bébé dans les bras. Il n'aurait pas su dire s'il s'agissait d'une fille ou d'un garçon. Le nouveau-né était tout frais, quelques semaines à peine, la maman en était fière. Il ouvrit ses petits yeux en amande, presque des yeux de lézard. T'imagines pas ce qui t'attend, pensa Bandit. La femme et son enfant s'éclipsèrent avec leurs courses. Suivant le tapis roulant, Bandit arriva en face de Zanette.

— C'est horrible ce qui se passe, dit-elle en scannant le code-barres.

Il retrouva Zanette une demi-heure plus tard sur le parvis de l'église, dans une tenue sombre, à côté du nabot, de Mamie Lulu et de sa fille. Bandit, dissimulé derrière les lunettes de star de feu l'Espagnol, se planta à côté de Didier, de Christian dans son plus beau costume et de Mongie qui sentait l'anis. Soudain, des gens s'écartèrent sur le passage de Mimsy et de l'Allemand.

— Avec les jumelles, ben la maison, les tableaux, les bibelots et tout le tralala, Mimsy l'a sacrément dans le baba, chuchota Christian à Mongie.

Bandit entendit parfaitement et sortit la tête de l'enfilade pour le montrer.

— Pas une miette, rien, répondit Mongie.

Bandit enragea ; ce n'était pas le lieu de ce genre de sortie gratuite. Didier, lui, semblait toujours ailleurs, il n'était pas redescendu sur terre, comme revivant sans cesse la scène du crime. Mimsy et l'Allemand étaient désormais à leur niveau. Lui avait attaché ses cheveux blond filasse avec un élastique sur le haut de sa tête. Cet étonnant catogan-palmier n'arrangeait rien aux soupçons que la population faisait planer sur lui, car il était admis qu'il avait fait le coup avec Bandit. Quant à Mimsy, malgré des larges lunettes noires qui lui bouffaient tout le visage, elle était d'une beauté suprême.

De minute en minute, la place se remplissait. Bandit reconnaissait beaucoup de visages. Des groupes se formaient mais personne ne s'approchait du sien. Possible meurtrier, Bandit sentit que, pour la première fois, il n'était plus la risée. Les gens le prenaient au sérieux. Il aperçut au loin les deux enquêteurs en civil qui l'avaient pressé comme un citron. Deux femmes arrivèrent avec le notaire et la mairesse. Elles avaient la soixantaine. Elles se ressemblaient, non pas comme deux gouttes d'eau, mais la taille, la forme du visage et les expressions avaient quelque chose en commun. Un test était en cours mais vu la tronche des jumelles, c'était réglé. Bandit se rappela Bernie, lorsqu'il parlait de ses ébats de jeunesse, se vantant d'avoir un deux-coups. Était-ce pour ce fait d'armes ?

Le curé s'approcha d'elles, leurs sourires de circonstance dissimulaient une dentition imparfaite. Les chuchotements tenaient sûrement au programme de la cérémonie. Et le corbillard arriva dans le froid et le silence.

Avec un meurtre, l'église était à guichets fermés. S'y trouvait même l'assassin du père de Bandit. Le Central était aussi scindé entre les pro-Bandit et les anti-Bandit, les premiers estimant que c'était un bougre sympathique qui ne ferait pas de mal à une mouche, les autres ayant toujours estimé que sa vie de cas social alcoolique conduirait, à un moment ou un autre, à un drame de la sorte. Et le cancan n'avait pas tardé à dégouliner du Central, tout le monde racontant l'avoir vu à une brocante en train de faire l'hélicoptère avec la pioche qui alla se planter dans un arbre. Même ceux qui n'y étaient pas l'avaient vu. Eux, ils le juraient sur la tête de leurs enfants, affirmant que Bandit avait visé quelqu'un et non un arbre. Toujours est-il que le Central s'était posté à gauche, derrière le cercle de Mimsy, et tous les curieux des environs à droite, derrière les jumelles. Dans une salle des fêtes, chacun aurait chanté le plus fort, à bâbord et à tribord. Mais il s'agissait d'un enterrement.

Derrière l'équipe du logis, si tant est que Didier, Mongie et Christian en faisaient partie, le second rang était vide. Le curé commença sa petite messe et le public chanta par intermittence. Seul Mongie fit dans les aigus. Le prêtre préféra épiloguer sur le crime vil plutôt que de s'étendre sur la vie de Bernie, pas vraiment pieuse. Mais les jumelles avaient souhaité une messe pour leur supposé père, alors le curé invoqua tout de même le pardon, la miséricorde, et des choses dans le genre.

Il était prévu que Christian dise un mot ou deux. Il confia sa casquette à Bandit, et tituba pour rejoindre l'autel à côté duquel se dressait un pupitre. Il se mit derrière, ajusta le micro et se gratta la gorge. Bandit songea qu'il fallait être courageux pour se coller au discours et que c'était du rang de Christian.

Il bégayait moins que Bandit. Ce fut très beau. Il termina en faisant référence à la générosité de l'homme, à la culture de l'ensemblier, au clap de fin, à l'amour des grottes et de la préhistoire. À ce moment, Mimsy faillit défaillir. Ça faisait beaucoup malgré son tempérament. L'Allemand la soutenait et machinalement Bandit passa son bras autour de son cou. Comme un brouhaha résonna dans l'enceinte. Bandit ne se retourna pas. C'était immensément dur pour lui aussi. Bernie serait mort de vieillesse, il se serait fait une raison. Il revoyait son ami chez lui à échanger avec les oiseaux, aux brocantes, avec ses gilets de pêche, il pensait à l'auroch et à ses histoires à n'en plus finir. Remuer le passé remuait les tripes, tant et si bien qu'il n'entendit pas la fin du discours.

Christian reprit sa place sur le banc et le curé poursuivit sa tâche. L'oraison funèbre basculait entre la cruauté de l'être humain égaré et l'espérance – toujours – de ce même être humain qui se retrouverait dans le chemin de l'amour et de la paix. Bandit trouvait ça particulièrement optimiste et agréable à entendre.

Il restait à tourner chacun son tour autour du cercueil pour asperger la bière d'eau bénite, une source de vie, à en croire le curé. Christian et Mongie pleuraient comme des Madeleine. Didier, lui, les larmes lui coulaient à l'intérieur. Bandit devançait Mimsy et l'Allemand. Il contourna, aspergea et pensa que la seule chose vraiment heureuse dans cette histoire était que Bernie avait toujours voulu mourir chez lui, et pas dans un hosto.

Entre nous, pensa Bandit à l'extérieur de l'église, les jumelles étaient aussi suspectes. Puisque la question de la succession obnubilait tant les flics. Qui allait toucher l'héritage ? Elles marchaient devant eux, derrière le cercueil, enlacées, telles des siamoises à peine décollées. Le cortège remonta la rue Chapou jusqu'au cimetière, il y avait moins de monde qu'à l'église. Bandit vit au loin un nuage noir glisser dans le ciel pour s'avancer à grands pas. Contrairement au nuage, la pluie prenait son temps. Et des parapluies, les uns après les autres, finirent par s'ouvrir dans le cortège pour s'abriter de gouttes aussi grosses que des larmes. Certaines personnes, comme Didier ou Bandit, n'avaient rien vu venir et se mouillaient la gueule.

— Il t'aimait beaucoup, tu sais, confia Mimsy sur le chemin.

Bandit le savait.

Une fois au cimetière, la pluie cessa mais le ciel restait inquiétant. Pendant l'inhumation, l'Allemand partit marcher dans les allées. Il n'avait pas l'air à son aise. Un attroupement se forma autour de la tombe. Les jumelles regardèrent, interloquées, le cercueil disparaître.

Les gens se dispersèrent et Bandit en profita pour se rendre sur la tombe de sa sœur. Une fois devant la sépulture, il sentit au son des graviers une présence le rejoindre. Il pensa à Mimsy. C'était le Rouquin, avec sa grosse moustache et sa petite dent qui manquait sur la rangée du bas. Il proposa à Bandit un cigarillo en ouvrant sa boîte. En quelques mots, l'enquêteur le rassura. Le sang sous les ongles de Bernie n'était pas le sien, ni d'aucun de ceux qui avaient constitué les premiers suspects. Ajouté à la présence du livreur, c'était du costaud. Le Rouquin parlait de raison garder et de conclusions prochaines qui les excluaient de toute culpabilité, Madiba compris. L'enquête se concentrait sur la piste Kevyne mais aussi sur le milieu des brocanteurs, une vraie mafia.

Bandit finit le cigarillo chez lui. Christian et Mongie n'avaient pas tellement envie de faire le pot au logis alors ça se fit dans la caravane. Bandit déboucha de la méthode sans conviction. L'Allemand avait rapporté le reste de sa bouteille de Jack. Mimsy félicita Christian pour son émouvant discours.

L'aiguille tournait, ils finirent par passer au magnum de Ricard et chacun, en bouffant des cacahuètes, reprit un semblant de forces. Kevyne en prit encore pour son grade, ce Kevyne qui avait été vu avec des Arabes, tout le monde s'accordait pour dire que c'était louche, que la coïncidence était étrange, même Mongie.

— En tant que Kabyle, j'en ai soupé, gamin, des Arabes ! déclama-t-il.

Le niveau de la bouteille descendait et les voix montaient. Autour des dix-neuf heures, dans la pièce enfumée, Mimsy commençait à être sacrément saoule, elle ne tenait pas l'anisette. Ajoutée à la coke qu'elle prenait dans les chiottes, le cocktail lui était féroce.

— Didier, si je touche l'héritage, je te promets que je te donne la rallonge, ouais, pour aller avec ta broyeuse, dit-elle à un moment en rigolant.

C'était maladroit, hors-sol, mais personne n'y prêta attention.

37

Incarnat

DIRE QU'IL NE SE PASSA RIEN pendant des semaines serait impropre. Il ne se passe jamais rien. Ce fut plutôt le calme après le tragique. Car les choses s'arrangent toujours, dit-on à propos de la nature qui les fait bien, les choses. Deux bons mois s'étaient donc écoulés sans incident majeur sur le causse. Le deuil faisait son chemin entre les giboulées et les éclaircies, la magie du climat tempéré délivrant un nouveau tableau de sons, de parfums et de couleurs.

Le logis, sans miracle, seulement suspendu au travail et au bon goût, reprenait forme et fière allure. Si une histoire pouvait se mesurer à l'édification d'une bâtisse, celle-ci était visible à l'œil nu. Toutefois, le fonds d'investissement de l'Allemand était peut-être moins fourni qu'il ne le laissait entendre. Les flics de la garde à vue avaient eu raison, on n'allait pas tourner autour du pot, l'Allemand n'avait plus beaucoup de thunes. Mais beaucoup de choses ne nécessitaient que du temps, de l'huile de coude, il était vrai que l'Allemand était un bourreau de travail et Mimsy ne les avait pas pensés capables de monter cent vingt mètres de murettes en pierres sèches côté nord. Même pas cap. Et si.

Pour Bandit, ces deux mois étaient passés comme un train à grande vitesse qui enquille un viaduc Eiffel au-dessus de la vallée, tambour battant à la tâche, le cerveau posé. Il était comme ces athlètes de l'extrême positionnés au bord d'une falaise, d'abord sur la pointe des pieds, étirant les bras vers le ciel, poussant ensuite d'une flexion sur les jambes, pour entamer une courbe progressive dans les airs en écartant les bras, piquant enfin la tête la première, en ramenant les bras devant soi, les mains jointes, vers l'immensité bleue.

Il avait choisi son camp, repris du poil de la bête et perdu la notion du temps. Était-ce dû aux élucubrations telluriques sur les horloges biologiques ou au pendule – car Mimsy s'était mise au pendule – qui dansait tous les soirs au-dessus des tarots ? Ou bien les prières de Mimsy – aux levers du jour comme aux couchers du soleil pour y capter une formidable énergie – avaient-elles achevé de déboussoler Bandit ? Un peu de tout ça. Mieux, ses migraines s'étaient assagies, volatilisées même. Bandit s'était fait à l'idée que Kevyne avait tué Bernie. Du coup, il avait rayé de sa carte les punks à chien, les Arabes, et mettait les Noirs dans le même sac, l'apprenti sorcier Madiba woua woua en tête, prenant dans l'élan également ses distances avec Didier et Mongie, respectivement manouche et kabyle – ce que Mongie, lui, était réellement. Que la vie était belle.

Avec Mimsy, restaient du cercle Nelson à la limite Mojito – mais on s'attache davantage aux chiens qu'aux chats –, Christian – encore qu'il avait désormais les chocottes de tout – et l'Allemand. Ainsi, autour de Bandit et de ses caravanes, c'était comme si tout avait repris de la couleur, de la vie, dans l'harmonie. Était-ce ce couple de palombes, en train de faire leur nid sous le grand hangar du logis, qui symbolisait le mieux la nouvelle saison ? Ou Mimsy, tiens, à cheval sur lui, dans l'herbe fraîche, une pâquerette entre les dents ?

Elle était nue et il sentait ses fesses se balader sur le derrière de ses cuisses. Un liquide frais – à base d'amandes bio – coula sur la tête de Bandit. Et les doigts de Mimsy se mirent à glisser sur son cuir chevelu, malaxant toutes les parties du crâne. Bandit ne savait point à quel point cette partie de corps lui était si sensible. Sa tête moussait : elle le shampouinait jusqu'au cerveau. Soudain, des vrombissements firent lever les têtes. Une, deux et puis trois montgolfières aux couleurs arc-en-ciel se suivaient dans la voute bleu outremer. En les survolant, des bras s'agitèrent dans les paniers et Mimsy à son tour fit de grands « coucous ».

En cette belle matinée, l'Allemand était parti vendre ses bocaux sur le marché d'un village voisin et il devait ramener pour le déjeuner du fromage de brebis de chez Zanette. Le fromage – de brebis – était le seul écart du régime végan désormais de rigueur au logis. L'hygiène de vie reprenait son sens premier. La frugalité était le maître mot et en tout point Bandit se sentait mieux. Il avait trop souffert des lendemains de cassoulet William Saurin noyé dans du baron de lestac. Au sujet de Zanette, sa dernière entrevue avec elle au village avait été contrariante. Zanette était furieuse. Manifestement, Didier lui aurait demandé de le branler, un dimanche midi. Elle en voulait à Bandit. Bandit n'avait pas le souvenir de s'être confié à Didier, ou alors lors de son voyage dans les montagnes. Ça le confortait dans son projet d'arrêter de picoler : ivre, c'est le diable qui parle à ta place.

— À quoi tu songes, Bandit ? dit Mimsy en s'amusant à lui faire une crête sur la tête.

— …

— Peux-tu parfois t'arrêter de penser ? T'es pas Sagittaire pour rien… Houlà ! Il faudra que je m'occupe de tes points noirs dans le dos…

Le nez dans l'herbe, Bandit se disait qu'il faudrait tondre mais que c'était gras. Quoique… Mimsy ne voulait plus qu'on tonde, encore moins qu'on débroussaille, l'herbe haute conservait de la fraîcheur au sol pour maintenir tout un écosystème d'insectes. Au logis, ils luttaient, à leur niveau, contre la fin programmée des hérissons. Avec les couverts végétaux, la terre piégeait les nitrates, tout poussait ensuite à une vitesse folle, tout bandait. Mimsy prenait une allée, les arbres se dressaient sur son passage, les cornichons sautaient. Ils avaient planté du seigle, de la vesce et du trèfle incarnat : les graines passaient auparavant sous les vibrations de Madiba – Mimsy restait en étroite relation avec le prestidigitateur. La maîtresse du logis tenait aussi à de la sauge qui était une plante sacrée amérindienne, compte tenu du fait que Mimsy – c'était nouveau – se sentait, au fond, plus amérindienne que serbe. Elle faisait écouter de la musique classique à la treille pour qu'elle gagne en protéines et donne du bel othello. L'équilibre : l'eau, la terre, l'air et le feu. Elle enterrait de la corne en fonction de la Lune, un peu comme Bandit avait enterré en son temps des cadavres de renards. Chacun suivait à la lettre les préceptes du professeur biodynamiste mais l'Allemand avait ramené sa science, pas son climat. Et comme prévu par Bandit, les limaces bouffaient le zinnia, les buis étaient pourris de pyrales, les timbres pour récupérer l'eau étaient autant de nids à moustiques. À croire que, parfois, l'Allemand réfléchissait avec ses couilles.

— Je vais chercher un saut d'eau tiède, dit Mimsy en se retirant du dos de Bandit.

Il ouvrit à peine les yeux de peur que le shampoing le brûle. Mojito faisait des sauts de cabri, feignant de chasser un mulot. Véritable aspirateur à croquettes, le félin avait considérablement grandi.

Mimsy revint avec un saut à vendange. Elle commença à lui rincer la tête en expliquant le bonheur qu'elle vivait de ne plus entendre parler de mots de passe, de prélèvements automatiques, d'abonnements, de connexion et donc de cookies – Bandit ne voyait pas le rapport –, elle conspuait enfin l'obsolescence programmée qu'elle comparait à une sodomie générale. L'eau tiède était terriblement agréable.

Ces moments de jouissance au logis ne faisaient pas revenir le grand ami Bernie mais ils étaient sortis d'affaire, comme annoncé par le Rouquin à l'enterrement. Les enquêteurs avaient enfin remis la main sur Kevyne, dans une ville du Pays basque français. Mais mort. Selon les dires, au soir d'une feria, il aurait été balancé du haut d'un pont, enveloppé dans un sac de couchage. Les auteurs du délit étaient des parents d'enfants dont Kevyne était le dealer. Ce soir-là, les actes des parents avinés avaient dépassé leurs paroles. Selon toute vraisemblance, il était mort sur le coup, non pas noyé, mais sa tête avait percuté une berge en béton. Selon les journalistes, il était clochard professionnel dans cette ville, englué dans des affaires de cambriolages et de stups. Ça faisait un paquet de selon. Toujours est-il que l'affaire avait été très vite jugée en comparution immédiate pour mieux l'étouffer : les accusés étaient de bonne famille.

Mimsy estimait que Kevyne avait eu la fin qu'il méritait. Bandit, lui, ne savait quoi en penser. Dans la vallée, les enquêteurs commencèrent à lâcher l'affaire. Le sang sous les ongles de Bernie n'était pas celui de Kevyne mais sans doute de l'un de ses complices arabes. Des zones d'ombre subsistaient, se désolait le Rouquin. Encore un dossier qui allait rejoindre les statistiques fascinantes des meurtres non élucidés. Kevyne était parti, emportant avec lui ses démons et ses secrets. Bandit le revoyait manger ses deux plats du jour au Central lors de leur première rencontre.

Les cheveux de Bandit étaient maintenant parfaitement rincés. Mimsy se leva et partit vers le logis.

— Tiens, je vais faire un space cake pour ce soir ! lança-t-elle.

Bandit se leva à son tour et se secoua la tête comme son chien. Bandit put enfin ouvrir grand ses yeux. Les oiseaux se poursuivaient d'arbre en arbre et niquaient. Elle se trouvait là la sérénité, dans la baise et l'innocence. Car dans cette histoire dramatique restait la bêtise humaine des gens des environs qui entretenaient une forme de suspicion envers l'Allemand, Mimsy et Bandit. Ce dernier n'allait quasiment plus au village et, quand Mimsy en revenait, elle racontait comment les regards suffisaient à traduire les pensées les plus laides. La paria se faisait fusiller, le soupçon était un cancer.

Quelques heures plus tard, les fèves étaient grosses comme les pouces de Bandit et la nuit bleu marine criblée d'étoiles. Il aurait rêvé d'y mettre les mains, tant ce plafond décuplait les géographies à l'infini. Assis autour de la table du salon de jardin en bronze ancien, il plantait son ongle le long de la cosse pour retirer la petite peau des fèves.

Mimsy dansait. En cette soirée de printemps, ils fêtaient les trente-neuf ans de la maîtresse des lieux. Elle ne voulait pas de cadeaux, son seul bonheur était de les avoir autour d'elle.

L'Allemand ne voulait pas danser, Bandit non plus. Il préférait, la nuit, regarder de l'extérieur les pièces éclairées d'une maison. Les couleurs ressortaient chaleureuses. Il apercevait le piano dans un coin du salon. C'était l'ultime cadeau de Bernie. Ça, les jumelles, qui étaient venues s'installer chez leur défunt père – les tests de paternité avaient parlé –, ne le leur avaient pas pris.

— Et si on élevait des Orylag ! dit soudain Mimsy au travers de la musique.

Ses lunettes à éclipse lui donnaient un air psychédélique.

— Pour mettre nos pieds d'dans, on les enfilerait vivants… Et si on élevait des flamants roses, pour leur faire des croche-pattes.

Bandit fronçait, Mimsy riait aux éclats, elle avait ce pouvoir. Ses seins rebondissaient.

— Bandit, va chercher ta Ligier Canard W-C, je veux faire du cross !

— …

— J'ai une idée, si nous montions aussi une guinguette techno ?!

Bandit arrêta une seconde d'écosser les fèves en s'imaginant passer des soirées au-dessus du barbecue à faire griller des steaks de soja et des aubergines. L'Allemand ne réagissait pas aux sorties de Mimsy. Le dos lacéré de griffures, il n'était pas dans ses baskets. Il grattait le ventre de Nelson pour faire pédaler la patte du chien. Depuis quelques jours, on le sentait absent, sans énergie, le bagou éteint, la poche à projets percée.

Mimsy, elle, se trémoussait, les yeux fermés et les mains jointes au-dessus de la tête, la micro-touffe changeait de teinte à la lueur de la guirlande de lampions multicolores. Bandit comprenait pourquoi les moustiques étaient pour elle.

L'Allemand et Mimsy ne se cachaient plus pour sniffer de la coke. Ils consommaient désormais leurs trucs devant lui car chacun faisait sa vie comme il l'entendait – Bandit s'était juste fâché quand ils en avaient fait renifler à Nelson.

Bandit avait fini de préparer les fèves, il se faisait tard, Mimsy dansait seule sous le tilleul. Soudain, rattrapée par la fraîcheur, Mimsy entra dans le logis. Quelques secondes plus tard, elle revint vêtue d'un haut de kimono.

— Bandit, dit-elle affolée.

Il se retourna. Elle vint s'asseoir à côté de lui.

— Regarde ça, dans l'aine, ajouta-t-elle en écartant les jambes.

Bandit inspecta puis descendit chez lui en sifflant. Nelson suivit. Il entendait Mimsy danser à nouveau là-haut, du moins il en avait la sensation. Il trouva le tire-tique dans le petit meuble de pharmacie. Il pissa avant de remonter et se souvint qu'au déjeuner, il avait mangé des asperges.

38

L'animal de compagnie

BANDIT SORTIT DE SA CARAVANE-CHAMBRE en étirant grand les bras, bâillant, tel un hippopotame, de bonheur et d'insouciance si tant est que ce n'était pas la même chose. Son autre caravane, sa mobylette, son potager comme son étang étaient noyés dans cette brume humide que les matinées estivales réservent. Il fallait en profiter car cette fraîcheur précédait toujours des journées accablantes : l'été revenait à fond de cale. Et puis il ferma la bouche, baissa les bras, le regard éberlué en direction de sa Ligier bleu métallisé. Elle était garée à une quarantaine de mètres. La rosée faisait scintiller la carrosserie mais pas les jantes : le véhicule était sur des parpaings, les quatre roues manquantes. Il rentra dans sa caravane pour enfiler fissa un falzar et ses espadrilles. Il ressortit et gueula, gueula sans que rien n'apparaisse dans la brume. L'envie de dégueuler le prit.

— Et Nelson n'a rien entendu ?! s'étonna Mimsy en se serrant les épaules dans sa robe de chambre.

Bandit était monté en vitesse au logis, avait évoqué les roues de la Ligier mais mettait un temps fou pour lui dire qu'il ne trouvait pas son chien. Mimsy et l'Allemand avaient aussi une tête des mauvais jours. En se réveillant, ils avaient découvert deux tags, deux croix gammées réalisées à la bombe, une sur un mur du logis, l'autre sur le van.

— C'est clair, on nous veut du mal…, dit Mimsy en s'agrippant à l'Allemand qui serrait les dents – deux bosses bougeaient sous ses oreilles.

— Je-je…

— Je vous prépare un café et on va chercher Nelson, ajouta Mimsy en disparaissant dans la Pink House.

L'Allemand et Bandit s'approchèrent du van pour toucher le tag.

— … Je savais qu'il fallait que je me barre, ça commence à faire beaucoup, dit l'Allemand avant de renifler et d'envoyer une glaire par terre.

— Nel-Nel Nelson…

— Ça pue, résuma-t-il.

Que l'Allemand ait songé à partir n'interpella pas Bandit, il pensait à son chien. Le téléphone de l'Allemand sonna et Bandit comprit rapidement aux échanges que sa fille lui souhaitait une bonne fête des Pères. L'Allemand prit sur lui pour ne pas trahir ses émotions et ne dit pas un mot sur son van. Bandit découvrait que l'Allemand avait un ou des enfants. Ladite gamine connaissait-elle l'existence de celle qui revenait avec deux tasses de café ? La fumée le disputait à la brume qui se levait doucement.

— Qui c'est ? chuchota-t-elle.

— Ma fille, répondit l'Allemand en raccrochant.

— Trop chou…, dit Mimsy avant de revenir au sujet. Nous sommes devenus des cibles, des gens du village nous veulent du mal…

— Pourquoi ? Pour Bernie ? Les gens sont débiles ou quoi ? s'interrogea l'Allemand.

— Suspect à vie ! C'est la pire des choses, c'est la justice du qu'en-dira-t-on, de la fumée sans feu, dit Mimsy.

Bandit espérait voir débouler Nelson.

— En attendant, on va porter plainte, décida Mimsy.

Mon chien, songea Bandit. Mimsy se prépara et partit à la gendarmerie avec le van. Pendant ce temps, l'Allemand et Bandit descendirent vers le bois des Grolles, le chien aimait bien cet endroit.

— Nelson !!!

Ils ratissaient partout, partout.

— Nelson !!!

Puis ils remontèrent en haut du causse, jusqu'au calvaire. La campagne, ce jour-là, était particulièrement resplendissante.

— Nelson, Nelson !!!

Ils redescendirent sur la rivière, au niveau des Mathurins, en se disant qu'à tous les coups, Nelson les attendait à la maison. Bandit marchait comme un dératé. L'Allemand aussi.

— Nelson !!!

Les chiens qui gueulaient dans la lande obsédaient Bandit, qui imaginait qu'une meute déchiquetait le sien.

— Nelson !!!

Ils rattrapèrent la route par la prairie du père Besnard. L'Allemand suffoquait. À l'ancien lavoir, il dut s'asseoir pour reprendre son souffle. Bandit se posa également, à côté de lui. L'Allemand le regarda, de la sueur se formait sous ses yeux.

— Je te le dis, je vais me barrer, Bandit. Je crois que je ne vais pas pouvoir continuer à vivre ici.

L'Allemand proposa une cigarette que Bandit accepta. L'Allemand paraissait à bout, il faisait de la peine.

— Tu-tu tu vas partir av-av avec Mimsy ?

— Non, tout seul…

En crachant de la fumée, l'Allemand déballa sa vie, son passé de connard 5.0, tout fait tout vu, rien lu tout bu, méprisant l'autre, à détruire du haut de son ego obèse tout ce qu'il avait côtoyé, d'abord les siens, puis les rencontres successives jusqu'à sa dernière séparation et cette gifle reçue par cette belle-fille, rebelle. L'Allemand poursuivait en expliquant que cette baffe avait été un électrochoc : corrigé ad vitam, six mois dans le noir et la découverte de cette annonce de woofing signée Mimsy. Par elle aurait dû passer sa repentance, il voulait devenir une nouvelle personne, se réinventer, aimer et ne plus nuire. L'Allemand avouait que son sadisme survivait uniquement dans le jeu sexuel.

Putain, songea Bandit, l'Allemand envisageait de la quitter. Ce type avait perdu la tête, comment pouvait-on se lasser de Mimsy ? C'était impossible.

— Elle est furieuse que je parte… Mais j'en peux plus… Elle a une énergie incroyable, c'est une tempête, une beauté absolue mais je suis essoré, Bandit, essoré…

L'Allemand tira une grande latte.

— Je ne sais plus quoi penser… Je crois que Mimsy est à lier, sublime mais à lier, dit-il en recrachant une épaisse fumée.

L'Allemand était-il sincère ? Bandit voyait en face de lui un immense champ libre. L'Allemand écrasa sa cigarette et prévint Bandit.

— Si tu prends soin d'elle, faut surtout qu'elle arrête les produits, elle prend de la coke toute la journée, c'est pas possible…

Bandit fronça et écrasa à son tour sa cigarette.

— De temps en temps, je veux bien, mais là c'est tout le temps, en plus du logis elle m'aura pompé jusqu'à l'os...

L'Allemand se releva et commença à marcher.

— La coke, la coke, elle n'a plus que ce mot à la bouche…

Après un crochet par le chemin du Bas Vaure, l'Allemand et Bandit reprirent la route qui menait vers chez eux. Soudain, ils entendirent klaxonner. C'était le van. La croix gammée roulait à toute allure. Le visage de Bandit s'éclaircit; elle avait retrouvé son chien. Il était partagé entre le désir de le serrer fort contre lui et celui de lui coller une raclée.

Le van s'approcha pour se stopper à leur hauteur. La vitre du siège passager se baissa. Didier était dans le véhicule, blanc comme un linge. Mimsy pencha la tête.

— J'ai trouvé du renfort au village, on fait deux équipes, nous on va faire un tour vers La Brande.

Il y avait des choses dans les yeux de Didier. Il partageait la peur de Bandit. Son animal, sa compagnie : il savait. Le van repartit en grattant la berge pour faire de la poussière. De leur côté, Bandit et l'Allemand rejoignirent les caravanes. Nelson n'y était pas.

Vers midi, les deux équipes se retrouvèrent au logis. Ils avaient poursuivi les recherches toute la fin de matinée, en vain. Bandit trouva de la bière car il voulait une bière.

— Faudra que tu passes à la gendarmerie, pour enregistrer la plainte pour tes roues, je ne peux pas signer pour toi, dit Mimsy en étalant une pâte brisée.

— …

— Ce matin, y avait Christian et Mongie au village, ils auraient quand même pu venir nous donner un coup de main, hein Didier ? ajouta-t-elle.

Didier baissa la tête. Il savait que Christian, à son tour, prenait de plus en plus de distance avec le logis. Il se dérobait aux problèmes, fuyait les histoires.

— Il faut tout tenter, plaida Mimsy qui préparait une quiche avec des œufs frais – seule entorse au véganisme.

— Tu veux faire quoi ? demanda l'Allemand.

— Bandit, il faut qu'on demande de l'aide à Madiba, lui nous dira où est Nelson.

Plutôt crever. Que Madiba aille lire dans les couilles de l'Allemand, si ça lui chante.

— Ja-ja jamais !

Le Berlingo et le cabriolet étaient soigneusement garés côte à côte, dans le sens du départ. Tous les volets du pavillon des années 1970 étaient fermés. On entrait dans la maison par la porte du garage, une pièce semi-enterrée. Au fond du garage, un escalier en béton menait au demi-étage. Une lumière rouge éclairait la cage. On arrivait dans la pénombre d'un salon coupé en quatre pièces par d'épais rideaux. Il fallait attendre dans un premier carré, de vieux fauteuils étaient disposés à cet effet ainsi que des magazines people à même le sol. Mimsy feuilletait des pages en se léchant le doigt. Bandit, qui avait la sensation de perdre du temps, faisait trembler ses jambes comme s'il avait envie de pisser. Un moment, le rideau bougea et une tête d'ahuri apparut. Madiba…

L'avantage avec lui, c'était qu'il pouvait encore passer des moments avec Bernie. Ces derniers temps, l'intercesseur avait ajouté une corde à son arc. Il s'était trouvé des dons de guérisseur – verrue, eczéma, et cetera. C'était un très bon filon car si ses clients ne guérissaient pas, ils n'avaient plus qu'à y retourner. En quelque sorte, il fidélisait.

Madiba commença par poser une main sur l'épaule de Bandit par compassion. Puis il leva un rideau sous lequel Mimsy et Bandit passèrent. Madiba suivit et invita ses clients à s'installer par terre autour d'une table basse, sur la peau de bête. Les damas bleus sur les murs avaient l'air véritables. La pièce était sombre et envahie de coussins en tous genres, les bouddhas n'en parlons pas. Les deux clients faisaient face à Maître Madiba, qui se tenait sur les genoux. Le jeu des lumières indirectes donnait du volume à sa silhouette déjà imposante.

— Ça me fait du bien d'être entre amis, dit-il, c'est rare, j'ai des patients de partout désormais, certains viennent par l'aérodrome.

Il mélangea un jeu de cartes en fermant les yeux, coupa trois fois et sépara le jeu de tarot en cinq petits tas dont on ne voyait que les faces communes.

— Pioche !

C'est à Bandit qu'il s'adressait. Un instant, il se demanda si Madiba n'avait pas fait exprès d'utiliser ce mot. Bandit respira et prit une carte au hasard, sur le tas du milieu. Le voyant lui demanda de la montrer. Mimsy renifla, c'était le dix de pique. Madiba regarda la carte, la prit pour la poser sur la table et apposa ses mains dessus pendant quelques secondes, en fermant à nouveau les yeux.

— Il bouge, je vois quelque chose de vivant…

Putain, se dit Bandit.

— Retourne la carte sur le dos…

Bandit s'exécuta.

— Est-il castré ? demanda Madiba.

— Ah oui c'est vrai ça ! ? s'enthousiasma Mimsy.

Bandit s'étonna et répondit « bien entendu ». C'était à la base un chien pour la chasse.

— Il est de quel signe, Nelson ?

— Laisse-moi faire, Mimsy… Bandit, tu vas en prendre une autre.

Ce que Bandit fit, dans le deuxième tas en partant de sa droite. Encore un dix, un dix de carreau. À nouveau, Madiba posa sa main dessus. Il vibra.

— Il souffre, ton animal, il est perdu, et blessé à une patte, il t'appelle…

L'enfer, songea Bandit. Fallait qu'il lui dise en vitesse où il pouvait le trouver.

— Où ? dit Mimsy, le devançant.

— Mollo, je ne suis pas une machine, dit Madiba.

— Où ! ? dit Bandit.

— Loin, il s'est d'abord perdu avant de se blesser…

Il reprit toutes les cartes, mélangea, coupa six fois avant de les étaler en bordel sur la table. Bandit était partagé entre le fait de perdre du temps à se coltiner ce songe-creux et le fait qu'il n'avait rien à perdre. Madiba leva le doigt.

— Choisis une nouvelle carte, c'est toi qui portes l'amour pour ton animal, c'est toi en choisissant une carte qui vas le retrouver.

Du coup, Bandit hésita. La pression était sur ses épaules. Madiba et Mimsy le fixaient. Les yeux du voyant lui sortaient de la tête comme des lunettes fantaisie à ressort.

Bandit se décida enfin et piocha un as de carreau. Une nouvelle fois, Madiba lui demanda de la poser et il mit ses deux mains dessus en fermant les yeux. Il ne disait rien. Bandit ne tenait plus en place.

— Bandit, t'es-tu déjà questionné sur la vie sexuelle de ta grand-mère ?

Les yeux éberlués, Bandit ne voyait pas le rapport.

— Cherche, Bandit, ça vaut le coup ! dit Mimsy.

Bandit avait de vagues souvenirs de sa grand-mère, il cherchait, cherchait, mais là il séchait.

— Bandit, je vois un rapport, je vois qu'elle avait une histoire d'amour extra-conjugale, une histoire qu'elle n'a jamais officialisée, un trauma enfoui, qu'elle a traîné, que ton père a traîné, que tu traînes. L'abcès n'a jamais été crevé !

Ben merde alors. Bandit était perdu et ne voyait toujours pas le rapport avec son chien.

— Et si, Bandit, ta grand-mère faisait ça au lavoir, je vois un point d'eau…

Bandit voyait sa grand-mère à quatre pattes au lavoir, c'était troublant.

— Ou un puits, s'écria Madiba.

Un puits ?

— Ou plutôt un château d'eau…

Un château d'eau ? Bordel ! Manifestement, Madiba avait fait son maximum. Il regarda Mimsy.

— On a des indices, c'est déjà ça…

Bandit le remercia et Madiba lui demanda cent balles.

— Parce que c'est Mimsy qui t'envoie…, dit-il avec un sourire pincé.

Alors Mimsy le remercia également et chaleureusement.

Trois jours plus tard, en nettoyant les berges de son petit étang, une odeur pestilentielle saisit ses narines. Guidé par la puanteur, Bandit découvrait, gisant dans les roseaux, le cadavre de Nelson. Il n'espérait plus le revoir vivant et il avait au moins la certitude qu'il était bien mort. Il s'était imaginé des gens en train de le torturer, il n'en avait pas dormi. Non, il était là, le corps intact, comme empoisonné. Les voleurs des roues de sa Ligier, et sans doute les auteurs des croix gammées, l'avaient tué, et il n'allait pas balancer du fric au véto pour en avoir la certitude. Il prit Nelson dans ses bras, des dizaines de mouches s'envolèrent et il le posa entre ses deux caravanes. L'odeur comme le chagrin étaient insoutenables.

Il alla signaler la découverte à la gendarmerie pour compléter la plainte. Sur le retour, il se rendit au logis pour prévenir Mimsy. Elle comprit sans qu'il lui dise quoi que ce soit, et elle eut un rictus nerveux. Parfois, notre visage fait des sourires, des sourires contraires à notre souffrance.

— C'est fou, finit-elle par dire. Madiba avait vu de l'eau, un point d'eau.

Oui c'était fou, et Bandit en avait fait, à mobylette, des points d'eau, tous les puits possibles du canton et tous les châteaux d'eau imaginables.

Il repartit chez lui malgré les vives instances de Mimsy lui intimant gentiment de rester. Il ne voulait voir personne. Il avait besoin de temps. Tel un somnambule, il alla s'acheter une bouteille de whisky William Peel. Le Petit Nain était à la caisse, Bandit avait oublié sa carte de fidélité. Il rentra chez lui en pleurant sous son casque.

Didier passa mais Bandit ne voulut pas lui ouvrir. Bandit voyait des coupables partout. C'était quelqu'un du village. Mimsy lui avait toujours dit de se méfier de tout le monde, même de ses meilleurs amis. Bandit descendit tout seul la bouteille de whisky, au goulot, et sortit. La nuit tombait. Il avait le pas lourd et les muscles des avant-bras à jamais tendus. Nelson avait des mouches dans les yeux. Il le prit contre lui, le déposa dans son lit et se coucha à côté, le regard marmoréen. Bandit, t'es fou, t'es pas fou ! En perdant son chien, c'est lui qui devenait l'éternel animal blessé. L'entreprise était de le tuer de l'intérieur, alors, à son tour, il rêvait de tuer quelqu'un. Son cœur battait à lui remuer l'ensemble du corps, Bandit pensait avoir une aorte en caoutchouc à toute épreuve, sans quoi il serait mort, de chagrin.

Il s'était promis de ne plus jamais en avoir. C'était trop de peine. Pourtant, le lendemain, sous un soleil de plomb, il finissait à peine d'enterrer son chien que Mimsy débarqua par le bois avec un grand sourire et un petit truc en laisse qui jappait, plus exactement une petite chose.

— Je te présente Toscane, c'est l'année des N…

Elle ricana. La pelle dans les mains, Bandit était sans voix, il avait toujours eu du mal avec le second degré.

— Sérieux, ici ça me fait penser à la Toscane, non ?

Mimsy revenait de la SPA. Cette jeune bâtarde avait été abandonnée. Bandit vit la Toscane sur son atlas, se baissa et la chienne vint lui lécher le visage. Mimsy avait raison, il fallait avancer, il faut toujours avancer. Le cerveau était un filtre, la nature était bien faite, seuls les dépressifs gardaient la merde car ils avaient le filtre à l'envers.

— C'est un peu notre bébé, dit Mimsy, accroupie, en se faisant griffer les avant-bras.

39

La numéro 8

ON S'ATTACHE : ELLE N'ÉCOUTAIT RIEN mais lui procurait un immense bonheur. Elle jouait, et lorsqu'elle ne jouait pas, elle voulait jouer. Bandit lança pour la énième fois son bout de corde en direction de la fin de journée. Et l'innocente partit de ses puissantes pattes arrière. Plus loin que Toscane, la deuxième moitié du soleil peinait à s'enfoncer dans le causse. Il était d'un orange brûlant, perdu dans de troubles émanations. Ce soir-là, c'était l'Arizona. L'été avait définitivement poussé le printemps dans les orties.

Bandit slalomait entre ses pieds de tomates avec sa bouillie bordelaise, quand un break de la gendarmerie passa à toute berzingue au bout de son chemin blanc pour monter au logis. Merde, s'inquiéta Bandit. Voilà deux jours qu'il n'y avait pas mis les pieds. Là-haut, c'était bouillant, l'Allemand n'en finissait plus de partir, Mimsy de hurler, il y avait de l'eau dans le gaz et Bandit laissait passer la tempête.

Sans prendre le temps d'enfiler un T-shirt, Bandit attacha sa jeune chienne afin qu'elle ne fasse pas de conneries en son absence, et, à petites foulées, il coupa à travers le bois. À force d'allées et venues depuis bientôt un an, un passage s'était formé au travers de la végétation.

Bandit arriva, ils étaient encore dehors : un chauve, la Brune, le Rouquin, toujours davantage gagné par la calvitie, et surtout Mimsy qui lui tomba dans les bras.

— Je m'excuse, Bandit, je m'excuse pour tout !

— …

— J'ai rien vu venir, je suis une imbécile, la dernière des connes, toi tu as tout de suite su qu'on avait affaire à un cinglé, à un détraqué !

Elle était débraillée, les cheveux sales, presque méconnaissable. Chacun entra dans le logis et Mimsy déballa tout, comme elle avait rendu, une poignée de mois auparavant, la sangria.

Il faisait encore nuit, l'Allemand était arrivé au-dessus du lit de Mimsy et lui avait mis la main sur la bouche. Elle s'était débattue mais la force de son agresseur ne lui laissait aucune chance. Il lui avait attaché les poignets dans le dos, puis les chevilles, avant de relier l'ensemble. Il lui avait bandé les yeux et, pour la faire taire, lui avait logé avec peine une boule de billard dans la bouche : la noire, la 8.

— Hum, un psychopathe de haut vol, dit le Rouquin.

Le Chauve prenait des notes et la Brune se contentait d'observer la victime. Mimsy avait vu son heure arriver. L'Allemand avait traîné son corps nu et ligoté jusqu'au rez-de-chaussée, pour l'enfourner dans le van comme un paquet de merde. Et il avait roulé, roulé, peut-être une heure, deux… Mimsy avait essayé de se défaire de ses cordelettes, en vain. Un moment, l'Allemand s'était arrêté. Mimsy avait entendu la portière s'ouvrir et se refermer. Il s'était introduit dans le van par la portière coulissante et il avait sectionné les cordelettes au niveau des chevilles.

— Il m'a écarté les jambes et il m'a violée… Bandit…

Mimsy ne tarissait pas de détails, tout à trac, certes, mais des détails, et Bandit soupçonnait les flics de sexe masculin de s'imaginer à la place de l'Allemand, surtout le Chauve qui mâchouillait un cure-dents.

— Longtemps, mon Dieu, une éternité.

Bandit serra les poings et Mimsy poursuivit. Avec la numéro 8, elle ne pouvait pas appeler au secours. L'Allemand l'avait laissée sur le plancher, terrorisée. Il avait refermé la porte coulissante, repris le volant et il avait encore roulé, roulé. Et puis il s'était à nouveau arrêté. Les mêmes bruits de portière avaient retenti et il s'était introduit encore une fois à l'arrière du van. Il avait insulté Mimsy et il avait remis ça, car il n'avait pas joui la première fois.

— Como un animal ! Je l'aimais bien mais j'en restais là, hein, Bandit ?

Bandit hocha la tête alors que la phrase en espagnol interloqua tout le monde.

— À son arrivée l'année dernière, on a connu une petite aventure et puis nous avons préféré rester amis… Ces derniers temps, ses avances, ça devenait oppressant…

Dans le van, Mimsy raconta qu'il s'était mis à lui flanquer des gifles et, une fois soulagé, l'Allemand avait serré autour de son cou un câble électrique.

— Un type capable de ça est capable de tout…

Quand l'Allemand avait redémarré, Mimsy s'était aperçue que la portière arrière était mal fermée. L'Allemand roulait, roulait et soudain Mimsy avait senti que le véhicule ralentissait sur un dos-d'âne. Elle s'était dit qu'il y en avait souvent plusieurs à la suite. Alors, au second cassis et dans un instinct de survie, elle avait poussé la porte de ses épaules et s'était laissée tomber sur la route. Le van avait filé. En se frottant la tête contre le bitume, Mimsy était parvenue à se débarrasser du bandeau qu'elle avait sur les yeux.

— Comment avez-vous vu que la portière était mal fermée, avec le bandeau ? intervint la Brune.

Le Rouquin et le Chauve regardèrent leur collègue, puis Mimsy.

— Avec les gifles, tiens, le bandeau s'était foutu de travers…

Seule au milieu de la route, les poignets ligotés, elle avait rebroussé chemin jusqu'au premier village. Ensuite tout était flou dans la tête de Mimsy. Le choc avait provoqué des trous de mémoire. Une chose était sûre, elle avait été secourue par la population.

— Elle a été vue à dix heures et quelques ce matin par un vététiste, précisa le Rouquin. Le type a eu le bon réflexe d'appeler aussitôt les pompiers qui sont arrivés très vite. Ils ont prodigué les premiers soins en ôtant la boule de la bouche…

Le Chauve se gratta une oreille avec le cure-dents et le remit dans sa bouche. La Brune trouva ça crado.

— … Ce n'était pas sur notre zone, des collègues se sont aussitôt saisis de l'affaire et l'agresseur s'est fait serrer en début d'après-midi… Ce taré faisait paisiblement une sieste au volant de son véhicule, au bord du Célé.

Bandit pensa qu'il aurait dû le corriger le jour où l'Allemand l'avait plaqué contre sa bagnole. Trop bon, trop con : Zanette comme Mimsy l'avaient toujours dit. Mais on ne refait pas l'Histoire, son cas ne comptait pas, Mimsy s'était sortie de là, par sa seule détermination, et vivante.

La SR du Rouquin avait été avertie et les types avaient pris la route. Après des examens à l'hôpital, où elle avait été entendue, Mimsy avait été ramenée à bon port. Le Rouquin voulait désormais la rassurer.

— Il encourt du lourd, enlèvement, séquestration, viol avec torture, acte de barbarie et peut-être même tentative d'assassinat, ce qui était probablement son projet.

— Il me l'a dit, coupa Mimsy, il m'emmenait loin pour me faire disparaître.

Sa-sa salaud !

— ... le sperme, les traces de coups, on a de quoi le faire plonger, dit le Rouquin en s'excusant d'être aussi cash. La perquisition du van fait état d'une vraie salle de torture, cela suffit pour le garder à la maison d'arrêt en attendant son procès.

Le Rouquin s'approcha de la table en louchant sur une part de gâteau au chocolat.

— Je peux ? dit-il.

Mimsy ne pouvait pas le mettre en garde, elle ajouta une feuille de Sopalin sous la part.

— L'arrière de son véhicule était son jardin secret, personne ne pouvait y pénétrer... Bandit, toi, tu connaissais ?

Bandit fit non de la tête.

Mimsy massait son cou marqué de traces de strangulation, sans doute du fait du câble électrique. Le cure-dents dans la bouche, le Chauve prenait toujours des notes et le Rouquin, qui avait englouti la part de gâteau, précisa qu'il avait transmis à ses collègues son rapport d'enquête sur le passé et l'environnement de l'Allemand – réalisé à la suite de l'assassinat de Bernie.

— Car si ce sont deux affaires distinctes au premier abord, je vais faire en sorte de creuser et de les relier...

Tout le monde était désormais assis autour de la grande table. Bandit préparait un thé. Dans son zèle, le Rouquin délivrait que l'Allemand était un queutard invétéré, au passé amoureux chaotique, déjà marié et divorcé deux fois. Après la seconde séparation, il avait pris la route avec son van pour traverser l'Europe. Chaque autocollant sur le camtar était autant de conquêtes féminines. Le Rouquin décrivait un « prédateur », un « grand malade du cul ». Le temps que les thés deviennent buvables, l'Allemand prit une charge en règle.

Au bout d'un moment, le Chauve regarda sa montre car son supérieur n'avait pas l'air décidé. Le Rouquin clignotait des yeux et se prenait la mâchoire pour la déplacer de chaque côté.

— Rooibos ! dit-il en regardant son sachet de thé.

La Brune et le Chauve se regardèrent, étonnés de cette sortie improbable de leur supérieur. Après quoi, le Rouquin vissa son képi sur la tête et partit en gonflant le torse.

— Rooibos ! répéta-t-il en déformant sa bouche.

Sur le seuil, le Rouquin redit à Mimsy qu'il était bien décidé à ferrer l'Allemand et à rouvrir l'affaire de la pioche. Le Rouquin semblait avoir pris du grade en quelques minutes. La Brune et le Chauve saluèrent à leur tour Bandit et Mimsy.

Ils entendirent la voiture partir et Mimsy s'approcha de Bandit pour poser sa tête sur son torse nu.

— J'ai eu la peur de ma vie...

— …

— De ma vie…

— C'est-c'est c'est fini.

Elle se remit à pleurer, le poussa jusque dans le fauteuil crapaud de Bernie et se déshabilla. Elle se blottit dans ses bras, son corps en position fœtale reniflant sans cesse. Bandit banda quand même.

Mimsy avait besoin de repos. Et Bandit lui promit de l'emmener le lendemain à la pêche, où un redoutable brochet les attendait. La pêche apaise. Ils emmèneraient des brugnons.

— Pour-pour pour te changer les-les les idées.

— Bandit, tu devrais avoir un enfant, un enfant à toi... Qui aura mes yeux et tes mains en or…

Ce furent ses mots. Bandit vit un petit être donner des coups de pied dans le ventre de Mimsy et sentit des larmes couler sur son torse. Et si le vent tournait enfin… Ce fut sa pensée.

40

La performance

SES DOIGTS DANSAIENT comme pas possible. Ils allaient et venaient sur les touches argentées. Bandit ne comprenait pas comment on pouvait savoir faire ça. On aurait dit que le type faisait n'importe quoi, qu'il en pressait plusieurs à la fois, des touches. Jean-Michel, il ne réfléchissait plus, il y allait, c'étaient ses neurones qui valsaient, tout se connectait là-haut, les synapses, les dendrites, les axones, tout ça baignait dans le liquide rachidien. Même qu'il fermait les yeux, parfois. Il devait y avoir de l'inné aussi, des gènes dans la carcasse dès le départ.

— Bandit, j'ai soif ! dit-il en ouvrant un œil.

Bandit lui apporta de l'eau. Il porta le verre moutarde à sa bouche, Jean-Michel buvait sans trop en foutre partout. Avec un gant de toilette, Bandit épongea le visage du musicien.

— Merci, Bandit, dit-il presque en chantant et en appuyant sur le « ban » de Bandit.

L'accordéon, c'était le piano du pauvre. Il fallait reconnaître que ça sentait le baloche du village, les pompiers, les lampions, les patins, les gens qui s'accrochaient, qui décrochaient, les gens qui voyageaient, un remède à la mouise.

Chaque année, l'artiste passait les premiers jours de septembre ici. Car c'était un artiste, ça se voyait à la tête qui balançait, ça ne trompait pas ; il était possédé. Bandit ne savait pas s'il souriait ou grimaçait. Jean-Michel avait le regard absent. Fallait voir, fallait voir comme il brassait son appareil, six patates que ça pesait un accordéon, agrippé à deux bretelles de cuir qui enlaçaient ses épaules. Ça devait lui tirer sur la colonne vertébrale. Et vas-y qu'il le pressait et l'écartait, son koala. Jean-Michel, il en avait dans la soupape. La sueur recommençait à se former dans ses cheveux ras, son crâne perlait de temps à autre jusqu'à sa boucle d'oreille. Chez Bandit, Jean-Michel ne faisait chier personne. Il se posait sur une souche, toujours à la même place, entre les caravanes et l'étang. Et malgré tout ce qui se disait au Central, Jean-Michel n'avait pas oublié son Bandit.

— La performance, la performance, expliqua Jean-Michel.

Quand le champion du monde d'endurance avait eu son nom dans le *Guinness*, il avait prévenu : « Si personne n'a battu mon record dans vingt ans, je recommencerai. » Et voilà qu'il remettait le couvert, qu'il s'entraînait, le forcené, le bourreau.

— Per-per performance.

Bandit le salua pour filer au logis, fallait monter l'échafaudage. Mais la Poste arriva. La Poste, Bandit ne l'entendit pas à cause de Jean-Michel et de ses soufflets qu'il malaxait. La Poste, il la voyait. Jaune, la bagnole, jaune Mongie. Elle s'était garée à une vingtaine de mètres d'eux, sur le chemin. D'habitude, elle n'allait pas plus loin que la route qui se trouvait à trois cents mètres, car Bandit avait mis une belle boîte aux lettres au départ du chemin blanc. Ça évitait au facteur de se tordre les reins et de s'enliser lorsque la pluie ravinait le sentier. Mais là, il avait poussé jusqu'ici.

Il fallut que le facteur se déplie pour sortir de l'auto. Ce grand échalas tutoyait les deux mètres. Toscane était déjà à lui saloper le futal.

Avec ses grands pinceaux, le facteur fit deux pas pour aller ouvrir le coffre jaune. D'une aile de pigeon, il dégagea la chienne, se pencha et se redressa avec un paquet de publicités. Du foutage de gueule épais comme le missel. Mais il y avait aussi un truc sur le paquet de publicités.

— Un recommandé, Bandit ! gueula la Poste pour qu'il entende.

Bandit s'inquiéta, c'était dans sa nature, avec tout ce qui lui était arrivé depuis treize mois. Parano le Bandit, et pour cause.

— Il me faut une signature !

La Poste tendit un stylo Bic, celui avec le choix dans les couleurs. Bandit tordit le bec en avançant sa mâchoire, il n'aimait pas trop ça, qu'on l'oblige à signer pour voir. C'était irréversible, la preuve, la flagrance : tu signes, t'es mort !

— Re-re recommandé ?

Il aurait bien aimé que Jean-Michel fasse taire sa barbarie. Mais ça faisait trois heures qu'il avait commencé, Bandit n'allait pas lui demander de revenir à la case départ, ce serait un coup à lui scier les pattes. Il ne savait même pas si Jean-Michel avait remarqué le facteur, tellement il était ailleurs.

Le courrier venait d'un avocat. Il ouvrit. L'avocat de l'Allemand. Son client était entre la vie et la mort. Il avait tenté de mettre fin à ses jours. Et l'Allemand avait laissé une lettre pour Bandit. Ça lui fendit le bide en huit aussi net. Fallait qu'il en parle à quelqu'un avant de la lire, à qui, à Didier, l'ami Didier.

Les nuances de jaune repartirent dans un crissement de gomme sur la caillasse. Il n'était pas loin de onze heures, Didier devait traîner au village. Bandit regarda sa mobylette.

Au niveau de la boîte aux lettres, il engueula sa chienne pour qu'elle arrête de le suivre. Elle s'assit enfin dans son rétroviseur et rétrécit à vue d'œil.

Il y avait deux façons d'y aller, au village. Soit Bandit se rallongeait en rattrapant la route qui suit la rivière ou bien il coupait à travers le causse jusqu'au calvaire, là il devait se coucher sur sa chiotte car ça grimpait sévère. Alors la machine brouta et ensuite il plongea vers la cité, le vent déformant la gueule qui dépassait du bol.

Dans les virages en épingle, il penchait, les descentes l'enivraient. Parfois, il lançait un pied vers l'intérieur pour prendre à la corde. Les lèvres en avant, son nez en zigzag dépassant du casque, il volait un peu. Encore un lacet et il vit à nouveau le village. Des nuées d'oiseaux se serraient sur les fils électriques.

— Bandit ! Bandit !

Les gamins de l'école étaient accrochés au grillage. Il les voyait dire. Ils lui faisaient signe de renvoyer le ballon qui était dans le caniveau. Le soleil était en train de prendre la tangente pour se poser à la perpendiculaire. Quand on pense que c'était la Terre, en fait, qui bougeait. Bandit s'arrêta et descendit sans éteindre le moteur. Il attrapa le ballon et fit une chandelle. Le ballon disparut dans le ciel avant de réapparaître. Les têtes des gamins firent un demi-cercle avant de courir vers le ballon qui s'était posé près du micocoulier.

La mobylette disparut, Bandit disparut, tout. Il se gara devant le Central. À ce moment de la journée, il avait davantage de chances de trouver Didier ici que chez lui. Il posa son bol sur sa selle en remarquant des habitués en terrasse.

— Quoi de neuf, Bandit ?

Il leva le pouce sans s'arrêter. Il n'avait pas envie de blaguer. Le bar était plein comme un œuf ; c'était le début du mois. À une table, Zanette prenait un café. Bandit s'approcha du comptoir, saisi d'un peu d'angoisse, et Mamie Lulu lui mit un demi devant le zigzag.

— Ça me fait plaisir de te voir !

Lulu, tu ne pouvais rien lui refuser. Bandit trinqua avec le kir de Mamie et but d'un jet.

Un parfum de Tahiti douche la précédait avec ses cheveux bolduc encore mouillés et son sourire aussi large et étincelant que la chaîne des Pyrénées : la fille de la patronne entrait en scène derrière le comptoir. Les clients étaient à l'arrêt. Ce n'était pas Mimsy, mais sur l'échelle de Richter la gamine en faisait trembler plus d'un. Depuis qu'elle épaulait sa mère au Central, le chiffre d'affaires avait explosé. C'était mathématique. Un bon client de bistrot était un client amoureux, sacrifiant son foie sur l'autel des grandes espérances, rêvant d'emmener la serveuse sur une autre planète.

— Stella ou Jupiler ? dit-elle.

Christian payait la petite sœur. Il était à l'autre bout du zinc. Bandit le remercia d'un hochement de tête. Christian lui fit signe avec son index de s'approcher. Bandit avança.

— Si tu cherches Didier, il distille sous le monument aux morts, tu ne peux pas le louper.

Bandit entama la nouvelle bière.

— Les JO d'hiver, on devrait les mettre en été…

Ça venait du comptoir parmi la brochette alignée. Sinistrose ? La Poche de Lorient, Nanard ? Peu importait.

— La tuile cette année, le premier de l'An tombe un vendredi 13, dit un autre.

— M'en fous, suis pas superstitieux…

Ceux qui avaient pigé la blague se tapaient sur le ventre. Bandit ne participait pas. Cette lettre de l'Allemand lui foutait les glandes. Il avala sa bière. La fille de Lulu lui apporta un nouveau godet. C'était la sienne puis la mienne. Débutait l'engrenage. Il ne fallait pas entrer dans l'arène.

— Tu-tu tu peux m'ajouter du-du du Picon ?

— Avec plaisir, Bandit, dit-elle avec ses dents terriblement propres dans un demi-tour sur elle-même faisant apparaître, moulées dans un jogging gris clair, des petites fesses rondes et compactes.

Le regard de Christian dévissa aussi, car tout dévisse. Bandit prit une grande gorgée et quelque chose venant de son ventre lui monta jusqu'au cerveau, une sorte de plénitude à lui mettre la chair de poule. Comme les vendredis soir de son adolescence, vers seize ans et vingt et une heures, une sensation l'envahissait d'un saut dans une nuit béante écartant les jambes, les nuits de tous les possibles, affranchies, sans lendemain. Il cogna son verre contre celui de Christian.

— C'est vrai ce qui se dit… que l'Allemand aurait tenté de se tuer en prison ? Tu sais ça, Bandit ?

Bandit engloutit son Picon bière. Et un autre pour la route. Lorsqu'il traversa à nouveau la terrasse, le soleil lui brûla les yeux. On l'interpella.

— C'est qui le prochain sur la liste là-haut ?

Il entendait mais n'écoutait pas les quolibets de ces corneculs qui l'avaient toujours considéré comme plus con qu'il ne l'était. Bandit n'avait pas lu Nicht mais eux non plus. Il fonça vers sa mobylette. Et il comprit d'un coup de pédale qu'elle ne démarrerait pas. Un sagouin avait enlevé l'antiparasite. Bandit s'énerva vers la terrasse et fit des menaces.

Bandit arriva à pied. Didier était affalé à la base du monument, les Tiags en éventail. Comme si la stèle l'avait dégueulé. Bandit ramassa son chapeau et lui mit des petites gifles.

— Didier ! Didier !

Il tenta de lui parler de la lettre de l'Allemand, mais Didier dormait. Il était loin, et lourd comme un âne mort. Il lui mit le chapeau sur la tête et le propulsa d'un coup de reins sur son dos, tel un sac de ciment. Bandit marchait doucement, comme sur des œufs, qu'une cheville ne parte pas en sucette. Il entendit les rires quand ils réapparurent sur la place, sous les platanes. Didier grogna.

— On-on on les emmerde.

L'antiparasite avait été remis sur la bougie. Ça valait mieux pour leurs matricules. Bandit posa Didier par terre dans le dernier espoir qu'il se réveille. Il enfila son casque qui pendait au guidon. Il démarra en deux coups de pédale, sur la béquille. Il cala Didier sur son engin en lui plaçant les genoux dans les sacoches à l'arrière, de chaque côté du porte-bagages. Il avait toujours un tendeur avec lui. Bandit retenait le corps, le releva afin qu'il puisse enfourcher sa mobylette. Il avait désormais le tronc de Didier sur le dos. En tenant les deux extrémités du tendeur, il le lança comme une corde à sauter derrière le corps de Didier. Il serra sur son ventre et lia les deux crochets du tendeur. Ils ne pouvaient plus tomber ou alors ils tomberaient tous les deux.

L'engin braillait, on les filmait avec des téléphones portables. Bandit aperçut tout juste le sourire de Zanette qui était sortie sur la terrasse, pour voir ce qui se passait.

Ils rattrapèrent la route sinueuse qui longeait la rivière. La brume stagnait encore, elle s'ouvrait sur leur passage. Et des rais de lumière comme de gigantesques lames cisaillaient la brume. De la science-fiction, Didier ! D'autant que la brume était bleue, d'un bleu avec un peu de gris, de blanc bien sûr mais bleu, bleu comme les mers du globe, comme mes yeux, presque blue… Mimsy, elle lisait plein de trucs dans les yeux, parfois elle s'en approchait et il sentait son haleine de gelée de coings, avec des notes d'agrumes et de cannelle, ça dépendait.

— Aich ! dit Bandit en manquant de se foutre dans le fossé pour éviter une bagnole.

Tu ne faisais pas attention, et en un éclair de seconde, tu te transformais en bouquet de fleurs artificielles à l'emplacement du pépin, avec parfois un portrait qui se fanait, décoré d'une roue de vélo ou d'un casque de moto pour rappeler la passion de celui qui était vivant.

C'était qu'en rêvant dans la brume blue, Bandit n'était plus là, fallait qu'il fasse gaffe, il avait le cerveau à côté du casque. Et il vit Didier ouvrir les yeux dans son rétroviseur, juste là où s'était assise sa chienne tout à l'heure. Il tenait son chapeau sur la tête d'une main. Un sourire se dessinait de quelques dents en or. Avec Didier, la tendresse l'emportait toujours à la fin.

Il était toujours là, à compresser son accordéon, à tirer sur sa scoliose, sa cyphoscoliose. Ils se garèrent. Didier descendit, manqua de chavirer et se mit les mains sur les oreilles. Ils entrèrent dans la caravane. Quand Bandit referma la porte derrière eux, le bruit de l'instrument passa en sourdine. Toscane voulait entrer. Didier s'affala sur une chaise. Bandit lui montra la lettre.

— J'ai-j'ai j'ai pas lu !

— Peut-être qu'il veut que tu dises la vérité ? T'as peut-être vu des choses…

Didier rota et reprit :

— Et puis écoute, Bandit, y a pas longtemps on a fêté ton demi-siècle, tu vois, avec la vie qu'on mène, c'est déjà presque un miracle, alors tu craches le morceau ou tu laisses tomber…

Bandit comprit qu'il avait dû trop parler, comme au sujet des dimanches avec Zanette. Didier savait pour le van, que Mimsy était consentante. Sur ce, Didier se colla une roulée dans la gueule, tordit cette même gueule, alluma la roulée et ajouta sans trop ouvrir la bouche :

— Ta Mimsy, elle commence à me courir sur le haricot… Et sers un coup, sinon, on va chier de la poussière.

Là, Bandit fit deux choses à la fois. Il prit la lettre, la froissa, la jeta dans la poche jaune – celle pour le papier et le plastoc – et pensa à la bouteille qu'il allait ouvrir, une bonne bouteille d'ordinaire. Il l'attrapa dans le meuble du bas. Avec trois doigts de l'autre main, il prit deux verres sur l'étagère qui s'entrechoquèrent dans un bruit lumineux.

— Y a-y a y a pas mon tire-bouchon, de-de de Gaulle sur l'a-l'a l'appui de fenêtre ?

— De Gaulle ?

— Oui, celui avec les-les les grands bras qui se relèvent.

Didier se contorsionna pour l'attraper et le lui tendre. Bandit poussa l'atlas, posa la bouteille et les deux verres sur la table. Comme soulagé, comme si de rien n'était.

41

Le chignon

LA MACHINE À LAVER ÉTAIT BRANLÉE. Elle sautait tellement qu'elle aurait pu emmener Bandit jusqu'au logis. Il cherchait son diable pour la sortir de la caravane afin de la balancer à la benne. Et il se rappela soudain que le diable était chez Bernie : c'était mort.

Ne pouvant pas déranger l'accordéoniste, il eut un mal fou à la sortir seul. Torse nu, il transpirait l'alcool de la veille. Dehors, un avion découpait le ciel d'une fumée blanche avant de disparaître suivant la courbe de la planète. Bandit reprit son souffle. On n'imaginait pas assez à quel point c'était bon de voir les avions, le ciel et tout le reste. Il regarda à nouveau et marcha dans une figue.

Assis dans l'embrasure de la porte, Bandit se passait une éponge entre les orteils, crevasse après crevasse. Soudain, il entendit un bruit de moteur qu'il ne connaissait pas. Une voiture prenait son chemin. La petite Peugeot s'arrêta à hauteur de sa Ligier – toujours sur des parpaings. La conductrice resta quelques secondes au volant avant d'éteindre le moteur. Elle sortit de son auto vert bouteille. Bandit reconnut tout de suite son chignon, ses fortes hanches et ses jambes arquées, conséquence possible d'un excès d'équitation durant sa croissance.

Il accrocha sa chienne et s'approcha. Le vent se levait, Jean-Michel jouait, jouait. Il la fit entrer car la jeune femme avait des choses à lui dire. Pour commencer, l'Allemand se trouvait entre la vie et la mort. Bandit savait, il ne réagit pas. On ne pouvait rien lire sur son visage. La vie, la mort sont des choses qui arrivent. Mais le pénitencier avait informé la SR qu'avant de tenter de mettre fin à ses jours pour échapper à son procès, l'Allemand avait fait parvenir une lettre par la voie de son avocat. Le destinataire était en face de la Brune. Et elle aurait aimé la voir, cette foutue lettre.

Elle restait debout, regardait la carte postale sur le frigo et les quelques photographies sur le mur, jaunies par le temps, bientôt gagnées par l'oubli. Bandit lui servit un peu d'eau du robinet dans un verre mangé par le calcaire. Elle lui donnait du monsieur…

— … L'affaire est instruite mais…

La jeune femme avait des doutes. Elle se caressait le nez, un truc déconnait d'ailleurs au niveau du philtrum. Elle avait des doutes sur les conclusions de son supérieur de Rouquin.

— Des-des des doutes !

— Car c'est la femme la plus magnétique que j'aie jamais vue, sortit la Brune.

Bandit resta interdit.

— Cette lettre, nous pourrions la lire ensemble…

Bandit aurait parié sa tronçonneuse que les courriers de prisonniers étaient de toutes les façons lus par l'administration. La Brune n'avait qu'à les joindre. Bandit avait raison, mais le courrier avait transité par les mains d'un avocat. Dans ce cas, il passait entre les filets et le juriste était tenu au secret professionnel.

Bandit expulsa la vérité. Il n'avait pas lu ce courrier, il l'avait jeté et le ripeur était passé. Bandit n'avait plus rien à voir avec tout ça. Ce que la jeune femme devant lui contesta.

— Selon l'avocat, l'Allemand vous demandait de laver son honneur… Il a toujours affirmé pour sa défense que d'une part les relations sadomasochistes étaient consenties et que d'autre part il s'était fait piéger alors qu'il voulait quitter Mimsy…

Bandit baissa la tête.

— Et vous seul, selon lui, pouvez en témoigner…

Elle se posa sur une chaise et revint sur l'arrivée de Mimsy dans la région. Elle entendait que le décès de l'Espagnol puisse être accidentel, elle voulait bien croire qu'en ne voyant que d'un œil, le malheureux se soit pris trois fois la dose de somnifère. Mais elle voyait Mimsy derrière l'assassinat de Bernie. Personne d'autre n'avait un mobile, la thèse du cambriolage manqué lui paraissait bancale.

— Je continue de penser que de simples voleurs, ayant repéré les lieux avant d'agir, auraient choisi un jour de brocante.

La Brune but un peu d'eau et reconnut qu'un assassinat commandité nécessitait de l'argent. La cassette de Mimsy était vide. L'Espagnol était parti sec comme un coucou. Elle ne payait plus Bandit depuis des lustres et l'Allemand distillait au compte-gouttes ses économies qui allaient tout droit dans le logis ou dans quelques jeux d'argent.

— J'ai d'abord pensé que les barbouzes s'étaient payés avec le tableau…

Bandit apprit que, grosso modo, c'était le tarif d'un contrat de ce genre. Le Grand N'Importe Quoi avait une belle valeur, mais pas d'une très grande valeur non plus, un tableau facile à revendre… Mimsy le savait parfaitement : elle était chez le notaire avec Bernie à la rédaction du testament. C'était une piste non négligeable, dixit la Brune.

— Mais figurez-vous que j'ai fini par retrouver le tableau chez un restaurateur. Votre ami l'avait laissé à un professionnel car avec sa vue qui baissait il ne se sentait pas capable de s'en occuper…

Bandit tapait avec ses doigts sur la table comme un pianiste, il voulait qu'elle parte. Au lieu de ça, la Brune sortit sa cigarette électronique. Son bordel se mit à crépiter.

— Je trouverai, dit-elle en recrachant la fumée. Il y a forcément des trous dans la raquette.

— Et-et et Kevyne ?

La flic leva un sourcil.

— Bidon… La facilité… Kevyne était un pauvre type chourant au jour le jour pour se payer sa dose. Il aurait été incapable de faire un coup pareil…

Bandit se dit que si elle était aussi vicelarde que lui, elle creuserait à nouveau la piste du friqué Madiba. Mais mouiller Madiba maintenant reviendrait à accréditer la culpabilité de la pauvre Mimsy.

— Et-et et mon chien, mes-mes mes roues, les-les les tags…

— Je la pense beaucoup plus machiavélique que vous, Bandit, elle vous isole toujours un peu plus... Votre ami est tué avec votre pioche, plus tard votre chien est visé...

Le regard de Bandit se glaça. La Brune comprit aussitôt que l'évocation du chien relevait du sacré. Elle appuya là où ça faisait mal.

— Entre nous, qui pouvait approcher votre chien la nuit sans qu'il aboie ?...

Bandit encaissait les coups comme un boxeur derrière sa garde. Bandit mystifié ? Jamais. D'où sortait-elle tout ça ? De son chignon ? Comme par enchantement ! La Brune accouchait du cliché de la mante religieuse, convaincue d'une requalification possible de l'enquête. Bandit en avait la gerbe.

— Vous êtes assiégé, Bandit, et vous devenez chaque jour davantage son esclave...

Il se rappela les doigts de Mimsy lui shampouinant le cerveau.

— Elle joue sur la corde sensible du fantasme pour arriver à ses fins... Le logis est comme une secte, avec plein d'entrées mais aucune sortie.

Bandit n'aimait pas du tout la façon dont elle s'insinuait dans ses sentiments. Était-ce une coloscopie en règle ? Et l'Allemand, elle en faisait quoi ?

— Dans-dans dans tout ça !

À ses yeux, c'était la dernière victime en date de Mimsy.

— Il a témoigné qu'il comptait se barrer et elle ne l'a pas supporté... C'est sa version...

— ...

— Elle demande des sommes exorbitantes pour dommages et préjudices dans le cadre des supposés viols dans le van...

— Un-un un grand violent !

Bandit évoqua l'environnement de l'Allemand, notamment le supposé passé chaotique qu'avait déballé le Rouquin. La Brune refit crépiter sa cigarette électronique.

— S'adonner au sadomasochisme n'en fait pas un meurtrier. Il faut se méfier, on interprète souvent le passé de quelqu'un à la lueur de ce dont il est accusé. Il affirme avoir eu des relations consenties avec Mimsy, elle affirme l'inverse, c'est parole contre parole…

Elle recracha une fumée dense en faisant des cercles – comme Zanette.

— À moins que quelqu'un ait été témoin de relations consenties, à moins que quelqu'un nous confirme que l'Allemand voulait partir, ce que l'Allemand disait de vous dans sa déposition, et peut-être aussi de désespoir dans sa lettre… Peut-être veut-il mourir innocent ?

Parler ! Qu'avait à y gagner Bandit ? De l'honneur ? T'as vu la gueule de l'honneur ! Il avait surtout tout à perdre. Bandit ne voulut rien savoir et bégaya qu'il souhaitait ne plus jamais entendre parler de tout ça, que quelque chose avait comme pété là-haut, pas au logis, là-haut dans son crâne. La jeune femme se leva pour partir.

— Et il faudra trouver des ralentisseurs à l'endroit où Mimsy prétend s'être échappée, je cherche toujours…

Bandit était éberlué. La flic voyait le mal partout, partout. La Brune sortit, caressa Toscane, regarda l'accordéoniste à bout de souffle avant de tourner son regard vers les hauteurs, vers le logis. Bandit regarda aussi. On voyait distinctement le toit qui dépassait au-dessus des arbres.

Le chignon s'avança vers la voiture. La portière s'ouvrit et se referma. De la fumée s'échappa du pot. La voiture fit une marche arrière puis une marche avant. Avec les ornières, la bagnole tanguait. Les lois de la physique brassaient la silhouette comme un pantin, une épaule par-ci, un coup de tête par-là, mais le corps luttait.

42

La déchetterie

C'ÉTAIT DE LA TROUILLE et du déni, le plein de déni et de trouille qu'il y avait dans le réservoir de sa mobylette lorsqu'il fonça vers la déchetterie. L'orthographe de la déchetterie tolérait aussi celle de déchèterie mais il fallait surtout se méfier des jours et des horaires d'ouverture : c'était fermé les mardi et jeudi, dimanche bien sûr, sinon le bordel ouvrait de neuf heures à midi vingt et de quatorze heures à dix-sept heures vingt, au-delà c'était mort, comme les trompettes.

La lettre, Bandit devait retrouver la lettre. Il la visualisait parfaitement, cette feuille froissée dans ce sac jaune, elle était le couteau sous la gorge de Bandit, elle était le flingue sur la tempe de Mimsy : il devait la réduire en mille morceaux, l'anéantir.

Tête et torse nus, il épousait les virages, le vent lui fouettait la peau, tout fuyait autour de lui. À hauteur de Goujounac, il dut marquer le stop. Une lumière rouge clignotait et les barrières se baissèrent. Enfant, Bandit rêvait de vivre dans un village avec des trains qui passent, et un pont pour voir briller les camions, un lac aussi, pour la géographie. L'engin traça d'un souffle strident. Il crut voir le visage de Mimsy derrière la fenêtre d'un compartiment mais il savait qu'il voyait Mimsy partout, partout.

Avec le poignet il faisait chauffer le moteur. Les barrières se relevèrent et il partit à fond dans l'arrière-saison en tirant sur la roue avant. Il mit les pieds sur les carters, se courba pour gagner quelques kilomètres-heure et il gueula. Au sortir d'une côte, la déchetterie apparut dans un ensemble graphique avec son grand tarmac de bitume au milieu des bennes. En haut d'un mât, une manche à air bandait. Il fit son entrée, passa devant le tout-venant et se gara devant la benne des déchets recyclables où des dizaines et des dizaines de sacs jaunes étaient remplis de papelards.

— Hep, Bandit ! Comment va ? dit l'agent de la déchetterie en sortant de l'Algeco posté à l'entrée du bourrier.

Il y avait du vent, beaucoup de vent, un vent d'ouest. Bandit lui dit qu'il voulait retrouver une poubelle, une poubelle à lui, qu'il y avait un truc important dedans.

— Une-une une lettre !

L'agent se marra parce que c'était drôle. Un autre type qui était au tout-venant ferma son utilitaire et s'approcha de Bandit.

— Putain, ça fait du bien de jeter ! dit-il en se tapant les mains.

L'agent était également à leur hauteur désormais.

— T'es con, Bandit, ou quoi, tu ne vas pas descendre dans la benne…

— Si.

Bandit paraissait décidé.

— Une lettre dans tout ce gourbi, mon pauvre Bandit, y a aussi des aiguilles à aller chercher dans la benne à déchets verts si tu veux !

Il se marra encore parce que c'était encore drôle. L'autre badaud riait aussi avec des dents argentées, les mains sur les hanches.

— De toute façon, on n'a pas le droit de descendre dans les bennes, question de sécurité, indiqua l'agent en reprenant son sérieux.

Bandit sauta dans la benne et il commença à éventrer les sacs jaunes. Un à un, il les inspectait avant de les balancer sur un côté. Le vent formait une pluie de papiers avec beaucoup de publicités.

— Bandit, tu deviens fou ?

Il arrachait.

— T'es en delirium ou quoi ?

Il déchiquetait.

— Sors de là !

Il envoyait. Et ça volait, flottait, valdinguait autour de lui. Il pensait emmener les hémisphères de Mimsy en profitant des vents contraires, des coefficients hurlants, des mers démontées, quarantièmes rugissants, montées d'anticyclone et descentes d'organes… Partir, fuir, les compas dans les yeux, enfiler les fuseaux, enjamber les sommets, remonter les rapides, en rigolant comme dans des toboggans… Tu seras nue, toute nue, on changera d'échelle en sautant à pieds joints dans l'atlas, on survolera le Central, Mamie Lulu prendra le chiffon sur son épaule et l'agitera… La Ligier Canard W-C commencera à s'éloigner, les enfants de l'école communale, aux lacets défaits, courront dessous, dessous, je leur donnerai ma chienne, la Ligier mettra les caps, les isthmes et les détroits à ses pieds, des villes fantômes aux artères désaffectées et des terrains vagues, vagues…

— Bandit ! merde !

Bandit était ailleurs, poursuivant son éloge de la fuite, à traverser les guerres lasses et froides en folie douce, tu seras Mimsy de Nazareth et moi Youri Margarine, pour le grand concert des Nations, les Terres promises, les check-points et les bipolaires... Sous les saules à chaudes larmes, nous nous ferons des amis lisboètes, stambouliotes et gazaouites… Tu me feras l'histoire, je te ferai la géographie… Avec nos pistolets à eau dans leurs étuis en bandoulière, on marchera dans la neige et on dansera sur les sables mouvants… Les cheveux dans les étoiles, on prendra de la hauteur parfois, on balaiera les champs de coquelicots, distinguera les églises à bulbe, les cratères, on devinera des orques dans l'immensité blue, blue Mimsy… On fera bander les arcs, force de frappe et justesse de tir, on tirera au-dessus de la plaine, dans le Goby des grandes intentions, de tes trésors cutanés, on fuira les cata, nakba, shoah, Ébola, on niquera dans les lacs, dans le velours des eaux douces, je te prendrai dans la diagonale du vide, mon sextant dans l'équateur, les bars parallèles, du dentifrice partout, partout.

— Sors de la benne, Bandit, sors !

Une chose ou dix, Mimsy, on retrouvera ma mère, on enverra chier les start-up, le storytelling, les cookies surannés et les business plans, pan ! On ne sera titulaires d'aucun mot de passe, d'aucun prélèvement automatique, d'aucune mise à jour, on sera une zone libre, sans tapis roulants, du bonheur en flux tendu, en tube, en spray, en poudre, et on fera des détours, des crochets, on rampera dans les passages secrets, par Venise Élise, retrouver la pièce cachée du père de Zanette, Titien et Mayonnaise... D'humeur palatine on boira des spritz avec nos cheveux vert fluo, et des cocktails : des Spinoza, des Kierkegaard, des Heidegger, tes lèvres ourlées contre les miennes, dans l'érotique lagune, les têtes de gondole s'oubliant dans la brume, guacamole et ratatouille, dents cariées et pommes dauphine, les deux doigts dans le futur.

— ... je t'en supplie, ou j'appelle les flics !

L'atlas se refermera sur nous, Mimsy, et les gens pourront bien nous chercher partout, partout, avec des fusils à canon scié, des fléaux d'arme, des nunchakus, des idées noires, des vaudous et des doulos, des vauriens, des mange-merde, des tétanos, ils en feront de longues maladies, des cancers de la vessie, des suicides collectifs et quand ils appuieront sur l'atlas, des hormones gicleront à en foutre partout, partouze, la vie et la mort, tu parles d'un truc, ces bébés qu'on porte et ces morts qu'on se donne, l'Allemand est entre la vie et la mort, c'est quoi cette histoire, soit t'es vivant, soit t'es mort, y a que Didier qui fait des allers-retours, la vie et la mort, on est dans le concept, le combat, le coma, les télésièges qui se perdent en enfer, les trains qui s'enfoncent dans la nuit, l'Allemand est entre la vie et la mort, juste entre les deux, dans la fente, comme mes tomates à cause de la pression du mildiou, la vie la mort, et l'amour t'en fais quoi, et mes cœurs-de-bœuf, si je ne les traite pas, le mildiou, lui, n'attend pas, c'est que Mimsy adore mes cœurs-de-bœuf, elle met plein de farce de soja d'dans, plein de farce... La porter ou se la donner ? La vie la mort, tu parles d'une histoire.

L'atlas se refermera sur nous, Minasy, et les gens pourront bien nous chercher [illegible], partout, avec des [illegible] [illegible] [illegible] des [illegible] des [illegible], des [illegible], des [illegible] [illegible] de longues maladies de [illegible] [illegible] [illegible] [illegible], [illegible] [illegible] [illegible] [illegible] [illegible] [illegible] à [illegible] [illegible] [illegible] la [illegible] et [illegible] [illegible] [illegible] [illegible] qu'on se donne, [illegible] [illegible] [illegible] [illegible] c'est quoi cette [illegible] [illegible] [illegible] [illegible] [illegible] [illegible] [illegible] on est dans le [illegible]. Enfin et comme toujours mes chromosomes [illegible] Léopold Joseph.

Je tiens à remercier l'accordéoniste champion du monde d'endurance Jean-Michel Guenichot (rencontré un soir d'été dans la citadelle de Blaye), Mimi le Pêcheur, Gilou, des flics dont Lulu, toutes les personnes que je croise au comptoir, Olivier le Chauve pour sa brève sur les JO, Jacques Audebeau et les frères Yvon qui se cachent derrière ce texte, le docteur Denis Blanchard, le médecin Pierre Brun du CHU de Bordeaux, les artistes Mathias Labrouche et Chapoun, la yogini Cindy, Manon Elezaar, la taulière et le chauffeur de taxi d'un certain village du Périgord, Valentin Tourneur & Corinne Daclin, mon stagiaire Oscar, Christian, Bernie et Mongie, connaissant leur capacité à prendre du recul sur les personnages fictifs qu'ils ont inspirés. Je salue aussi le Bandit qui habite non loin de chez moi – puisque chaque village a son Bandit. Je lui ai emprunté la tendresse qu'il dégage mais en aucun cas son histoire – que je ne connais pas. Ce sont également Glenn Tavennec, Victoria Batchi, mes éditrices Camille Racine et… Charlotte de Prémare qui m'a débloqué le roman pendant que l'ostéopathe Fanny me débloquait le dos. Enfin et comme toujours mes chromosomes : Lucien, Léopold, Joseph.

PARUS DANS

LA BÊTE NOIRE

Noémie ADENIS
Le Loup des ardents (Grand Prix des Enquêteurs 2021)
Le Jardin des anatomistes

Katerina AUTET
La Chute de la maison Whyte (Grand Prix des Enquêteurs 2020. Prix littéraire de la Renaissance française 2020)
Les Deux Morts de Charity Quinn

Cédric BANNEL
Baad (Prix du Meilleur Polar des lecteurs de *Points* 2017)
Kaboul Express
L'Espion français

Jacques-Olivier BOSCO
Brutale
Coupable

Rhys BOWEN
Son Espionne royale
Tome 1, *Son Espionne royale mène l'enquête*
Tome 2, *Son Espionne royale et le mystère bavarois*
Tome 3, *Son Espionne royale et la partie de chasse*
Tome 4, *Son Espionne royale et la fiancée de Transylvanie*
Tome 5, *Son Espionne royale et le collier de la reine*
Tome 6, *Son Espionne royale et les douze crimes de Noël*
Tome 7, *Son Espionne royale et l'héritier australien*
Tome 8, *Son Espionne royale et la reine des cœurs*
Tome 9, *Son Espionne royale et les conspirations du palais*
Tome 10, *Son Espionne royale et le baron irlandais*
Tome 11, *Son Espionne royale au service de Sa Majesté*
Tome 12, *Son Espionne royale, quatre enterrements et peut-être un mariage*

Franck CALDERON, Hervé DE MORAS
Là où rien ne meurt

Julia CHAPMAN
Les Détectives du Yorkshire
Tome 1, *Rendez-vous avec le crime*

Tome 2, *Rendez-vous avec le mal*
Tome 3, *Rendez-vous avec le mystère*
Tome 4, *Rendez-vous avec le poison*
Tome 5, *Rendez-vous avec le danger*
Tome 6, *Rendez-vous avec la ruse*
Tome 7, *Rendez-vous avec la menace*
Tome 8, *Rendez-vous avec le diable*
Tome 9, *Rendez-vous avec la justice*

Karen CLEVELAND
Toute la vérité

Jean-Charles CHAPUZET
Bandit

Daniel COLE
Ragdoll
Tome 1, *Ragdoll* (Prix Griffe noire du polar de l'année 2017)
Tome 2, *L'Appât* (Prix Bête noire des libraires 2018)
Tome 3, *Les Loups*
Pietà

COLLECTIF, sous la direction de Lisette Lombé, Elvira Masson, Fabrice Rose et Delphine de Vigan
Histoires de femmes – Les Ondes

Sandrone DAZIERI
Tu tueras le Père
Tu tueras l'Ange
Tu tueras le Roi
La Danse du gorille
Le Mal que font les hommes

Lara DEARMAN
La Griffe du diable
L'Île au ciel noir

Alain DECKER
Derrière le brouillard (Grand Prix des Enquêteurs 2023)

Ingrid DESJOURS
Les Fauves
La Prunelle de ses yeux

Claire FAVAN
Serre-moi fort (Prix Griffe noire du meilleur polar français 2016)
Dompteur d'anges
Inexorable

Rebecca FLEET
L'Échange
La Seconde Épouse

Dominique FORMA
Coups de vieux

Olivier GALLIEN
Dans la neige ardente (Prix Bête noire des libraires 2022)
Sève

Amy GENTRY
Les Filles des autres
De si bonnes amies

Maria GRUND
La Fille-renard

Laurent GUILLAUME
Les Dames de guerre : Saigon, tome 1

Patrice GUIRAO
Le Bûcher de Moorea
Les Disparus de Pukatapu
Rivage obscur

L. S. HILTON
Maestra
Domina
Ultima

Ingar JOHNSRUD
Les Adeptes
Les Survivants

Elizabeth KEY
Sept mensonges

Quntos KunQuest
Cette vie-là – Les Ondes

Mathieu Lecerf
La Trilogie du démon
La Part du démon (Prix Bête noire des libraires 2021 ; Prix Nouvelles Voix du polar 2022, roman français)
Au royaume des cris
La Mort dans l'âme

Sara Lövestam
Chacun sa vérité (Grand Prix de littérature policière 2017, domaine étranger. Prix Nouvelles Voix du polar 2018, roman étranger)
Ça ne coûte rien de demander
Libre comme l'air
Là où se trouve le cœur

Fabio Mitchelli
Une forêt obscure
Le Tueur au miroir
Le Loup dans la bergerie (Prix Méditerranée Polar 2021)

Nadine Monfils
Les folles enquêtes de Magritte et Georgette
Nom d'une pipe !
À Knokke-le-Zoute !
Les Fantômes de Bruges
Liège en eaux troubles
Leffe-toi et marche
Charleroi du crime

Nicole Neubauer
Sous son toit

Vincent Ortis
Pour seul refuge (Grand Prix des Enquêteurs 2019)
Patiente

Gin Phillips
Le Zoo (Prix Transfuge du meilleur polar étranger 2017)

Antoine Renand
L'Empathie (Prix des lecteurs Gouttes de Sang d'Encre 2019. Prix Nouvelles Voix du polar 2020, roman français)

Fermer les yeux
S'adapter ou mourir
L'Empathie, t. 2

Fabrice ROSE
Tel père, telle fille (Prix Bête noire des libraires 2020)
Le Plan

RYDAHL & KAZINSKI
La Mort d'une sirène

Romain SLOCOMBE
La Trilogie des collabos
L'Affaire Léon Sadorski (Prix Libr'à Nous 2017, catégorie polar)
L'Étoile jaune de l'inspecteur Sadorski
Sadorski et l'Ange du péché
La Trilogie de la guerre civile
La Gestapo Sadorski
L'inspecteur Sadorski libère Paris
J'étais le collabo Sadorski

Thibaut SOLANO
Les Noyés du Clain
Les Dévorés

Dominique SYLVAIN
Panique en Armorique
Périlleuses Pyrénées

Clémentine THIEBAULT
En votre intime conviction – Les Ondes

Dato TOURACHVILI
Génération denim – Les Ondes

Danielle TRUSSONI
Le Maître des énigmes

Ilaria TUTI
Sur le toit de l'enfer (Prix Bête noire des libraires 2019. Prix Nouvelles Voix du polar 2020, roman étranger)
La Nymphe endormie
À la lumière de la nuit
Fille de cendre

Harriet TYCE
Blood Orange

Damien et Sibylle VÉRON
Tiphaine où es-tu ? – Les Ondes

Adrienne WEICK
La Septième Diabolique (Grand Prix des Enquêteurs 2022)

Annette WIENERS
Cœur de lapin

Retrouvez

LA BÊTE NOIRE

sur Facebook, Twitter et Instagram

La photocomposition de cet ouvrage
a été réalisée par
GRAPHIC HAINAUT
76, rue de Nancy
59100 Roubaix

CET OUVRAGE
A ÉTÉ ACHEVÉ D'IMPRIMER
SUR ROTO-PAGE
PAR L'IMPRIMERIE FLOCH
À MAYENNE EN FÉVRIER 2024

N° d'édition : 66856/01 – N° d'impression : 104233
Imprimé en France